爱殇

常人 著

中国文联出版社

图书在版编目（CIP）数据

爱殇 / 常人著 . -- 北京：中国文联出版社，2025.

1. -- ISBN 978 - 7 - 5190 - 5639 - 1

Ⅰ. I217.1

中国国家版本馆 CIP 数据核字第 2024TG7389 号

著　者　常　人
责任编辑　李　民　周　欣
责任校对　秀　点
装帧设计　中联华文

出版发行　中国文联出版社有限公司
地　　址　北京市朝阳区农展馆南里 10 号　　　　邮编　100125
电　　话　010 - 85923025（发行部）　　　　85923091（总编室）
经　　销　全国新华书店等
印　　刷　三河市华东印刷有限公司

开　　本　710 毫米×1000 毫米　　1/16
印　　张　19.75
字　　数　251 千字
版　　次　2025 年 1 月第 1 版第 1 次印刷
定　　价　89.00 元

内容简介

　　《爱殇》是精选的长、中、短篇小说合集，该长篇采用顺序写法，全知视角，现实主义笔法。

　　全文通过黄希成夫妇对儿子黄豆芽从穿衣、端尿、洗脸、喂饭等生活细节的描写，反映出孩子自己能做的事被大人全部代替了，不良习惯就此而生。"睡到地上打滚"、来了客人有意骚扰、出门坐席占位占碗、划车、吃山樱桃等情节，写出了因"爱"而惯"坏"的过程；偷折风景区的花、拉着孩子横穿马路、公共场所有意不排队、偷抢翻车物资、不准给灾区捐款等故事，是写大人对孩子的反向引导；接下来安排工作、谈恋爱等，写出了不该管而管的错失；最后，还想扩大豆芽生意经营，想给孩子攒一笔财富，这是不该给而给的具体表现。当然，也多少写了些学校、社会教育中存在的问题，说明在孩子成长过程中，三者教育对孩子都有影响的现实。

　　全文反映了家长对孩子因爱而袒护、因爱而包办、因爱而纵容、因爱而限制，甚至因爱而到压迫统治的程度，最终造成悲惨结局。

　　诚然，《爱殇》讲的并非不让爱，而是不应爱之失度：不该扶而扶，不该管而管，不该给而给之。由于对"家长教育"的长期缺失，"盲爱娇惯"成为误导后代心灵成长的主因，这也是我国从古到今国民素质低下的盲点和痛点。

其他合集中的中短篇小说，都是写民间生活琐事，如《临时工老侯》写临时工乞求转正的沉痛故事；《劝架》写侵占地界酿成的后果；等等。

《爱殇》故事人物鲜活，情节诱人，语言别致而陌生化地呈现，给人以美的享受；其他各篇都精美深邃、美轮美奂，像一串串珍珠，流光溢彩、耀眼夺目。

序

常人小说集《爱殇》

王维亚

  常人，原名常忠跻，出生于蓝田秦岭山区，后又移居周至。他的一生，医生身份、战士身份、农民身份、教师身份等，其实都是草根身份。传统俗语里有句话，"人过四十不学艺"，就是说，人过四十如日中天，经历漫长岁月浸染，体格与观念已固化成形，即将走下坡路，不再有梦想和冲动了！这，并非没有例外，显然，常人就非这种人。年逾花甲的他，依然有惊人的人生目标。66岁开始习文，至今历经十年的激愤、挣扎、吞咽、坚守、飞跃，用他的话说"等于上了十年中文系大学"，由一位世俗子民，在人生的格局放大、人格独立和写作技艺上都有了长足进步，逐渐成为一位名副其实的作家了。

  他的长篇小说《脐岛》，已由漓江出版社出版发行，现在，他的长篇小说《爱殇》，以及与此文稿结集出版的中短篇小说——《劝架》《贴春联》等十多篇作品，正欲结集出版。一位年近耄耋的老人，依然雄心未已，又在笔耕第三部长篇小说，目下已见雏形。"常人"，其实并非常人啊！

2017 年 12 月 9 日，我有幸参加了陕西省作协为常人的长篇小说《脐岛》召开的作品研讨会。该作品采用神实主义笔法，多人物、多线条，想象力十分奇特，结构非常微妙，把人、动物、神、妖的故事混糅掺搅在一起，是一部思想厚重、人性化极强的作品。在研讨会上，该作品得到与会专家学者的广泛好评。

这次，我为常人的长篇小说《爱殇》写序，主要是看重该作品思想内容的厚重与写作手法的新异。这是一部忧心与爱意同在、责怨与启迪共生的佳作。乍看，是采用以时间进展为顺序的常规写法，没有过人之处。但细细读来，就会发现，这是一部立意新颖、内容充实、结构奇特的作品。它是以黄希成夫妇对儿子黄豆芽"爱"的感情为主线写的——因爱而娇惯、因爱而纵容、因爱而袒护、因爱而包办、因爱而限制，甚至因爱而到压迫统治的程度，最终造成悲惨结局。这"爱"带有功利心态和"我"对孩子行为框定的心理"意圈"，让孩子只能在这"意圈"内活动，给孩子从小就戴上了"金箍圈"，划定了行为禁地；"殇"，即因爱而"伤"，伤之过度则"殇"。这样，"爱"和"殇"（伤）贯穿全文始终，成为故事发展的主要线索，全部内容贯穿由"伤"到"殇"的过程：从坏习惯养成的损伤到道德人格引导的损伤；从想象力抹杀的损伤到学习自觉性的损伤；又从错误行为的引导到独立人格的磨损；等等。总体看来，作者匠心独运，取材于社会普遍存在而又未被其他作者挖掘的题材，题材的普遍性、代表性和典型性可见一斑。

《爱殇》所涉猎的问题很普遍、很惊人，也很独到，揭示了家庭教育的重点和痛点，理念之新让人惊诧，这是留给天下父母的精神财富，确实值得一读。

现在，我就此作品的思想艺术特色谈几点看法。

一、"爱"在身体上，"殇"（伤）在心灵上

首先，《爱殇》表现在道德品行上对孩子的伤害：在家庭"爱"的庇护下，强迫孩子横穿马路；带领孩子，哄抢翻车物资；在公交车上，不让孩子给老人让座，直接带头插队；放纵孩子在公共场所折花；怂恿孩子和老师闹事。更严重的是，不让孩子资助困难同学和阻止孩子给地震灾区捐款。对学校正常课程体音美不予重视，却强迫孩子上兴趣爱好班；对孩子的善良不加肯定，却深表忧心等行为堪忧。在学校教育中，校外补课挤压了孩子的活动空间，一味地追求考学率，停止品德课教育，导致老师品德低劣。在社会教育中，社会青年扰乱学生的学习和生活环境无人过问，使学生幼小的心灵受到损伤。这一切都在蓦然中进行，但目前社会普遍道德下滑，不正是作者担心的吗？

其次，因"爱"对孩子良好习惯养成的伤害。对孩子过于溺爱，使孩子从小养成了好多坏习惯，"睡在地上打滚"，到别人家里没有礼貌，伤害小同伴，自己的生活琐事全依赖父母，不能养成良好自觉学习的好习惯，对孩子求知欲的限制等。"三岁看大，七岁看老"，这一切，都将对孩子造成不可挽回的损失，大人依然在无知地漠视着。

最后，对孩子的学习过分强调和强制，不知道激发孩子的学习自觉性，伤害了自尊心和积极性。更重要的是，过分强调学习，对孩子的身心健康造成了摧残，一直到孩子报考文科还是理科、上什么大学、安排什么样工作、订什么样的媳妇等都一一管制，不听就

胁迫威逼，这样致成"爱殇"，是必然的结果。

当然，作者还有更多的思考。特别是父母用尽心力，不歇止地为孩子积累财富，包括职业上的占有，使孩子早早地失去了进取心和求知欲，这是对孩子最大的心理伤害，值得所有人思考和警惕。

以上诸多问题，使孩子的幼小心灵畸形发展，如此下去，一代一代人的素质不敢想象。作者从整个教育流程中洞见并指出，家庭教育存在的弊端和病灶，写成故事，是为了让更多的人觉醒。

二、神实主义写作手法，避免了一味写实的枯燥

神实主义是超现实的写作手法，它是把现实变成更加艺术的一种荒诞不经的写法。避免了纯粹写实的枯燥和乏味，用一种是真非真、是假非假，真假难辨的写作风格，把真实和虚幻混糅起来，给人一种别致美的感受。常人先生巧妙地采用了这种方法，塑造了朱仙成这样一种奇人奇遇，代表了正确的教育方法，才使黄豆芽顺利考上了大学，既增加了文章的趣味性，又使故事结构更加艺术完美和合乎情理。

三、这样的语言，就适合这样的一部小说

诚然，一部好的小说，除了好的主旨、好的人物形象、好的故事情节外，好的语言也是不可或缺的，犹如盖房，四梁八柱搭建起来，那只是个框架，只有选好了一砖一瓦，精巧施工，最终完成的才有可能是一栋华美房舍。常人的长篇小说《爱殇》，语言采用的是现代口语，顺畅、优美，趣味化和陌生化，特别是陌生化，如"忧惧""念想""悄默""盈笑""哄劝""活鲜鲜"等，读后你会觉

得，这样的语言就适合这样一部小说，鲜活、别致、幽默有趣地呈现出来。这种"陌生化"，是当今语境下呈现出的后现代主义的新维度，也就是文学审美化、虚构化的新走向，这种诗性语言特征显出了石头的质感美，给人一种心灵的享受，这种感受的本身就是让艺术延长时间，达到持久感知的审美效果。

当然，和《爱殇》一同结集出版的其他作品，是常人的中短篇小说精选合集，人物鲜活，情节奇妙，篇篇各具特色，非常秀雅和厚重。

《劝架》写东西邻居因地界打架，夹在中间的他，在劝架还是不劝架的问题上，表现得犹豫、纠结，终于等到打死了人，他依然在思想摇摆中挣扎。文章将农民世故的劣根性表现得淋漓尽致。

《临时工老侯》写老猴因"临时"着，一直对老王表现得谦卑、恭顺，对生活琐事无微不至。老王却一直享用着这种关怀，有意不给解决"临时"问题，直到老王退休时，老猴无奈地被解雇了。

《贴春联》主要写留守老人孤单生活的无奈。

无论如何，《爱殇》及其他合集的作品，已然杀青并即将出版，这无疑是作者的一次极具挑战性又可充满期待的写作。我看好这部作品，我祝贺《爱殇》的出版并发行成功！

2019 年 3 月

（作者王维亚，著名作家、评论家，陕西省文学院院长）

目 录
CONTENTS

小 说

散 文

目录

2

小说

爱　殇

1

新年刚破五，山坡上荫背处依然被积雪披盖着。田地里残留着零散雪块，黑白相间，梅花鹿似的，随流雾腾移着、游走着，时显时隐。

出外打工的人们，怀揣着对家乡的依恋，三三两两，陆续离去。桐树庄里除个别家庭外，仅剩些"白头翁"和"芽苗菜"了，他们老幼守望着，日复一日。

黄希成两口子没走。不是不走，是限于黄希成腿脚不好，小儿麻痹后遗症，走起路来颠跛得左右腾挪摇闪，像浮游晃荡的不倒翁，吃力得很。为了找一份合适的事儿来干，两人把能想到的都想过了，全都不适合。黄希成苦愁着脸，不停"唉……唉……"地喟叹着。妻子苗生香却兴致盎然，一脸盈笑，她甜甜地说："咱们到城里看看吧，或许有什么适合咱们的事儿可干哩。"黄希成思虑良久，再无他法，只好点头，他是好丈夫，在妻子面前一般不甚违拗。于是，两人商量好了，先去媚城看看市场。

苗生香性格温柔，通情达理，人长得又苗条又漂亮，婚前是一朵村花，在山村里艳丽地开着。可怎么和黄希成这个跛子腿能结为

夫妻？当然会有一段波折经历的。

当年，她也是村里众星捧月的对象，追者如云，其中不乏"官二代"和"富二代"哩！最后是在男方大人们的一致反对下，才都未能如愿。根源在于，苗生香双眼下方各长了一枚黑痣，像一个白面馒头上有两点星影，一点隐约，一点显著。小时，每当她哭闹时，泪水流经痣痕，人称"接泪痣"。有迷信传说："单眼痣，伤夫痣，空房常守泪不止；双眼痣，伤财痣，有钱也像灯影子。"就这样，你传我传你，最后，没有媒人上门了。这样，一挨几年，爹妈为女儿的婚事发愁，四处托人也无果，最后，只得嫁给跛子黄希成，这也是黄希成的艳欲厚福吧！

媚城，乃千万人口大城市，楼房林立、商场遍布、道路四通八达、车辆如潮似涌，到处是熙熙攘攘的人群，市场购买力惊人。想在这样的大城市混口饭吃，并非难事。黄希成两口子在城里游移查看多日，总找不出一个合适的事儿干。于是决定先找个事儿藏住身子，再慢慢地找。

黄希成找到了一份工作，在一个社区里看大门，轻快，一天又不用走多少路，就是工资低些。苗生香对丈夫说："先干着，我们都留意着在外边找，找到了合适的，咱们就不在这里干了。"

苗生香找了几天，在食堂里当了一名洗碗工，管吃住，工资很低，苗生香同意了。她想的并不是现在挣多少钱，是边干边观察，最后自己干。

时间不很长，黄希成先急了。他是和一位社区员工吵架了，他不认识这位员工，不准人进社区大门。员工大骂他是"看门狗"，他一气之下不干了。他是多爱情面的人啊，在这里叫人这样污辱，多下贱！再说了，这一点工资够啥？"看门狗"，叫乡里人知道了，多难听，还不如回家守在家里呢，于是他吵着闹着不干了。

不管咋想，在当下到处工作难找的情况下，不干就得失业。苗生香劝着丈夫说："咱家的情况你又不是不知道，时时都缺钱。不说养家了，自己也要糊口啊，先干着吧！"黄希成长唉一声，嘴巴嘟囔着："挣钱少不说，太下贱，太没面子了！"

正在这时，苗生香的老板不干了，是家里有急事，把自己的饭店急着向外转让。苗生香知道他事急，于是和黄希成商量，将自己家里的几万元拿出来，再和店老板商量，剩余的先欠账。老板心急，反复叮嘱，可要学会经营啊！饭菜质量要好，卫生要好，服务员态度也要好，一切为用户着想，才能经营下去。说完，老板就走了。

谁知，一听黄希成要经营，原来的职工全走了，老板把他的工具也都带走了，他现在要啥没啥。两人只得歇了几天店，把东西备齐，才慢慢开业。

开业第一天，尽管也搞了庆典，但光顾者寥寥。第二天，无人光顾。第三天，仅来了两席客：一席两位客人，一席四位顾客。饭店总算有顾客了，黄希成大喜，让上菜、上饭，手忙脚乱地忙乱了多时，总算把两席客招待完了。散席前，黄希成跛着腿忙着征求意见。结果，大家都绷着脸扬长而去。一位老头被黄希成拦下了，客气地鞠躬，"请问？有什么宝贵意见请留下！"对方想了想问："您是老板吗？"黄希成点头。对方接着说："你既问，恕我直言："伴奏的音乐要换，最好把高音喇叭换成钢琴，声音比较柔和些；服务员要换，不能再张冠李戴了；米饭要换，不然，怕米在肚子里生芽长出稻谷来；特别是老板要换，思想观念守旧，还处在 20 世纪 70

年代的大锅饭年代里呢。"说完，笑笑，抱拳离去。

　　黄希成痴痴地站在那里，最后决定，把大家叫来开会，饭店只有一名厨师、一名前台、收银员苗生香、老板黄希成。大家回忆了当天的这顿饭：厨房的鼓风是从收购站买的旧货，声音大得真像是高音喇叭，"嗡嗡"的响声充满饭厅，顾客面对面也听不到说话声，都议论纷纷呢。米饭太生，一颗不挨一颗的，大多米饭都剩下来了！前台把菜端错了，最后只得补做。归结起来，老板是干啥吃的，仅两席客都待不好，所以要换老板呢！

　　接着大家都提出了好多改进意见，不然饭店就垮了。但是，黄希成坚决不干了，这不是我们干的事，我们没有本事干好，长期这样，把顾客当上帝服侍，太低贱，我们也坚持不下来。苗生香劝不醒，也只好由他了。于是，只得向外招标，不几天就转让出去了，还赔了不少的钱呢。

　　又过了十多天，苗生香提出说："咱生豆芽吧！那我能帮上忙，又在一起呢，互相都能照管上。"黄希成很高兴地同意了。苗生香特别叮嘱，这下可要坚持啊！绝不能三天打鱼两天晒网了。黄希成信誓旦旦地说："这我喜欢干，不会看人的眉高眼低，你就放心吧。"于是，选了一个购买力强，但卖豆芽菜人较少的市场，租了摊位，又去不远的郊区租赁了房子，购置了生产器具等就开始生产了。可是，尽管他俩在筛选原料豆时都很精细，可他们生出来的豆芽菜黑瘦且细长，看起来毛毛草草，干巴巴的像营养不良的孩子，经多次试验都不成功，市场销势太慢。

　　后来，还是苗生香想出来了办法，本村朱婶会生豆芽啊，老两口儿常常自生自用，不卖，食余便送乡邻。她生的豆芽又白又嫩又苗壮，不吃都感到香，脆生生、香喷喷地诱人，邻居无人不夸，但没人知道她的豆芽是咋生的。黄希成担心，朱大叔是村里有名的怪人，会不会不教他们呢？苗生香也很犹疑。

提起这朱大叔，实名朱仙成，人称朱半仙，乃是清闲隐者，曾官至县团，厌弃官场世俗习气，不听劝慰，毅然弃归乡野。他归乡后，既常读奇书，又兼熟谙世事，深悟旁门，通晓天文地理，善懂阴阳八卦，能见云识雨、见人知心，天下诸事，无不通者。盛名传闻颇远：有人说他会腾云远游、攀峰翻岭，仙游四海，经月不归；有人说他知识博杂，知天晓世，能善知未来、预料吉凶，天下诸事无不先知者；还有人说他会捉神弄鬼，深夜独自一人潜入阴域，擒来野鬼用小轿抬着自己，满山驾岭飞奔。听说他能看见鬼的样貌，披头散发、面容狰狞，不可详见者。亦能感知鬼的体温，听他说过，二鬼抬轿并没有轿，用双手十指以幻术伸长对接后抬着他，他能感到那冰冷冰冷的手温。他常四处游荡，为人治病除邪赚点零钱为生。无论远近的人请他，不分昼夜从不推诿，由四个小鬼轮换抬着，瞬间即到。

听说这小鬼抬轿，不能听见鸡鸣狗吠，只要鸡叫一声，无论深渊悬崖，准将他扔了下去即刻离去。有一次他真被扔了，正好掉在一个山林旁的坡地上，他翻起身借着月光察看，几乎被吓晕，原来他正被甩在悬崖边，好在地里熟稔，急忙离开险地，向请他的人家爬去。当然，这些都是旁人说的，无人知晓是真是假。

从此，他的声望像风飘一般，愈说愈玄，愈传愈远。其实他的能力究竟多大，无人能知底细。人多口杂，众说纷纭，传说不一。当然还有人谣传，他只能在山里转悠，对山外的新东西却知之甚少。

他性格直爽，见不得阴险狡黠之人，因此，这些话，可能是有人有意贬他的。说他一次去山外走亲戚，时值盛夏麦忙季节，他看到电碌碡在麦场上飞转，他一下子傻神了。他不知就理，想靠近一点看个明白，但他又不敢靠近，那石碌在麦场上翻滚飞跃，扬起的尘浪，吓得他只得站在远处瞧望。从此，他逢人便说："我在山里是能人，还没有山外人精哦！他们用一根葛藤拉着石碌在麦场上飞跑，很快就把麦粒脱掉了。我真不如他们呀！"

这种传说，信者甚少。因他性格爽直、语言随意，也得罪了不少的人，农村中人际复杂，有褒有贬，实乃常事。

他一生中只生了一个女儿，非常优秀，曾是全年级的佼佼者，后在上学途中不幸夭折了。为此，夫妇二人痛哭三天三夜，几欲昏厥。

对于各种纷纭杂说，大伙儿都没实见，信疑参半，只是生豆芽，大伙儿都已实见，都夸赞，确实地好！

黄希成专门在城里买了稀见的水果和好烟好酒，提兜着，摇跛着身子跟在妻子后面去了。

不巧的是，朱奶奶有病，在床上躺着，神志不清，已处在弥留之际。两人见了，真不好再说什么了。

朱大叔满脸皱巴，戴一顶黑毡帽，一副圆坨墨色铜脚老式眼镜，蒙在双眼上，身着一件淡蓝色长褂子，站在屋门口，斜眼瞅着他俩，狐疑的神色使人生畏。似乎在气哼哼地，嘴里嗫嚅着，半晌，粗憨地问道："怎么不说话？来就是有事嘛！"当听说想学生豆芽技艺时，朱大叔犹豫了，脸上显露出淡漠的表情，沉默半晌，又叹口气才说："生豆芽有什么技艺哦，谁都会，只是生不苗哟。那只有我老婆子会，可她……"话到此，戛然地打住了，脸上浮游着淡漠的表情。

苗生香知道丈夫的做派，笑了笑，抢先说道："大叔，我婶婶有病，本不应该说这话的，可现在话已经出口了，我就不再拐弯子了。大叔给我们教了吧！您年岁大了，有什么难处您尽管吩咐，只要我俩能做到的，一定尽力。"

老头子诡秘地一笑，历练地表态说："那好吧，老伴儿眼看就弃世作古了，我也年过古稀，孤苦无依哦，所以心存芥蒂啊！说实话哦，那不算什么技术，但今天也要难为你一下子。说给你，我老了要依靠你呀！这是我的难处，也是我的条件哦。"

"成，我愿意养您老！"苗生香想也没想，就爽快地答应了。

"哈哈哈，"老头子虽然转忧为喜，但见黄希成没言传，顿了顿说，"这是大事呀，你俩可要想好，别后悔了哦。"

"说啊！你为啥不说话？"苗生香对她男人嗔怪地说道。

黄希成一下子蒙了，自己和妻子两家有四位老人呢，也都一把年纪了，急需要人照管呢！尤其是苗生香母亲，一直在家瘫着，现在是岳父照顾着岳母，自己两人一头都顾不上，每月给点零钱维持着。这样来，就成五个老的，今后再有孩子，自己咋吃得消？他作难得低下头，悄默着。听到苗生香叫他，黄希成才好像做梦似的苏醒，愣怔地纠结了半晌，才无奈地说："噢，好，行！那有啥不行的。"

苗生香知道他男人的内心意绪，可她只想着学技术，什么都应答。她对着朱老，白皙的脸上生发出璀璨的笑意，眼下的痣痕也跟着在动，坚定地说："大叔，放心吧！别看我是个女人，但我从来没说过空的假的，多年来都是言一算一，一切我担着！只要大叔肯帮

我，我俩会帮您的。"其实，苗生香也未将这话当真，认为只不过说说就是了。

朱老又追问了一句："那就说定了，到时可不能反悔哟！"

苗生香反问道："大叔，您信不过我呀？"

朱老不再说什么了，脸上绽开了笑容，顿了顿，又换了语气和缓地说："其实很简单，就两个字'洗'和'压'！将豆子洗净咧，待芽子长出后，每日都要洗几遍哩，洗主要是为了加湿和脱皮哦。再就是上边加木板和石块重压，主要是让长出来的芽子，纵向长慢些，横向多长些呀！再加上适宜的温度，很快就长好啦。保证哦，生出来的芽子又白又嫩又苗啊，不用问在市场上享买！你俩回去先试试吧，你看我也走不开呗。"

到此，小两口儿犹疑中绽开不自然的笑容，但嘴里依然谢口不绝，辞别朱老慢慢地走了。

黄希成小两口子，心急火燎地回到出租屋，细心地展开了他们的生豆芽实验。

别看黄希成处事犹豫，做事却非常细心，每一道工序都要亲力亲为。那摇摆的身影在租屋中忽前忽后地颠簸晃动，像飘忽不定的不倒翁。有些事苗生香要帮忙，他不许，他好像在做重大的科学实验：室温他亲自调试，每日要查看五六遍才放心；漂洗，他亲手干，一遍遍地要将豆皮漂尽，要等将箱内的余水控尽方休；特别对压重，他选洗五组不同重量的石块，都细细地称了，记了重量，每次漂洗时都要仔细察看生长效果，看见豆芽在重压下努力横长着，每天都会将盖板上抬一寸多，细听，好像豆芽在无奈地挣扎着，发出"滋滋滋"的叫声，像小孩子在哭似的！可见，豆芽在生长中，将会对来自上边的压力是多么地努劲和怨恨啊！最后得出结论：在室温、漂洗都相同的条件下，压得越重，豆芽就长得越漂亮，水灵灵的。

真是啊！待揭开箱盖时，压得最重的那箱豆芽黄灿灿、嫩生生、胖墩墩的，从表面能瞅见内里蕴含的甜水在涌动着，壮实得锥尖儿似的，一个个都弯扭成不规则的半环形，真像是生出了一箱金耳环。苗生香取出两枚戴在自己的耳轮上，脸上开了花；黄希成的嘴咧开合不拢，抱住妻子吻了一阵子。赶快将豆芽拿到市场试销，一阵子就被抢光了。在归来的路上，黄希成唱着乱弹，嘴咧得像喇叭花，全身心都在笑呢！

回到出租房，苗生香一看到苗豆芽就想起朱仙成："正是要感谢他老人家呢！"可黄希成晃着身子又摇着头说："谢什么？还要养他呢。"苗生香不在意地说："不可能，他是说笑呢。"她想了想又说，"养就养，我们生意这么好，也应该养的。"

晚上，他俩去吃了顿好饭以示庆祝。饭后，黄希成总结似的说："看来，对小豆芽来说，压得越重，就长得越壮实。"

苗生香却摇头，不以为然地说："那是迫使一根芽苗，向畸形方向发展哩！那能说是好吗？如果要是对正常生长的苗芽，是很不应该的呀。"

黄希成听完，傻傻一笑，不再作声了。

2

清晨，朝阳从空中照下来的光辉，从屋孔中，探头瞄在豆芽箱上。一根豆芽从箱缝中伸出头来，像个大头娃，胖嘟嘟的，摇晃着脑袋，正欲吐出新绿。

　　苗生香醒来，偷偷附耳对丈夫说："怀孕了，你看！"她说着拍拍肚皮。黄希成听了，一下子喜坏了，忙用手摸摸，再俯身用耳朵贴在肚皮上听。他想听听有啥响动，可听了半天，什么也没听出来。苗生香笑着，用一根手指头爱怜又逗乐似的指向丈夫的额头，半羞半责地说："你听见了吗？看把你急的，还不到时间呢。"他惊喜地抱住妻子，摇着、大声喊："我有儿子了，我有儿子了！"苗生香忙制止："喊啥，不怕外人听见？""听见就听见，这又不是坏事，我自己的老婆，怕啥呢？"黄希成反驳。

　　从此，他不让她干活了，一切都自己一人承担着。他那摇晃的身影，不时地出现在出租屋和菜市场之间。他说："下一代比什么都重要，有了孩子就有了盼望，就要更勤快些，多赚些钱，我们所有的一切都不是为娃吗，你说是不是呀？"

　　苗生香却毫不在意地说："没事儿，动动对孩子好。"接着她又反驳道，"还没生哩，看把你急的。"

　　怀孕已经七个月了，更是又喜又忙：豆芽生意不能停，两人都知道，今后的花费就更大了。晚上，两口子张罗着给胎儿做胎前教育。可是，由于黄希成走路很艰难，一天忙到晚，倒下去就不知苏醒。待到后半夜，闹钟一惊响，他就醒来，按照网上教的，先给妻子抚摸肚皮，一边揉搓一边给胎儿说话，还把家乡的美景编成故事，讲给胎儿听。他抽空买了台无磁传声器，细心地把音频调到适度，贴靠在妻子的肚皮上，让胎儿听音乐。听说，这样教育出来的孩子最听话、最聪明，将来定能长成人才。他每天脸上都挂满了得意的笑，"嘿嘿嘿，嘿嘿嘿！"真像个傻子。有一次，看见妻子的肚皮向外凸移出一个包，"砰砰"地跳着。他惊喜地认为：可能是胎儿听到音乐后高兴地动呢。他猜测，仅隔一层肚皮，孩子也想和大人说话呢，这不是吗？

妻子对丈夫的劳累看不下去了，趁他不在家的时候就偷着洗豆芽，帮他干些零碎活儿。可他回来后，看见妻子劳动了，就生气，嘴里埋怨个不歇。她理解丈夫对自己是爱，爱自己，更爱未出生的孩子，她只得强忍着，不让发作，脸都被气得涨红了。过一会儿，他把妻子抱了起来，吻着额头，亲切叮嘱："听话，为了孩子，别劳累，行吗？"

有了胎儿的喜悦，冲淡了生活中的忧烦，经常能听到他哼唱山歌的腔调。他腿脚不好，一天到晚地劳累，看他那疲惫的模样，实在让她心疼，但他虽苦，心里却喜乐着。

胎儿降生了，是个男孩。头大得异常，看样子，要比其他小婴儿的头大得多。

黄希成喜得合不拢嘴，没等洗净就吻了个红口，还抱着不想放下。苗生香督促："给我！让孩子多睡一会儿，抱多了，惯小毛病呢。""小豆芽"的名字是他起的，他说："不要那些文绉绉的名儿，就叫'黄豆芽'吧，我姓黄，咱们家生豆芽。再说了，豆芽就是苗颖，盼他长得壮壮实实的呢！"

苗生香也愿意，她想了想也笑着说；"大头娃，实在像豆芽菜呗，就叫豆芽吧！"

晚上，黄希成有点怀疑。他问苗生香："怎么着了，孩子咋能有这么大的头？"

苗生香看他那傻乎乎的样子，假装生气地说："怎么？不信任人啊！这是狗的种子吧，你说呢？"

黄希成却笑开了，他明知妻子和他寸步不离，急忙说："不是不是，我的孩子，谁胡想来？我只是看他头太大哩！"

苗生香想了想又说："说也奇怪啊，记得那天晚上，咱俩完事后，我睡着做了一个怪梦，见一位大头老头将我抱住了，挨挨挤挤要做爱。我拒绝不过，只得成事了。可他临下床时，我看了看他的背影，啊！那颗头真的大啊！像个葫芦瓢。"

黄希成把跛腿拿起放在她身上，抱住她哈哈大笑说："编的，编的，完全是编的。"

是编的吗？第二天，苗生香专门在网上查了查：网上的说法让人兴奋不已，大意是：只要用动听悦耳的音乐、柔和亲切的语言和轻松绵柔的触摸手法搞的胎前教育，可以促进胎儿的感觉神经和大脑的快速发育成长。但这种发育，已改变了胎儿正常发育的原初状态，自我、本真的胎儿已不复存在，成为一个人为的臆造的想象中的另一个胎儿了。她读着读着，也展开了想象：那胎前教育会使自然体形发生根本性改变，大头，既是他的体变后的表征，也是聪明智慧的内涵吧！

黄希成听了，笑得口像蛤蟆嘴，脸上已绽成了花，傻乎乎地说："哈哈！胎儿教育都能改变胎儿样貌，那今后尽力教育自然也会改变孩子的心灵智慧。"他确实在不停实践着、改变着。婴儿教育方法是他才从书上学来的，他经常督促苗生香为孩子编催眠曲、摇篮歌，他还专门进了一次城，买了许多关于婴儿早教的书让她看。每当她走进门，在豆芽间洗豆芽时，总能听到苗生香口里含混地叨念着儿歌曲调。他那晃动的身影在出租屋里闪移，一会儿洗豆芽、压豆芽，一会儿又跑到儿子跟前，美美地亲上一口，一会儿又拿来小猫小狗等玩具放在黄豆芽面前，逗得孩子幼嫩的脸上璀璨地一笑。到晚上稍闲了，把书上的故事在精选、改编后，讲给黄豆芽听。苗生香也跟着心花绽放，当孩子笑的时候，忙喊："快看，快看！"待他摇摇晃晃地跑到摇篮跟前时，笑已敛容了，再逗，也不笑了。

黄豆芽过生日那天，爸妈早早准备了文房四宝、各种玩具、劳动小工具，中间放着小蛋糕。当把蜡烛点燃，爸妈拍着手，唱着《生日歌》，观察着小家伙的动静，看他先拿哪些物什？这叫"抓周"，是乡下给孩子过周岁惯用的方法，孩子先抓到什么物什，就预示着将来会干什么职业。因此，将笔墨纸砚都有意地放在孩子跟前，向往着孩子能抓到这些东西。

只见黄豆芽嬉笑着，嘴里吞填着蛋糕，两只手在盘内拨弄着、击打着，很快就把身边的东西扒拉掉了，随手在远处抓了一把早晨还没端走的豆芽菜，全部塞进自己的嘴里，嘻嘻地吃着嚼着，满脸的盈笑。另一只手伸过去抓住给豆芽测室温时退下来的温度计，也向嘴里塞。这个动作使得在跟前期盼着儿子将来通达的爸妈心里很不痛快，但有意都不表露出来。苗生香急忙将孩子嘴里的豆芽掏出来，用毛巾给擦完嘴脸后，急忙把蛋糕喂进孩子嘴里。黄希成也急忙一把将温度计夺下来，又将一支钢笔塞进孩子的手里，嘴里教着："拿着，拿这写字字！"黄豆芽"嘻嘻"地接在手里，一下子就摔得老远，又把跟前的全都扒拉到地上，一脸的喜悦。苗生香没好气地说："这小东西呀！真是的……"黄希成却在旁有意解疑地说："别讲究，那是迷信，我娃好着呢，将来一定会出人头地，摆脱这苦难的底层生活，让爸爸也享两天清福哩。"

等上幼儿园了更可爱，上车，回家，都像大头小鸟一样活跃，

蹦跳的身影，可掬的笑脸，小鸟似的欢啊，把人都融化了。两口子笑得都合不拢嘴，天下啊，最聪明、最活泼、最有英气的孩子，莫过我们的黄豆芽。

黄希成专门去了书店买了好多儿歌的书，苗生香又识谱，唱会了，教会了。晚上，等爸妈把应干的事干完了，三个人合唱，细嫩尖利的童音、优美动听的女高音和雄壮浑厚的男低音糅掺交织着，从窗缝中飞出去，在旷野里流溢扩散，诱来了一群孩子，诱来了一堆盈笑，小猫小狗，来个大合唱，多出彩呀！乐啊，这是人生最幸福的时光。身上的苦、脸上的乐、口中的歌，一切都来自希望的心啊！

是啊，有孩子的喜悦，抹去了生活中的烦忧，小两口儿沉浸在小家庭欢快的乐趣中。除了孩子，一切的一切，都不那么重要了。

可是，当黄豆芽从幼儿园回来了，到处钻寻、到处翻腾，一会儿抓了一把豆芽菜，拿来放在妈妈手里，好奇地问："这豆芽为啥会长成这弯样儿？"妈妈没好气地说："豆芽就长那样，好吃。"一会儿又在锅炉旁抓了一把灰，放在豆芽箱盖上，慢慢地用小手往箱缝里扒拉着。黄希成发现了，大声喊："你胡搞，你看，搞脏了的豆芽咋卖？"接着一把拉起他来，拉着手出了豆芽屋。黄豆芽却拖着屁股不愿走，边走边喊："爸爸，没土，豆芽能长吗？"黄希成却不理他，强拉着来到外屋里，训斥道："不准再进里边去了，要听话哦。"

这个时间里，黄希成两口子，都正处在欢快中，谁心里也不会想到，一个屎饭不分的屁小孩，过分溺爱将会对孩子有什么害处？

3

黄豆芽小时候长得又健壮又聪明。

方盘大脸上，幼嫩得能掐出水，浓眉大眼里透出了机灵，尤其是那颗大脑袋长得特别诱人，大伙儿都称他“大头娃”。和那匀称健壮的身姿搭配衬映，别说是自己的父母，就是邻居见了，都要亲昵地吻上几口呢！

两口子对娃打心眼里地爱啊！好像这普天下唯有自己的娃长得心疼可爱，小鸟似的依人诱意。

虽然，家里的经济并不宽裕，但黄希成赌气似的说：“我们家再穷，也不能穷了孩子，富人家的娃有的，咱的孩子也要有，富人的孩子咋样，我们的孩子也要咋样！”于是呀，玩具，一个跟一个地买，布娃娃、小猫、小狗、小鸟、小鹰、小汽车、小舰艇、小飞机，地上跑的、水上游的、空中飞的，普通的、新奇的、特异的，绒布类的、塑料类的、电子类的，应有尽有。

每当买回来一件新鲜的，黄希成反复叮嘱：“这是爸爸专门给你买的，不能让别的孩子玩。”黄豆芽就抱在怀里了，谁要都不给。就连黄希成想要先摆弄会儿，再细细教给孩子玩的方法，都得慢慢地动员好大一阵子哩。后来他发现，黄豆芽比他学得更快，有好多他还没搞清楚时，黄豆芽早已全会用了，根本就不需要他教的。黄希成很吃惊，寻思，这东西够机灵的。但他内心里总是不放心，每次有新玩具，他还要去教，黄豆芽一脸的不高兴，但他阻挡不了他爸爸，只得站那，小嘴噘着，一语不发。黄豆芽玩腻了，在屋内到处乱扔着，满屋都是他的小玩具。

有一次，黄希成被玩具绊倒了，实实在在地摔了一跤，他爬起来，气得要骂，嘴都张开了，可又忍住了，那是自己的儿子干的，再生气也不能生儿子的气啊。可黄豆芽在一旁看着、笑着，也不来

搀扶爸爸，地上的玩具依然散乱地放着，也不收拾。还有一次，隔壁王婶领着孙子来玩了，黄豆芽见来了小孩，急忙把他的小玩具收拾在一起，用塑料纸盖好，自己站在一旁，小手叉在腰间，那气势、那扮相，像个护食的小猫。后来稍大些，摇篮车、学步车、滑翔车、始行车，凡是社会上有卖的车，应有尽有。黄豆芽一天天长大，狂出狂进，到处是他那幼嫩清脆的笑闹声，小两口儿也跟着笑逐颜开，好像家里添了多少人似的，果冻、口香糖、巧克力、糖葫芦、蜂蜜糖花生，等等，凡是孩子爱吃的全买。索性把孩子抱到商店里，由孩子自挑自选，一买一大堆，拿回来，把黄豆芽喜得咯咯笑。苗生香试探地拿了一小块，假装向自己口内放。黄豆芽不依了，从妈妈手里夺下来，赶快藏在自己背后，一副小主人的样子，在一旁的黄希成看后，兴奋得哈哈地大笑："好，小家伙，能知道自己的了，多聪明啊！"

一次，黄希成卖完豆芽，正要回家，他住处的邻居要他把一束荔枝给他娃带回家，并且叮嘱说："今年荔枝才上市，鲜得很，我怕在这放久了不好，你把这束荔枝先带回去，一定要交给我的儿子啊！"黄希成看看对方迟疑地说："我不认识你儿子啊？"对方想了想回答："你看哪个男孩长得最聪明、最心疼，交给他就行了。"黄希成迟疑了会儿，就答应了。可是，当他把荔枝拿回家的时候，一群孩子正在一起玩。他站在那里，作难了，在一群孩子中，一个个地查看，寻找那个邻居的孩子，找来找去，却没有发现一个长得心疼的孩子。正在这时，他的黄豆芽兴冲冲地从家里钻出来，他一看，啊！长得多心疼呀！于是，毫不犹豫地将荔枝交给黄豆芽了。黄豆芽接了荔枝，连跳带蹦地跑了。

晚上，邻居找他要荔枝，他爽快地回答说："给了，给了最心疼的孩子了，给完后才发现，是我的儿子黄豆芽最心疼啊！"邻居心里很不高兴，但只得无奈地走了。

　　黄豆芽成了家里的"小太阳"啦！有时，爷爷奶奶来了，一家四口，把小东西围在中间，都是夸个不歇、爱个不停，逗笑逗乐没完没了，是家里的小公子啊。唱歌，给钱，叫声爷爷、奶奶也给钱，只要逗孩子乐的事都得给钱。有时，外公外婆来了，小姨来了，还有黄希成两口子的一些朋友也来了。苗生香急忙将孩子拉出来，对着来客又对着孩子说："豆芽，叫啊！叫叔叔，叫阿姨，叫啊，叫啊！小东西，怎么不叫呢?"她明显知道孩子从不愿叫人，那种做派，明显是在向对方要钱呢！不管叫不叫的，对方都得给钱，大多是百元红钞。苗生香当着客人的面，只好将钱交给孩子拿着，吻一口孩子的脸蛋，将钱交到孩子手里叮嘱道："拿着，这是叔叔阿姨给你的。"黄豆芽一下子抱在怀里，抱得紧紧的，生怕别人抢了去似的。全家人见了，都一个劲儿地夸奖，才狗屁大一点点，就知道自己的了啊！多聪明，多机灵，多能行呀！太惹人爱了啊！

　　在大人们一声吼的宠爱下，黄豆芽在一点一滴地改变着。

　　黄豆芽也确实机灵。

　　有一次，姑姑来看他了，领着比他大两岁的儿子，给黄豆芽拿了一袋山樱桃。黄豆芽急忙接了，将樱桃袋子牢牢抱在自己的小怀里，脸上布满了愤怒，谁要都不给，在他那幼小的潜意识里，不管是谁给的，只要是给了他，就是他的。苗生香急忙劝说："别这样，和你表哥一同吃吧，不然，下次你姑姑就不给你拿了呀。"黄豆芽听了，看了看妈妈和姑姑，又看看那一塑料袋子鲜嫩红艳的樱桃，大

脑袋摇了摇，眯着眼笑笑，慢腾腾地从袋子里精细地仅挑出一颗最小的樱桃，不情愿似的递给了表哥。表哥接了，吃完后还想吃，小嘴嗫嚅着，把小手伸出来讨。黄豆芽心里想给又不想给的样子，双手把袋子抱紧了，又慢慢放开来，勉勉强强地从袋子里又掏出一颗带绿色的，慢慢递了过去。他表哥接了，也吃了，过会儿，嘴撇了两下，惊异地看着黄豆芽说："我把樱桃核吞进肚里了。"黄豆芽一听，笑笑，又皱皱眉，大眼睛闪合了几下，猛然故装惊讶地说："坏了，这下坏了，樱桃核会在肚子里发芽长树的，这怎么办呀？别再吃了哦！"这时，他表哥已急得很慌乱了。他忙把剩余的樱桃放在柜盖上，对表哥说："别吃了哦，都别吃了，肚子里长成树是会死人的。"

这时，两个大人见了都在笑。他表哥吓得"呜呜"地哭起来了。

这件事却成了黄希成两口子的口头禅，见人就说，逢人就夸，小东西啊，精得很，还屁事不懂呢，说话做事大人似的，让人不爱都难。

4

清明节到了，黄希成领着儿子回到乡里去上坟。

临走时，苗生香对她男人说："我把上坟的东西都备好了，纸放在柜盖上，阴票子买回得晚，我放在了抽屉里了，你自己去取吧。"黄希成急急忙忙地拿着走了。

当然，黄希成清明回家，是为了给两家先人上坟，但还想在村里走走，他好长时间没在村里了，也想和邻居乡党坐坐聊聊呢！

回家的当天下午，他先去了李林家。李林和他是同年，小时候一同玩大的，非常要好。黄希成一敲进门，李林也是才从媚城回来的，忙对他让座。急忙让他那两个小子别看电视了，到外边玩去，"我和你叔要说说话呢"。

两个一高一矮的小子，蹦着出去了。黄希成不由自主地问："这俩上几年级？"李林歉意地说："唉，一个初一，一个初三呗，不好好念，也念不动，这不，回来就疯出疯进，什么也不干。要么两个凑在一起，就看电视，一集一集地看，不停不歇。没啥看了，就翻旧的电视剧看。不怕你叔笑话呀，什么都不想干，吃完饭，饭碗吃哪扔哪，大树下、草堆上乱扔。他吃完了事，大人像是在草丛中找野鸡蛋一样，跟着到处去收碗。"

说到这，李林意识到自己失态，忙说："你看我，给你连茶都没倒呢，就……"这时他才忙着倒茶，边倒边"唉、唉"地感叹。黄希成忍不住问："你得是把娃在当羊放呢？娃都初三了，看你家里什么学习资料都没有，那能考上吗？"李林倒了一杯水，边递边说："唉，不怕你笑话，考上考不上都算了。混个初中毕业，回来劳动吧。这社会，依我看，苦苦巴巴地混上大学，毕业后，还不是挣那点钱吗？真不合算，何苦呢？何况，咱家又没工夫没钱的，拿啥供他呢？高中大学都是自费，供不起啊！"黄希成急忙说："你这心态怕不对吧，下一代比啥都要紧呀。"李林接话说："也念不动，听说不让上高中，知识不增倒减，连小学学的东西都忘了，我看跟文盲差不多。"黄希成想了想又说："这怕不对吧，好赖上了大学，看能不能混个一官半职的？"李林急忙接话说："不行，不行！龙生龙，凤生凤，咋会轮到咱们，咱们生来只会打洞洞。哈哈哈！"黄希成再没说什么，但心里一阵莫名的悸动，不知在想些什么呢？

这时，李林还正想说什么，被外边两个小子的喊声打断了，他急忙跑到外边，骂了几句："滚，到远处耍去!'

正在这时，王九进来了，只得又换了话题，三人谈了会儿，黄希成推说有事，就起身告辞了。

接着黄希成去了才学家。才学人心好，那一年黄希成有病了，经济困难得很，是他主动把钱借给他看病的，他心里一直惦记着呢，恩人嘛，不能忘掉啊!

黄希成双脚跷进门，才学两口子才上坟回来，他爸不在了，是新坟，上得早一天。他的丫丫上大班了，用她妈妈的手机正在玩游戏呢，才学的女人从女儿手里夺下来，嘴里嘟囔着，流量快完了，不要再用了。他女儿哭着喊着要玩。才学对女人说："让娃也玩玩吧，大人和孩子争抢像话吗?"

黄希成坐在旁边，不好意思插话，但心里想着，农村的娃娃，生活过得也确实是单调、无聊。但不应该给手机玩，那上了瘾可咋办呢? 但他却没这样说，想想才说："才学，我知道你从小就喜欢看书的，咋不给娃娃买点课外读物，用它来代替手机呢?"才学不在乎地说："一个毛孩子懂个啥，况且，买书要到县城上去哩，咋能为这点小事，大人专门去一次县城呢。"黄希成没再说什么，心里感到很不自在。

正说着，才学的儿子回来了，儿子比女儿大，已上四年级，回来手里拿着一沓纸叠的包，满头大汗的，回来就喊饿了，要吃饭。

黄希成问："儿子学习咋样?""不咋样，这不，把我的书都叠成包了，整天和隔壁的羊羊疯着跑前跑后的，什么也不干。唉，读书是天生的，没那个命，任他!"才学解释着说。

黄希成强调说："娃娃，还是要管管呢，太小，还不知道自己学呢，大人不管咋办？""不管，成材的树，不用去枝，何况，大人也没那些闲工夫。这不是，清明节回来看看，明天，我们两口子都得走，孩子留给老人，学哪算哪呗。"这是才学的话。

黄希成喝了一杯水，就起身告辞了。

在回家时，路经邵婶家门前过，邵婶在门口坐着，热情得很，非要去她家坐会儿不可，农村人都好客嘛，黄希成只得去了。

邵婶才过知天命之年，男人在南方干着活儿，自己和两个儿子在家。还有些地，邵婶一个人种着。两个儿子，一个 26 岁，一个 29 岁了，在家里蹲着，什么都不干。整天除了在家玩玩手机，就是在街道摆来摆去的，邵婶两口子也没办法，都怨自己小时候宠得太过分了。

黄希成刚坐下，邵婶就端来了一杯糖开水，客人似的礼让着。他接了水，问了些家长里短的话。邵婶愁肠百结地对他说："你哥，看哪里有合适的相，给你两个弟弟找个媳妇吧，我和你叔已经没办法了。"黄希成嘴里答应着："行，我会用心的。"坐了一会儿，他就告辞回家了。

在回家的路上，黄希成反复地思忖着，这么大年纪的人，正是体力强壮、精力充沛、奋力干事的时候，人又没疾没病的，什么都不干，哪能订得下媳妇？就是给订个媳妇，难道让媳妇养他不成？绝对没有一个好心女人专门为了养活一个懒汉，去跟他过日子的吧！也的确是这样。邵婶两口子，小时候不懂得教育娃，惯成这个样了，还有啥办法呢？

回到家里，黄希成把这话对爸爸说了，然后说："咱农村人，不

得了啊！我倒不担心别的，我怕这样下去，咱农村人永远会是农村人啊！"他爸接话说："农民就农民呗，农民咋了？咱谁不是农民？农业是我国最早的产业，古时候没有其他行业不是照样活下来了吗？只要勤快，同样能过好日子。你邵婶那两个也就太懒了，管他去，让喝西北风去吧！"

黄希成听了爸爸的话，心里多时不痛快，他说："我看当官的好，谁不想当官啊！只怕当不了呢。"

他爸白了他一眼，起身走了。

5

第二天，是正清明。

这时，正值春暖花开，乡野大地都装满了春天，漫山遍野一片新绿，到处碧波荡漾、鲜花满目，迎面扑鼻地香啊！把黄豆芽喜得连饭都顾不上吃，清早起来，就在房前屋后的山坡上，到处游荡。大人也不管他，让他随心由意地玩。

黄豆芽折了好多野花和树枝，满头大汗地抱回家，满身的泥土，脸上手上都有被擦破了的小伤痕。奶奶忙着给他收拾衣服，洗脸洗手。他却急忙拿这拿那问个不停，这叫什么树？这叫什么花？爷爷一一给他解说了。但他还是不满意，接着问："小草为什么长不高呢？小树为什么要开花呢？小花为什么会有这么多颜色，长得这么好看呀，是谁在染它呀？山顶上是什么样儿？上面能站住人吗？"爷爷笑着，给孩子解释着。可黄豆芽问得没完没了的。在旁边的黄希成听烦了，大声斥责："去，为什么，为什么，哪有那么多为什么。你叫为什么呢，还是叫黄豆芽？别问了！烦死人了啊！我还要和你爷爷拉家常呢。"黄豆芽听了，脸上气得胀鼓鼓，眼里含着泪，紧闭着嘴巴，一句话都不说了。可他心里气得很，为什么就不敢问问呢？"我和爷爷说话，碍你什么事了？真是的。"

中午去上坟，村里的公坟地建在一座土包上，坟地里的树和土包的森林相接相连，这些树木的边际又错落有致地生长着，一阵风过后，整个偌大的坟园都动起来，就像一朵卧莲在摇曳着，正在裂瓣绽放呢！况且，三面都有大山包裹着，最下边山尾又是相接相掺，老远看去，这里好像是一个偌大的四合院，紧凑得很哩。难怪前人要把坟地选在这地方，据说，这种地貌是风脉之地，后辈一定会出大官的。可是啊，家家的坟园都在一处呢，坟园里坟堆如小土包一样，一座挨一座地摆放着，如果是真的，生出的大官，国家一时都用不完。看来，好像也不太应验，到如今村里还是没出现一个当官的，何谈大官？这就奇怪了啊！

黄希成看着这地势，又看看身边的黄豆芽，头脑里一阵涌动，心绪无限地伸展着、盼望着什么。

黄豆芽不解地喊："这么多土堆啊，快看，草里多少鲜花。"他说着就要去采，被爸爸挡住了。"别采，要给祖先烧纸呢。"

他说完便拣了一座，自己先跪下，把香点燃，恭敬地鞠躬，然后磕头。这些，要求黄豆芽也跪下，一同去做。黄豆芽照做了，但他偏着头疑惑地问："爸爸，我们为啥要磕头呢？为谁磕头呢？"黄希成把脸一沉斥责道："上坟不许胡说八道。听见了吗？"黄豆芽愣了愣又问："那为什么只给这一堆土烧纸呢？"黄希成只得不耐烦地解释说："这是你老爷的坟，其他都是别人的先人，不是土堆。我给你说了，给先人烧纸，不许乱说乱问，听到没有？"黄豆芽只得不

说了。

等把纸一张张快烧完时。黄希成把两沓冥币取出来，解开了，又一张一张地给火里送。这时，黄豆芽急了，忙喊："爸爸，不能烧钱啊，我还要上学呢。"黄希成淡淡地解释："这不是钱，是假钱，专给故去的人烧的。"可黄豆芽不听，他细细地看了看，又反驳说："这明明是真钱。"可黄希成不听，继续给火里投放。黄豆芽更急了，站起来，抱起剩余的钱，匆匆地跑了。黄希成就追，看看快追上了，黄豆芽急忙把那沓少的钱扔了出去，将剩余的抱紧，急急地跑了。黄希成又气又没办法，只得哄劝着："快给爸爸，那是假钱，要给先人烧呢。"黄豆芽根本不听他的，抱着钱继续跑，嘴里喊着："你烧的是真钱，你烧的是真钱！"

正在这时，妻子打电话来了，问给先人把纸烧了没有？你把钱拿错了，真钱被你拿走了，假钱还在抽屉里呢。黄希成一听，一下子瘫坐在土地上了。

后来，这些都成了他们夸耀儿子的资本，见人就反复地夸着。

就这样夸着宠着，使黄豆芽变得越来越骄狂，越来越顽劣，不像样儿了。谁也不敢惹他，不顺心就生气，大哭大闹，不吃饭，喂也不吃，一不小心伤着了，就睡在地上打滚、跌摔、哭闹不休，用这种行为来胁迫大人。这时，苗生香就没办法了，只得笑笑，没好气地说："好好，妈妈投降，听从你的还不行吗？"可黄豆芽还是不行，嘴里不停地骂着，苗生香没辙了，于是，只得抱到外边，买这买那，直到哄乖为止。有一次，黄豆芽在院子里摔倒了，抬头看看，见爸爸在门口坐着，他睡在地上不吭声，等着爸爸拉他呢。果真，黄希成急急地跑过去，把孩子扶起来，可黄豆芽还是不愿站立，又向下滑去。黄希成没办法了，说着哄着，只得把孩子背在背上，放在肩上，跳着、摇着、哄劝着，才慢慢哄乖。总之，在大人的意念里，孩子绊倒了，大人不扶谁扶？可是在孩子的心里增加了依赖性，你能永远搀扶他吗？尽管黄希成嘴里整天说着别人某某某的孩子惯得太狠，将来是有问题的。咱们要为孩子计长远，但到底怎样计长远呢？他心里也没数，也不想去多想什么。

　　唉，就这样，宠着惯着，穷孩富养着，都是一片爱心啊！日复一日地过着。但心里总不认为自己做错了什么？人啊，总是这样，说一套，做一套，自己从来都没错，一直正确着。

6

　　黄希成从菜市场回来，看见豆芽房前的小院子里长了一棵小树，长得不甚健壮。他对苗生香说："咱抬些水浇浇吧，长大说不定还能乘凉呢。"于是，他俩顺便拾了桶洗过豆芽的浑水，浇在树根下，浑水慢慢地从土里渗了下去，小树好像在吸吮着。

　　等他们走进屋里后，黄豆芽也回来了，嚷着，要妈妈快给他喂饭。这时，苗生香正在炒菜，对儿子说："等等，你没看我的手正忙吗？"黄豆芽却闹着说："不等，不等，我饿得慌，快点嘛，苗生香。"苗生香只得将菜熄了火，从冰柜里拿出点剩菜，急着给儿子盛饭，等凉些了，再喂给他吃。

　　黄豆芽虽说很聪明，但越长越宠越坏。家里来了客人，大人们正在说话，他有意不让你安生，爸爸正在和客人说话时，他便在父亲面前哼唧着、晃悠着、大声喊着，多少次把大人的谈话打断。客人只得等着，那还有什么办法呢？有时，在客人面前也显摆，扭动

身姿，有意遮挡视线，大声喧哗，一切都不管不顾，有意让客人知道他的本领。苗生香不管，黄希成也不说，可把来人看得几乎忍不住了，碍于大人的情面，气得恶狠狠地怒视着，他依然故我，不管不顾。

特别是到别人家去走亲戚，更表现得不可思议，到处狂到处喊不说，还不停地在别人家里翻箱倒柜、四处找寻。一会儿上到床上，在干净的床单上踩来踩去，把被褥拉扯得一塌糊涂；一会儿，又将抽屉拉开，在里边到处找寻，把里边的东西拉出来扔在地上，满地都是他乱扔的物什。主人都看不下去了，没办法，主人只得离开不看了。可苗生香，看着笑着，一脸的若无其事。中午吃饭时，主人把菜端在桌子上，还没等其他客人们落座呢，他首先把自己最爱吃的菜，搂抱到自己怀里，谁都不给，要妈妈给他快喂。用筷子在这只盘里戳一下，又在那个碗里戳一下，鼻涕吊得长长的，在嘴唇上摆动着，像冰凌柱吊挂在屋檐上似的，一会儿"哼咙"一声吸进去了，稍停，又慢悠悠地流出来，蚯蚓似的又在嘴唇上晃悠，把客人看得都不愿坐席了。可黄希成两口子却闭口不言，照样给他娃喂着、笑着、谈论着、乐呵着，什么也不管不顾。

黄豆芽的坏已出了名，有一次，他和邻居的姐姐在一起玩沙子，旁边一群蚂蚁正在上树下树地跑动着。这个姐姐大他好几岁呢，但两人玩得还开心。他突然抓了一把沙子对姐姐说："我会让蚂蚁唱戏的，你听过吗？"这位姐姐摇着头纠正说："不会的，蚂蚁怎会唱戏呢？"他睁大眼睛肯定地说："你不听就算了，好听得很哩，不听别后悔。"姐姐为难地说："那就试试吧。"

黄豆芽捉了三只蚂蚁，放在姐姐的小手心里说："这一只唱细声的，这一只唱粗声的，还有一只弹琴的呢。"然后抓一把沙土，把蚂蚁盖住了，对姐姐认真地说："哈气，你现在哈气，一哈气三只蚂蚁都开始唱戏了，好听得很呀，你试试看。"

当姐姐刚把口张开，用嘴对准手掌中的沙土哈气时，他突然用力在姐姐的手背上，向上猛敲一下。一把沙子和三只蚂蚁全部钻进姐姐的口里了。姐姐吐了半天，哭了，姐姐大声哭了。

这时，两家大人都来了。那位姐姐的爸爸把自己的孩子拉起来，生气地说："你看咋办呢，你那娃也太瞎了，要管管哩。"黄希成横蛮地说："管啥里，你看他才多丁点大？嘴里的沙子，洗洗不就行了，还说啥呢？"

对方气哼哼的，欲言又止，把自己的孩子拉走了。

谁知，刚过了两天，黄豆芽又被一个人拉到了黄希成的面前，说是黄豆芽用玻璃片划坏了他的车。黄希成一听就火了："可能吗？你看他才多大一点，能划得了吗？再说了，是不是我的孩子划的呢，有证据吗？"对方证实说："我看见是你的孩子划的，不然，怎会拉到你这来呢？"黄希成狡辩说："证据呢？"对方真的拿不出证据来，只气得咒着骂着走了。

不料，又过了不几天，停车场也来人了，又说黄豆芽把十多辆车给划坏了，还有上百万的车呢。黄希成低头想想，又狡黠地提出要证据了，对方立即拿出了手机，并翻出了监控录像，说："你看看，你看看，得是你娃啊。"黄希成侧着身子看了看，屏幕上放出的是黄豆芽，大头摇晃着，一辆挨一辆车地划，车上发出刺耳尖利的响声，他一边划还一边"呵呵呵"地笑，毫无顾忌。黄希成看完不再说话了。可对方不行，不赔就要和他上法院，告他监管不力之罪。

黄希成只得服软，通过讨价还价，对方知道黄希成也挤不出多少油水来，最后经过商量，黄希成拿出了五万块，才算把事摆平了。

这事过后，黄希成尽管心里不痛快，但对儿子黄豆芽，连一句话都没责怪，没事儿似的。黄豆芽在外边和别家的孩子打了架，他不但领着孩子去闹事，回来看见自己孩子不满意地哭，他会抚摸着黄豆芽的头，半安慰半制止地说："哭啥呢，看你真没出息，爸从来都没怕过人的。"

后来，他还是照样逢人便说他家黄豆芽聪明。可再夸耀，也没人理他了。

黄豆芽在家里的生活确实过得非常优越。

清晨，黄希成两口子赶快起床，黄希成对妻子说："别惊醒孩子，让他多睡会儿。"

于是，黄希成就忙着洗豆芽，压豆芽去了。苗生香就赶快去做饭。她做好饭，看看表，就去给黄豆芽穿衣服。她轻声细语又怜爱有加地喊着："豆芽子，小混蛋，起床了。"说着，就在脸上吻上一口，然后，拍拍身子说："起来起来，别睡了，操心迟到了！"黄豆芽哼唧一声，翻个身，呼呼又睡去了。苗生香只得把他勉强拉起来，把衣服给身上披。黄豆芽猛地一蹦，把衣服掀开，嘴里含混地喊着："冰死人了，我不穿。"复又溜进被洞里了。苗生香只得把衣服拿进厨房，把煤气灶打开，把衣服在火上烘烘，然后把衣服折卷着包住热气，一边跑步拿到房子里，一边喊着："快，快，热得很哩！"说着，一只手拿着衣服，另一只手去将黄豆芽扶起来，急急地穿着。黄豆芽扒拉着说："我自己会穿，不要你穿。"可苗生香着急地说："你看时间，哪有工夫等你？"说着，几把就给穿上了。等把上衣穿好了，黄豆芽又不愿穿裤子了，每次都把小腿刺在裤腿外边，有意和妈妈嬉戏，反复了几次。苗生香看看表，急了，才一手拿着裤腿，一只手抓住他的小脚，塞了进去，提上来。黄豆芽还要蹦跳一阵子，才能把裤带绑好，再去穿袜子，穿哪一样都不容易。

接着，还没等穿鞋，黄豆芽说要小便，苗生香只得端着他，去厕所里小便。黄豆芽说："我自己来。"苗生香却说："你没穿鞋子，会把脚踏脏的。"于是，他便蒙眬着眼睛，用手扶着鸡鸡，有意把尿撒在外边，任凭妈妈怎么移动都不行。苗生香生气了，用手轻轻掐了一下，说："小东西，听不听话？"他顽皮地"咯咯咯"地笑着，嘴里说："不听，不听，还不听。"有意地和妈妈逗乐子玩。小便完了，等妈妈把他端到堂屋中间时，又说要拉屎，这又只得端回厕所里，妈妈一只手扶着他，一只手还要去叠卫生纸，待"咕咚"一声响过，一股臭气扬散开来，臭得人闭气，他不在乎，手里把玩着什么，还咧着嘴笑。一直等待他拉完了，把他按趴在妈妈的左腿上，给擦净了屁股，总算把这件事完成了。

抱进房里把鞋穿好。接下来是洗脸，这件事看似简单，做起来更难。小家伙蹦着跳着不愿洗，妈妈先要哄劝他，对他说："不洗脸就是小狗，你看看，咱们家的小狗啊，只有它不洗脸，你想当小狗吗？"小豆芽笑笑，说："小狗不洗，我也不洗。"妈妈笑笑，说："那你是狗，那好，怎么不会'汪汪'呢？"黄豆芽就"汪汪汪"地叫了几句。苗生香笑笑说："汪汪，也不行，必须洗。"最后，只得把黄豆芽压趴在膝盖上，用手在盆里试试水温，然后蘸了一把水，慢慢地抹在脸上，黄豆芽闹着、蹦着、打着、骂着："我不洗。"不管咋说，在打闹声中，总算胡乱地洗完了脸。

更难的是吃饭，黄豆芽都成学生了，只喝奶不吃饭，现在要让他吃饭，难度更大，要等他真正饿了，才慢慢想办法哄劝，可是，苗生香哪舍得让他挨饿，只得慢慢地喂。他蹦着、跳着、骂着，要奶不要饭，妈妈只得编谎说："那奶不能吃，里边有虫子呢。"黄豆芽不信，要让他亲自看看。苗生香只得示意黄希成，黄希成只得捉只小虫子，偷偷放在奶碗里，端来让他看。一条黑头白虫，胖嘟嘟地在碗里蠕动，才把他哄信了。但吃饭又比上天还难，拖着、骂着，总是不吃。

每天三顿饭，等妈妈把饭做好了，一勺一勺舀在碗里，凉一会儿，等温度适宜了，再一口一口喂在嘴里。苗生香每喂一口，总要在自己口中试试，待温度适宜了，才慢慢地送进黄豆芽的嘴里。黄豆芽吃着玩着，四处看着，两只腿晃动着，两只手摆弄着玩具，眼睛不离开他的小汽车，一会儿放跑，一会儿上发条，一会儿又去取汽车，折腾个不停。再过一会儿，眼睛专注地看着电视，妈妈把饭喂到嘴边，摇着头不张口，或者把脸不在意地乱摆，筷子只得慢慢地跟着嘴转，苗生香只得喊着、劝着、哄着，闹了半晌，等吃饱了，打着饱嗝儿，摇摇头，表示不要了。妈妈只得喝完他的剩饭，再为他收拾碗筷什么的。总算过了这一关，可第二顿饭，依然如故。唉，养儿比养爷还难呀！

连续剧还得演，接下来就是送上学。这大多是黄希成的事，黄希成一只手拉着黄豆芽的手，另一只手提着黄豆芽那沉甸甸的书包，脸上挂满了笑容，一路走一路说着话。快过十字路口了，黄豆芽愣愣地问："爸爸，为什么好多人不等绿灯亮就过十字路口呢？"黄希成想也没想就回答："红绿灯是对车设计的，与人无关。"黄豆芽再问："那为什么还有人在等呢?"黄希成回答:"那是他们不懂,太傻。"

黄豆芽想了想又问:"爸爸,有的同学说,帮家人做家务,家长是要给钱的,对吗?"

黄希成回答:"给呀,你做就给你。"

"给多少啊?"

"一次1元呗。"

"那太少啦,能多给吗?"

"能,多劳多得嘛。"

黄豆芽又想了想问:"爸爸,我长大了有出息吗?"黄希成淡淡地笑了笑说:"有啥出息呢,你看看自己的学习成绩,还问我呢?多笨啊!"

听了黄希成的话,黄豆芽"唉"了一声,不说话了,气得把他那小嘴噘起来了,脸上通红,出气都"呼呼"地响,眼睛瞅向一边,根本不理他爸爸。到十字路口了,黄豆芽还在生气呢,什么都不管不顾的,到处蹦着跳着,总想摆脱爸爸拉他的手。在马路上总想踢汽车,黄希成吓得把他抱了起来,他依然在爸爸怀里跳腾呢。

黄豆芽上学走后,妈妈看看家里,凡他去过的地方,到处是一片狼藉:被子、褥子、脏了的衣服、看过的书和用过的本子,随意乱扔,随意放置;果皮、碎纸、饮料和小食品包装随意丢弃,随意放置,人却扬长而去,毫不在意。黄希成不管小事,苗生香舍不得说孩子,心里想着:孩子嘛,不就这样吗,狗大自咬,树大自直哩,说也说不清呀!

每天,黄豆芽上学了,苗生香才一一收拾,放置好东西、洗净

衣服，收拾了半天，第二天依然如故，有时候，苗生香太忙了，一天到晚都是那样摆着、乱着，没人过问，也没人收拾。

苗生香虽然心里也不太满意，但只能就这样日复一日，年复一年地过着，无忧无愁地过着。黄豆芽在"大爱"和小爱的蜜糖水里浸泡着呢，慢慢地，慢慢地改变着，原来的黄豆芽不见了，现在的黄豆芽，已成为另一个人了啊！

黄希成望着自己的儿子，也在想，这是不是自己希望的那个人呢？他点点头以后，但又狠劲地摇了摇头。

可黄希成对孩子学知识却非常重视。

自从孩子上幼儿园，黄希成就抛开幼儿园的课本，先让孩子背古诗。黄豆芽确实聪明，一首首地背着、念着，和唱歌一样，他走到哪里，都能听到黄豆芽的背诵声："锄禾儿当午，汗滴禾下土，谁知……"幼嫩而爽朗的背诵声。黄希成嘻嘻地笑着，并给纠着错，心里甜丝丝的，好像希望即此而生。晚上睡着了，在睡梦里还喊着："我有希望了！"苗生香追问："什么希望？"他又呼呼睡去，嘴里嚅嗫着，一脸的笑意憨态。

从那以后，他就开始把一年级课本上的知识，从头到尾地教给黄豆芽，每学一点，就开始复习巩固。黄豆芽也踏实，按照爸爸的教法，很认真地学，凡是爸爸安排的内容，都能按时按量地学会。黄希成越教越兴奋，幼儿园还没上完，他已把一年级的知识全会了。无论数学、拼音，还是汉字，都一个不落地融会贯通，还背诵了三十多首古诗呢。

这时，不但黄希成夸奖，苗生香也夸奖。两口子把这消息说给他爷爷、奶奶、外爷、外婆、亲戚好友和邻居乡党，远近的人都赞口不绝。都说，这娃将来有大出息，是一个了不起的人才啊！

这时的黄希成已飘然了，走路都摇摇晃晃的，说话不离开夸奖儿子黄豆芽；苗生香的脸上也挂满了喜悦，走路都哼着小曲儿。小两口儿张罗着给孩子过 6 岁生日，在高档酒楼，包了几桌盛宴。亲朋好友都来了，大家都知道黄希成的用意，来的任务就是夸啊！不然要我们来干啥？大家放开说好，有的说，这娃将来是作家，你看现在说话文绉绉的，实像作家的样子；有的说，不，这娃将来是大企业家，看那气魄，能腰缠万贯哩；有的说，这娃将来是军官，你看现在他走路的姿势，全是官相；有的说，这娃将来是国家大干部，参政议政离不了的人；有的说，这娃将来能引领国家方向……越夸越大，越说越玄，明眼人听听就知道是啥用意。这时，黄希成借着酒兴，已轻飘得站立不稳了，在这寒冷的冬天里，将外衣都脱光了，脸上容光四射，"哈哈哈，哈哈哈哈哈，哈哈哈哈哈哈哈"，笑得已合不拢嘴，抱拳大喊："哈哈，只要真像大家说的那样，我黄希成绝对不负众望，还要二次请大家喝喜酒呢！"这时的苗生香，满面笑容，容光焕发，嘴已笑得合不住，无法表达心意，但从她的笑容上，大家已知道她的内心了。

这次酒宴，在一片欢笑声中结束了。

7

爷爷和奶奶来了。

他俩第一次来这里，还是黄豆芽才生下来时，奶奶是来伺候月子的，来时，孩子的尿布、小衣服什么的，包了一大包，沉甸甸地提来了。那时的黄豆芽还在月子里，闭着眼睛，脸瘦得像晒焉了的

35

苹果，小羊似的"咩咩"叫着。有时，奶奶也轮换着抱抱，小家伙偶尔睁开眼睛，看一眼，见不是妈妈，就哭起来。奶奶只得哄劝，嘴里哼着摇篮曲，脚在地上蹀着圈儿，半晌，哄乖了，偶尔还咧嘴一笑呢。奶奶疼爱坏了，搂在嘴边吱吱地亲着，心里像看到什么希望似的欢慰，脸上洋溢着盈笑，嘴里嘟囔着："我孙子乖，我孙子长大中用得很哩。"

爷爷是来帮着干生豆芽的事，他一天到黑忙不闲，洗豆芽、压豆芽等杂事全是他的，腾出黄希成还要为孩子忙活呢。爷爷有时也来看看孙子，但他不抱，他不是不想抱，是疼爱孙子，怕自己笨手笨脚的，把孩子经管不好。但他心里疼爱着，脸上的喜悦不自觉地表露出来，在奶奶抱着时，他总要想方设法看一眼。看后，他眼睛笑眯眯的，心里甜得像吃了蜜，一股爱意涌流。"哼哼哼。"他偷偷笑出了声。

在这中间，他还来过一次，是来送东西。秋天，自己地里的庄稼成熟了，他背着大包小包来了，打开来，里边有鲜嫩翠绿的山豆角，才出地的洋芋蛋，才从山上采摘的山葡萄、五味子。最使黄豆芽兴奋的是那才咧开嘴笑的八月炸，把它分开来，吞进嘴里，一股甜丝丝、香喷喷的仙桃香，直涌向鼻孔。黄豆芽吃着看着，和山果对笑着，香液充满一嘴一脸，带着香脆甜美，黄豆芽痛快地吸吮着，叫喊着："爷爷，咋不多拿些呢？以后再来就拿这。"惹得全家人都笑喷了，那是随便有的吗？

这次，老两口儿来，只带了些山核桃。这是自己树上的，在他那山区的故乡里，那核桃树都长得特别粗壮，就他这棵树，已是三人合抱不住了，要上到树上去摘核桃，那是非常危险的事。何况，他已是年过花甲的人，更不敢上树了。只得等到核桃全部成熟了，裂开了，自己从树上自动掉下来，人们只在地上捡拾精核桃呢。这样掏出来的核桃仁，皮白瓤饱，油脂含量非常高。用核桃仁做馒头馅、饺子馅，油香可口，孩子吃着，没有不叫好的。

黄豆芽吃了几枚，拿了一枚核桃瓣儿让妈妈尝尝，妈妈脸色一沉说："还用尝，那是山核桃，是爷爷奶奶拿来的，你吃就是了。"黄豆芽高兴地喊："山核桃，山核桃，爷爷是山核桃！"妈妈纠正说："胡说啥呀，那是爷爷拿的。"黄豆芽蹦着跳着走了。

第二天中午，黄豆芽放学回来了，两个腋下各夹着一大包小儿食品，高兴地显摆说"妈妈，你看，这是什么？"妈妈问："哪儿来的？"他兴致勃勃地说："一辆汽车翻在路旁了，货物满地都是，大伙儿都抢呢，我只拿了两包。爸爸，帮我再抢些啊！"黄希成急忙问："在哪里，让我看看。"说着，就领着黄豆芽跑了。

当他跑到公路边才发现，一辆大货车，满载着各种货物，侧卧在公路旁边了，货物撒在路边四散着，到处都是。司机已经昏迷不醒了，满地的货物红红绿绿无人过问。这时，黄希成没管这些，他看了看，捡了一大包小儿巧克力，扛在肩上，回身就走了。黄豆芽却没拿，他喊着："够了，太多了！"

一路上，他碰见了好多人，都把孩子拿回去的食品，送回去了。黄豆芽遇见了，忙问爸爸；"他们为什么要送回去呢？多好的东西啊！"黄希成督促儿子说："快走，管他呢，他们爱送就送。"他想了想又说，"别人家里的东西多呗。"

他两个人一路小跑地拿回家，爷爷看见了，责备地说："你怎么领着孩子干这事呢？你知道这是乘人之危吗？别人遇难了，你搞哄

抢，让其他人对你咋评价？况且又领着孩子，你想把我孙子教育成啥人呀？赶快给送回去。"黄希成沉默了半会儿，内心却感到有点内疚，但他原谅自己说"就这一次吧"。他父亲还想说什么，但听到儿媳妇说："已经拿回来了。"黄豆芽听了，气鼓鼓地骂道："山核桃，山核桃！"

老头子听了，闭紧嘴巴，不再说什么了。吃罢饭，他急急乎乎地催促着老伴儿，气哼哼地回了老家。

8

说也蹊跷，朱仙成突兀地来了。

要说突兀，也并不是，这已是在意料之中的事。不过，不知他是咋找到的。挂着一根木棍子，走路已不太稳健，眼睛上依然撑着那副二咕噜石头镜，一脸的窘迫。进门先瞅瞅苗生香的脸，疑惑了一会儿才说："老伴儿走啦，我一个人在家闷得慌哦，来看看你们啊。"

黄希成望了妻子一眼，脸上露出不屑的表情，欲言又止，却默不作声。苗生香看见丈夫的表情，知道他那人品，没理会他。转脸对朱仙成说："大叔来了就好，这是你来的地方啊。"边说边给他倒水。朱仙成也不客气，坐下来，接水就喝。

朱仙成看到了黄豆芽，忙放下水杯，从自己的内衣口袋里，翻出一个发黄的纸包，一层一层地慢慢展开，颤着手取出仅有的那皱巴巴的两块钱，拉住黄豆芽手说："爷爷第一次见你哦，给点钱吃零嘴去，别嫌少，多了也没有哦。"

苗生香笑着对孩子也是对朱仙成说："不少，这是爷爷给的，快接上，谢谢爷爷，快叫朱爷爷。"黄豆芽细嫩的声音响亮地喊了声：
"朱爷爷，谢谢！"接着，一溜烟跑出去了。这时，黄希成也凑过来
说："大叔，别给他，他一天啥都有呢。"朱仙成苦着脸说："知道
有，这是我的一点心啊，少就少呗。"

停了会儿，黄豆芽又溜回来了。朱仙成看了看问："叫什么名
哦，几岁了？"没等孩子回答，苗生香接话说："叫豆芽，都9岁了，
不肯长。"朱仙成慈祥地拉住孩子，端详着脸色，又从怀中取出一枚
小小的放大镜，慢慢分开黄豆芽的眼睛，仔仔细细地看了又看，最
后说："娃怕营养不良吧？都9岁了，咋长这么高？你看娃的脸色，
又黄又干燥，眼白中没有血色，孩子很明显缺乏应有的活力哦。"

苗生香和黄希成都没接话，有些不以为然的矜持。

在朱仙成就住的几天里，黄豆芽对朱爷爷很亲近，给爷爷倒水、
端饭，拉着手到处转悠，问这问那的。朱仙成对孩子的问话，有问
必答，两个一老一少谈得特别投缘。

晚上，皓月当空、繁星满天。他拉着爷爷在外边游逛。黄豆芽
看着蓝蓝的天，傻傻地问："爷爷，你说这天有多高啊？"朱仙成呵
呵地笑了，他吃惊地看看孩子后才说："问得好啊！天啊，高得很，
无限地高啊！那到底有多高呢？到目前为止，人类还没搞清楚天有
多高呢。你好好学习，等你长大了，书念多了，或许能搞清楚呀。"
这时，黄豆芽的心，好像一下子被爷爷的话给点亮了，他痴痴地望
着天空，心中展现出这未知的神秘和无限的未来。停了好大会儿，
他才又问："爷爷，那么多星星，亮晶晶的，能摘下一颗玩玩吗？"
朱仙成眯着眼睛又呵呵地笑了，他摸着黄豆芽的头说："你想得太好
了，我孙子真聪明。可是它拿不动的，大得很呀。"黄豆芽偏着脑袋

不相信地说:"多大啊?不就那小不点嘛。"爷爷说:"那是离我们太远,放下来啊,大得很,有的和咱站的地球一般大,有的比地球还大得多呢。你好好学习,将来学地理就会知道的。"黄豆芽昂着头,痴痴地想着,不作声了。夜深了,爷孙俩逛了一会儿,就回家了。可黄豆芽睡在床上,还沉浸在梦幻中,久久难以入睡。一直在想着,天有多高,星星会有多大呢?

朱仙成住了几天,推说自己还有事要办,要走了。临走时看着脸色对苗生香说:"再过不长时日就会回来的,再来就不走了。"

苗生香脆生生地说:"大叔,别客气,你办完事就来,这是你来的地方啊!"说完,忙取出百元红钞,塞给朱仙成说,"大叔,别嫌少,路上做盘缠。"

朱仙成也不推辞,笑笑,装进了口袋,弓着腰要走时,停了停,又返回来笑着说:"我想多啰唆几句哩。"他说着又看了看苗生香的脸色,苗生香机敏地笑笑说:"说吧,大叔,没事的。"

朱仙成笑呵呵地说:"生香啊,你为啥要害孩子呢?"话到这,他有点懊悔的样子,但见苗生香茫然的样子,才又接着说,"爱子如杀子啊,人常说:'三岁看大,七岁看老',就是说,娃在2岁到6岁之间的这四五年里,是习惯养成的关键时候,这个时候形成的习惯,就成了性格,长大不会再变的哦!你们知道吗?"他吐了一口痰接着又说,"你看咱小豆芽,多娇气、多惯性、多懒惰,还喂着吃呢,你这样要把娃惯到啥时间,早应该干他自己应干的事儿了呗,这不是要把娃毁了吗,啊!"

苗生香呆呆地望着朱大叔那张皱巴巴的脸,磁愣着,脸上全是茫然。最后说:"大叔,那您说该咋办好呢?"

朱大叔缓了缓又说："要我说呀，这是一棵好苗啊，聪明得很，想象得远啊，要鼓励孩子多想事，将来是一位有出息的人才哩。对娃哦，光靠'爱'不行，要懂得经管娃的法哦。依我看，急需要教育的不是娃，而是你们两个大人呀。你想想，你两口子都不懂得咋样培养娃。想把娃培养成啥样子？那不盲目吗？如果，咱们在教育娃上失败了，你把日子过得再好，顶啥用呢？再富有，也要不了他几下子折腾，那时，痛心不痛心呀！"

苗生香听了，笑笑，哼哼哈哈地应付着："哦，是的，谢谢大叔，我们会改的。"她在言谈中一脸的不在意。

朱仙成听出来点话音，欲言又止地走了。

晚上睡觉前，苗生香把这些话对黄希成说了。黄希成撇撇嘴，淡然地说："别说了，谁家不都一样吗？照他这样说，国家是不是还要专门设个'家长学校'呢？笑话！还不是想在这儿住，卖乖呢。"

苗生香沉默了半晌，然后肯定地说："不是，大叔是真诚的。"她顿了顿又说，"要我说呀，要是有个'家长学校'该多好呀，咱俩谁懂得教育娃吗？都能去学校里学学怎样教育孩子该多好，可是现在就是没有，有啥办法呢？"黄希成不耐烦地说："学校是专门教育娃的地方，如果全民都会教育娃了，还要学校干啥呢？从古到今都这样，难道我们特别，真是的。"过了一会儿，苗生香还想说什么，她细听听，黄希成已发出低沉又滚雷似的鼾声。她只得不再说什么了。

梦被夜笼罩着，一轮明月升起，照在楼房顶上，他们家依然笼罩在夜幕中，静夜中传来忽高忽低、忽远忽近、似有似无的那空旷辽阔又欲尽未尽的丝丝余音，像居住在深山老林里，静夜时那散发

着吓人的余韵一样。

一个星期五的下午，小两口儿领着儿子，去医院检查了。果然，医生查看了各种化验单后吃惊地问："给孩子吃啥了？"听苗生香说是爱吃小儿食品，常喝奶粉不吃饭，现在，才慢慢给想法喂饭呢。医生肯定地说："你的孩子是严重的营养不良！"医生接着指出，"儿童食品再不能给孩子吃了。那里边不但营养差，还加了不少的添加剂，内里含有大量的化学成分，对人体发育有不良影响；奶粉虽说蛋白含量高，但营养单一，维生素类含量特低，碳水化合物含量也差，干物质又少。最好是让孩子多吃饭、多吃蔬菜，奶粉在食后补充一些也行，糖更不能多吃，一则伤胃，也损坏牙齿。饭食里面的营养就很全面，不需要加这加那的。"

从医院回来，小两口儿才突然发现，黄豆芽比普通孩子矮了一头，长得又小又黑又瘦，真像他们还没学习生豆芽技术之前，生出的那些劣质的豆芽菜。两人都担心，娃长这么高咋办呢？后来，又听人说，不肯长的孩子要给打胰岛素呢。两人一商量，马上给孩子打了。结果，时间不长就发现，小家伙不长高却反倒越来越胖，长得矮墩墩、胖乎乎的。后来请教医生才知道，胰岛素注射后，只能促使孩子横向发育。要孩子长，必须依靠孩子自身在脑脊髓里分泌的生长素，不能人为地去补。两口子听了都急得弹脚，气得骂娘，死鬼，把娃真当实验品了，整成豆芽菜了。可再生气也晚了，只怨自己无知。

为了黄豆芽的低矮身体，小两口儿吵了一架，一段时日冷战不止，都把责任推给对方。其实呀，他们都和孩子生活在一起，哪个能没有责任？都是在疼爱孩子，而又害了孩子，后悔又能咋样呢？

从此，就只得强行逼着黄豆芽，断奶，多吃饭了。

一天，黄希成从市场回来，突然发现，前次，他和妻子抬水浇的那棵树，怎么不自觉地长弯了呢？是谁扳弯的？苗生香瞪了他一眼接着说："谁扳来，是自己长成的呗。"

黄希成笑着说："弯就弯吧，我们随弯就弯，把它修成风景树多好啊！风景树还不是人有意制造的畸形形象嘛，专供人欣赏，那有啥不好？"

苗生香心里却疑惑着，但总搞不清弯树的原因。

9

黄豆芽上一年级了。

黄希成知道他会稳拿胜算地得第一名，虽然嘴里不说，心里总在期盼着什么。

等到期中考试，黄豆芽的成绩是中游偏下。这时的黄希成接受不下去了，他不相信这成绩是真的，跑到老师那儿要求看试卷。杨老师冷静地拿出黄豆芽的试卷，让黄希成看。

黄希成慢慢翻看后，脸上不由得慢慢由白变红，再由红变得窘迫难当了。原来，他从黄豆芽的试卷中可以看出，老师都判得准确无误，只是黄豆芽错了不少，很多很简单的试题，黄豆芽都因慌张而答错了。这时，黄希成困窘了、失望了、茫然了，这到底是为什么呢？他迷茫地敲着头，失望地站在那里，等着老师的解释。

杨老师笑笑说："老黄啊，你今天来得好啊，不然我还得让黄豆芽请你呢。我想问问，咱豆芽幼儿园在哪儿上的啊？那个幼儿园是不是很重视知识教育啊！咱豆芽在整个一年级教学中，学习态度很

不认真，特别表现在上课时，东张西望，左顾右盼，'一会儿捉蝴蝶，一会儿又捉蜻蜓'，看着好像在听着课，可以看出他一脸的不在意。可是，他交上来的作业，倒还差不多，有错有对。以前我以为，这孩子在课堂上就那坐姿，没太在意，可后来，越看越不对，再纠正也改不了。于是，把他叫来谈话，谁知他毫不在意地说：'老师，我会啊，您教的我都会啊！'这时我才怀疑，幼儿园教的知识太多了，把小学一年的课程都教了，到了小学一年级，使孩子感到没有新知识，对学过的知识缺乏新鲜感，所以，就丧失了求知欲，知道自己都学过了，现在是吃剩饭，不学也行。老黄啊，是不是这样啊？"

"是的，杨老师。"黄希成自豪地回答，但他没有敢说出是自己教的，他想了想又说，"杨老师，您说这不好吗？"

杨老师坐直了，正容地说道："当然不好，如果是那个幼儿园特意这样做的，就是想毁了孩子啊！"杨老师顿了顿，看着黄希成那不自然的表情又说，"孩子这时是养成良好习惯的时候，他知道自己已经会了，就不再认真听课，咱黄豆芽已经养成东张西望的坏习惯了，况且，一时半会很难纠正过来，以后咋办呢？这不是毁了孩子吗？你为什么报名时不早说呢，报到二年级都比在一年级强啊！"

黄希成听了，嘴张得像老碗，可一句话也说不出来，一颠一簸懊悔地走回家去了。

上小学就有补习班了。

这时，黄豆芽已上二年级了。开始，黄希成两口子很迷茫，对城里的规矩不懂。小学娃娃，在学校不是学着吗，还补什么课呢？可是，尽管家里整天督促着，孩子学得也很用功，每次考试，黄豆芽的分数老是低，中游偏下，有时还溜到后边去了。

黄希成有点奇怪，放学后问豆芽："你怎么搞的，老是落后，是不是上课还是不认真听讲呀？"

黄豆芽低着头很委屈地说："不是的，原来我不好好听讲，后来，老师下功夫帮我纠正了。现在，人家都补课呢，我没补，每次考试都有奥数呢。在学校里，老师讲课不讲完，我不会的题都在补习班里讲呢，不信你去问，不补习的娃娃都考不好，你还怪我呢？"

黄希成一下子蒙了，心说，不会吧，正儿八经的学校咋能是这样呢？对这样的事实，他真的接受不了。他要去问老师了。

他抽出空闲时间来到学校，找到了杨老师的办公室。他知道，杨老师叫杨云飞，已逾而立之年，披发垂肩，凤眼竖眉，一派凛然英气的。

黄希成进屋时她正在判作业，一脸的认真，见有人进来，没有停下写字的笔，瞄了一眼来人，淡淡地说："有事？请坐。"依然在干她自己的事。

黄希成心里知道，优秀教师都这样，工作认真、忙碌，不愿让人打扰。但在这场面，他也很窘迫，拘谨地站着，没敢坐下。等了好久，看老师还没有停下来的意思，才怯怯地说："我是黄豆芽他爸，来向您问个事哩。"这时，杨老师才不情愿地放下笔，审视地瞅了一下跛腿的黄希成说："哦，坐下，坐下。你是黄豆芽他父亲，我倒把你给淡忘了，有事吗？"黄希成微微躬身说："有点事儿，我问一下娃的成绩为啥低，我想和老师沟通一下呢。"这时，杨老师才坐正了，毫不含糊地说："黄豆芽还可以，学习勉强跟上。"

黄希成疑惑地问："那他的成绩为啥老考不高呢？"

杨老师回答说："你没见别人都补课吗，你的孩子没补吧？"

黄希成愣了愣，才说："娃不是在学校里学着吗？难道学校里的老师都不会教吗？"

杨老师看来也有些生气，长长地哀叹了一声，对黄希成说："你的这个问题我回答不了，请你去问问校长吧，校长也姓黄。"接着，她给黄希成指了校长的办公室，送客人出门。

他来到校长办公室，黄校长很客气地接待了他，问有啥事？当他把补课的事提出来后，校长扶了扶眼镜，然后慢慢起身给他倒了一杯水，放在黄希成面前说："这你就不懂了，过去学校是事业单位，老师对学生负全责，现在学校教育变成产业了，既是产业，就得把知识当商品对待，既是商品，你想想，那就有等价交换的问题了。老师拿那点工资够啥？整个社会都商业化了，学校不跟紧行吗？可以直接给你说，补习班就是老师们办的，各班各科都不愿在课堂上把知识讲完的，为什么叫补习班，那就是补充嘛。"

黄希成思谋半会儿才慢腾腾地说："黄校长，我实在想不通，现在虽说家长不出学费了，但国家出着啊，我们也出借读费着哩，你们把课讲不完，剩余在补习班里讲，这不是让我们家长出双份吗？"

校长笑笑，不屑地说："这我们也没办法，整个都这样。"说完就伏在桌上写着什么，不再说话，好像身边没人似的。这分明是逐客嘛，黄希成只得告辞后怏怏离去。

黄希成很不服气，自忖道：这是什么政策？从来就没听说过。他回家和苗生香商量，要去区上反映情况。可苗生香不同意，她劝丈夫说："算了，别人都能过去，咱一家子去反映，如果不成功，娃在这学校还能念吗？"黄希成是个对事认真的人，他坚持地认为：

"这可能吗？肯定不是上头的政策，明显是下边在糊弄，不反映还以为谁鳖，我想上头是讲理的。"

苗生香犟不过他，经过一番争吵，黄希成决定周一坐上公交车去区上。

区教育局是一个大院子，里边的楼房都很阔绰，他在门房问清后，直接去了三楼。在一个大的办公室里摆着好多个办公桌，他一一地问，这边推到那边，那边又说在这边，问到最后，说领导在一楼。他只得又返回一楼，又问了好多个房间，敲门找人，困难啊，到了最后一个房间里，一个女人对他说："你这问题要找领导。"他只得低声下气地问，"领导在哪里？"对方回答，在三楼。

当时他的心里很不舒服，七上八下打着鼓，从三楼下来又得上三楼，这打听个人比问路人还难呀。到底在哪里呢？真有不想再上去的心。可又一想，既然来了，哪能不上去呢，这里总是人民政府，大门口不是写着吗，"益民区人民教育局"嘛，既是人民的政府，为啥不问呢？于是，他沿着水磨石楼梯向上爬着，鼻子里出气都呼哧呼哧的。他一侧身看见墙角里一群蚂蚁也一条线地向上爬，还有的被人脚踩上了，翻滚着挣扎呢，他小心地向上走着，生怕踩上蚂蚁了。他心想，蚂蚁可怜啊，那么微小，为了生存，不得不爬上爬下地苦苦挣扎呀。他站在那里，呆呆地傻望了良久。

等他上了三楼，已是上午11点多了，他怕单位下班，下班了就糟了。他在乡下办过事，知道，政府部门的上下班是非常守时的，真像太阳每天准时从东方升起，下午准时落山；谁也拉不住它。记得有一次，他去乡上给娃办户口，他去时，派出所还开着门，他心里很高兴，知道这下没问题了，当他排队挨到窗口时，窗口的小门

突然关上了。这时他慌了，大声喊："女士啊，外边仅剩我一个人了，能不能再等等。"里边没有一点声音，他只得转到后边，见到了那位女士，他哀求说："就剩我一个人了啊，能不能行行方便。"对方指了指墙上的挂钟，一语不发，一脸不屑地扬长而去。所以，他最怕的是单位关门了。

他想到这里，急急地转了几个圈，终于问清了，是在三楼第三个房间。他推开门，一位中年男子接待了他。对方好像认真地听了他反映的情况后说："知道了，这还了得，这不是胡搞吗？"于是就拨打电话，电话中的问答，他听到的是断断续续的："什么……谁叫你搞的，给你们已三令五申了，不能……再搞……受处分……"好久，才打完了，他扭回头对黄希成说："你回去，一切都好了。你也听着呢，我把他们都批评了。"

黄希成心里有些不放心，还在絮叨地问："那孩子还补课吗？"

对方说："你不是刚才都听着吗？电话批评得多严厉，你还不信啊！"

黄希成只得千恩万谢地离开了。

回家后他心里很高兴，对苗生香说："问题解决了。"两口子都高兴，心里赞着，政府就是好啊！

随即，就把事搁置下来了，没人再想以后还会发生什么。

10

黄豆芽的成绩比以前更差了。

黄希成两口子只有把问题推向孩子，怪娃学习不认真，养成了东张西望的坏习惯，回家又到处胡乱翻腾，到处胡整造成的。

这是因为在不久前，黄豆芽放学回家，在房中找到了一本旧书，封面上落满了灰尘，黄豆芽以为没用了。于是，他非常高兴，真像是在尘土中找到了珍珠。老师不是要做手工劳动吗？他想起了那天上手工劳动课的情景，老师一示范，一号召，大家都非常踊跃。有的捏泥人，有的做棉花玩具，有的做泥塑笔筒，更多的是叠纸工艺。特别是叠纸啊！纸包、纸飞机、纸小船、纸小汽车，还有的用纸叠小鸟、蝴蝶、蜻蜓……五花八门、奇形怪状、各色各样的纸工艺全叠好了，多得很呀！大家各显神通，有的放在地上跑，有的浮在水上游，更多的是飘在空中飞。小鸟、蜻蜓、蝴蝶，漫天飞舞，精彩极了啊！想起来真让人手馋心痒、跃跃欲试呢。

想到这，他猜想这本书肯定是没用了，不然，为啥落这么多灰尘？于是，他将书抓在手里，一页一页拆开来，看见那一张张漂亮书纸，他高兴得咯咯笑了，眉飞色舞的样子，真像是小猫在玩线团，小狗在嬉小球。叠飞机、叠小船、叠小鸟，最后，还折叠了很多纸包，这是他最爱玩的，"啪！"的一声拍在地上，把别人的拍翻了，就成自己的了，一赢一大堆，多兴奋啊！最令他高兴的是那只小燕子，用手一甩出去，拖着剪尾在空中翔飞，一下子飘得很远很远，他高兴得双眼眯成一条缝，都笑出眼泪了。

正在这时，黄希成从市场上回来了，看见小东西把他的小说拆了，气得狠狠地吼着："难怪你的学习不好呢，是不专心啊！"并把黄豆芽按倒，在屁股上又是一顿狠揍。尽管黄豆芽辩解地喊："这是老师叫做的，要我们搞手工劳动呢！"但黄希成依然不管不顾，照打不误。边打，嘴里还不停地吼："我叫你再不专心！我叫你再不专心！"从此，就把学习成绩差的责任，全归到黄豆芽学习不认真

上了。

在一个静谧的晚上，两口子商量给孩子补课的事。黄希成无奈地说："那只有补课了，小学是基础，不补，总不能让孩子输在起跑线上吧！"苗生香提出建议说："咱自己给娃补吧，咱一个孩子，又是小学课，娃回来了，多操点心，娃不懂的，你给娃教吧。"黄希成当然同意，说："不认真就收拾他，看他还能咋样？"于是，两人兴致勃勃地当起了黄豆芽的补课老师。

别看黄希成对儿子宠着惯着，对学习却抓得特别紧。他知道，娃的学习比啥都重要，一定要他上大学，考重点，在乡里也就能荣光一阵子。黄豆芽虽然毛病多，但每天放学回家，就被按坐下来做作业，黄希成对儿子严肃地说："别看我宠你，但学习上可不行，你养成的那些坏毛病，别在我面前使，使出来就准备挨打。"黄豆芽听了，嘴向外撇撇，做出鬼脸不吭声，将本子摊在膝盖上，只得慢悠悠地写开了。

黄希成摇跛着身子，偏着脑袋在一旁监督着说："从今天起，我就是你的补课老师，不会的就问我得了！"

每当节假日，黄豆芽都坐在小凳子上，把书放在一边地上，把本子摊在膝盖上，弯弓着腰，写呀写的。写困了，刚放下笔。黄希成就看见了，指责地说："写啊，刚才写得多好，好好写吧，将来要上重点大学呢。"

黄豆芽写着写着，就不自觉地松懈了，拿着笔，眼睛盯着本子，心神却不安起来。一会儿抠抠鼻子摸摸脸，要么眼睛瞄向远方，四处张望着，一副心不在焉的样子。要么瞅瞅爸爸不在跟前，就偷着玩耍起来，悄悄钻进玩具房里，摆弄着他的小汽车，不敢拿到大屋里，在小房子里，悄悄上好发条，一放开，汽车撞到墙上了，"咚"的一声响，把黄豆芽逗得"咯咯咯"地笑。黄希成听见了，大声喊："黄豆芽，黄豆芽，干啥去了？"黄豆芽赶快跑出来坐下，偷偷瞄着爸爸那威严的眼神，只得服贴地写着，小心眼里也在琢磨：总得让大人签字呢，想着，"唉"地长长出一口气，揉揉眼睛，只得又开始写了；一会儿，想小便了，刚站起身子，就又让爸爸按坐下来，他不敢再说，只得无奈地憋着，不大工夫，尿水在地板上像蛇一样流延开来，裤子浸湿了一大片。

苗生香发现了，连忙给孩子换裤子，责问："尿都不知道，咋搞的？"黄豆芽怯怯地说："我要尿，让爸爸按坐了。"苗生香心疼孩子，责怪丈夫说："你不能太过分吧？连娃小便都不准。"

黄希成便说："你不知道咱这东西，和其他人不一样，若不压压，到明天都写不完作业。这也和咱生豆芽一样嘛，压得越重，长得越壮实啊。"

苗生香嗔怒地嚷嚷道："你咋把咱娃比作生豆芽菜呢？就是豆芽菜，也叫你压成畸形了嘛，你把娃也变成它，像话吗？"

黄希成坚持说："矫枉过正，要得将一根棍子矫直，就得搬过一点。你女人家懂个啥？今后，你只管娃的生活，饥饱呀，热冷呀，头疼脑热什么的，给孩子付出些小爱就行啦！我呢，管学习成绩，管娃的将来前途，为孩子计长远，你懂吗？这才叫大爱呢，你说对不？"

苗生香无奈地说："反正我也不太懂，不管咋样，不能把孩子当豆芽菜去整，若把孩子身体整坏了，到那时，我和你不得完。"

黄希成说："这你放心，我是他爸呀，能不爱吗？"

正在这时，黄希成看见黄豆芽呆呆地看着他两人争辩，急忙说："你听啥呢，写完了吗？"黄豆芽疲倦地伸伸腰肢说："写完了。爸爸给我签字吧。"黄希成看也没看孩子一眼，说："拿来，爸爸给你再布置一点，做完就签。"

黄豆芽一边向爸爸跟前走着，一边张着口，将手扬起来，扭斜身姿伸着懒腰，等爸爸布置好了，又是一边玩要一边写开了。可他这次姿势变了，弯弓着腰，屁股在小凳子上挪来挪去，腰肢也扭动着，一边写一边用手擦着眼睛。好不容易写完了，还不敢坐起来，等爸爸手闲了，才小声说："爸爸，写完了。"

这次黄希成查看了，说全对。再来一点吧，再坚持一会儿就好了。可黄豆芽实在是不想写了，想说什么，口都张开了，却被黄希成那恶狠狠的眼神逼回去了，他不敢违拗，只得带着哭腔小声说："爸爸说话不算数。"

黄希成听了，自知理缺，笑笑说："只是一点点。"话是这么说的，但布置的并非一点点，要把三课的生字写五遍哩。

黄豆芽怯怯地说："这些字都会了，还要再写五遍？"黄希成威严地瞪了一眼，没说什么。黄豆芽用怨忧的眼神，瞅瞅爸爸，无奈地坐下去，不敢执拗，又慢慢地写开了。

黄希成见孩子不再说什么，自己就忙开了，洗豆芽、盖木板、压石块，等把自己的事干完了，扭回头看看孩子，见他已将头伏在膝盖上睡着了。头压在手掌上，身子弯成一个小圆圈，实像是一只小狗圈卧在那里。他最后安排的作业只写了几个字，一只手捏着三支笔，一次就写三行字，让黄希成才发现了秘密。但这次倒也好，黄希成不再责怪什么了，急忙把孩子抱到床上，吻了一口，疼爱地骂着："小俏皮！"

就这样，每天，学校老师有课后作业，家庭还要补加作业，周六周日更是作业如山，孩子的休息时间和玩耍时间被挤占完了。黄豆芽有时也埋怨："老师都有星期天呢，我咋没有呢？"黄希成听了，哈哈一笑说："我和你妈都没有啊，你看，每天都这样，谁给星期天呢？"

如此坚持了一个学期，到期末考试后，黄希成急待听娃的成绩，等成绩下来，他傻眼了。黄豆芽的成绩，语文还凑合，数学差得远，仅得了26分，他不相信这是真的，又跑去问老师，数学老师回答："黄豆芽没学奥数，咋能考好呢？"黄希成回忆着，确实没给孩子教奥数，奥数中的好多题，就连自己也做不出来，咋给娃教呢？

在回家的路上，黄希成一脸的气愤，心情坏得很。往天都从十字路口等绿灯，这天便拉着黄豆芽从隔离带中间穿过来，不少汽车都带着风声，从身边擦身而过，危险得很。黄豆芽不停纠正地喊："爸爸，爸爸，你错了！要从人行横道线走，红灯停，绿灯行。你错了！你错了呀！"

黄希成不管不顾，手拉着儿子，看着两边呼啸而过的汽车，躲闪着、避让着、奔跑着，气哼哼的，一语不发。

两个人跑到家里，苗生香知道了，气得大骂："你给娃做这榜样啊？你看这有多危险，你让娃今后也照样学是不是？"黄豆芽也接着说："我给爸爸说了，他不听，害怕得很呢。"

这时，黄希成的脑子里像装满了炸药的炸弹，只要一拉导火索，马上就会爆炸了，哪听得进去这些话呢？

11

看来，不让上补习班补课是不行了。

黄希成就领着黄豆芽，到附近逐个补习班去查看。不去不知道，去了之后才清楚，在整个英才学校附近，大小培训班就有十几所，有的建在单元楼里，深藏不露，像一只隐蔽的碉堡，只有当孩子们进进出出时，人们才知道这是补习班；有的建在废弃的商业房里，周围杂物纵横，与垃圾箱无异，门前散发着一阵阵臭味，人一闻到就想呕吐，卫生条件差得很；还有的建在楼房的顶层，直立的楼梯上，孩子们来来去去地爬行着，像一个硕大的马蜂窝，蜂在进出盘旋。无论建在哪里，卫生、安全等条件都使人感到很犹疑。

老师大多是在校的大学生，利用节假日，赚点生活费，像只临时习飞的雏燕，等待羽翼丰满后就翔飞了；或是高中毕业未考上大学的社会青年，在这像是在浅水中习游的鱼，随时准备向深水潜游哩；当然也有现任各科老师，但他们讲课的节次并不十分多见，也只是临时工，时刻准备到正规学校上课呢。

补习班就是在校老师办的，还设了许多连锁课堂呢，有的还连锁十几所，但他本人只管理业务，很少讲课。因为，他本人还是在校老师，哪有那么多精力呢？

培训班的老师都很热情，凡见到想要给娃报名的家长，都客气地让座、倒水、发培训资料和不停地讲解着。黄希成仔细听着收费标准：小学一个学科，利用周六周日，上十五周次课，收费1050元；初中同样的课次，每科收费1200元。教学内容多为五大名校而设，有历届名校收生真题，客观题技讲解，易错题归纳汇总，新颖常用题型专题讲解，等等。说白了就是各科目中在学校未讲的重点和难点，这里只是换了一个说法而已，还有就是故弄玄虚的奥数，用此装饰门面的。外加书法、钢琴和歌舞，全收费。

黄希成选了一个较近又较正规点的给黄豆芽去报名，并对黄豆芽说："这下每周六周日都得来哟，不然，钱就白扔了。"

黄豆芽知道不报是不行的！谁不想考五大名校呢？不学奥数考试分数低，英语过不了关，哪能考得上名校？于是只得违心地补。

黄希成领着儿子，来到学校门口。学校在二楼呢，要沿着又仄又陡，近乎直上直下的楼梯向上爬。黄希成正要上楼梯，突然发现门两旁写的字，不由自主地看了看，会意地笑了。不知是哪个孩子写的对联，才被粘贴在门两边的墙上。黄希成默声读着笑着："老鼠偷吃人食千人喊打，老师盗取童乐万人唾骂。"横批是："该死的补习班"。黄希成念完，"唉"了一声，又摇摇头，领着儿子上楼去了。

黄希成在这里试听了一堂课，是语文课，是一位代课老师讲的，她讲得很认真，把重点难点都板书了，还反复举例，提问，直到没有一名不懂的学生为止。一堂课上，采用启发式教学，学生提问，学生回答，老师点拨，师生互动，课堂气氛热烈活跃。黄希成观察，似乎觉得学生全懂了。他暗示黄豆芽听懂没有？黄豆芽连连点头，表示完全懂了。

于是，黄希成决定给孩子报了名。黄豆芽和其他小伙伴一样，周日周六别想休息。周六上午是学奥数，老师像演魔术似的把题讲完，作业安排得满满当当，中午放学时，作业只能完成其冰山一角，只得暂且置放下来。下午学剑桥英语，要赶在名校考试前能使英语

过关，必须加班加点，练口语、记单词、学语法，课一节赶一节，直至放学时，又是一堆作业。黄豆芽最头疼的是周日中午，这简直就是连续剧。而且是黄豆芽最不爱学的课，钢琴、舞蹈，外加写字。这家讲完那登场，一直搞到12点，才算罢休。下午又是全程作业，做作业快的学生，做到晚上12点多才算勉强做完。第二天又得到学校上学。这样日复一日地学着写着，孩子们真像是关进笼子里的雏鸟，眼看着那无限的天空，却怎么也冲不出这笼子的束缚，只能在笼子里，向往着天空的广阔，期盼着展翅翔飞。可是。何日才能飞出这该死的笼子呢？不由得泪水汪汪。

唉，这简直就是对孩子的虐待，是在用温水煮蛙——煮不死也活不旺，即使是取得一点点成绩，也是牺牲孩子的欢乐童年和自由空间换来的啊。黄豆芽虽说不反抗，但到了作业做完时，长长地出口气，眼泪长长地挂在脸上，半夜说梦话还在骂："作业，该死的作业！"大人以为他醒了，实际孩子是在说梦话哩。当代的孩子啊，用这"笼鸟望天"的词来形容，一点也不为过，不死不活地过着，真可怜！

一个礼拜天下午，黄豆芽拿回来一张纸让爸爸看。黄希成看也没看就说："整天广告满天飞，谁没见过呀，扔掉算了。"黄豆芽却说："这不是广告，你看看呀。这是一个初中同学放学时，悄悄塞进我的口袋的，很新奇的。"

黄希成展开细看，上面写道：

老师啊，我恨你，恨得牙都痒痒。你们补课补课补课，补死去吧！你能知道我家可怜吗？我真恨死你了。

我爸妈都是打工的，一月挣的钱除了生活费，大都让我给花光了。虽然说不收学费了，可你们收补课费和介（借）读费啊！除介（借）读费外，每学期英语一千二，奥数一千二，语文一千二，物理两千四，还有歌舞、钢琴和写字呢，凡是要考的学科，都要补课，都要花钱，这样下来，我们家能共（供）得起我吗？

老师啊，我恨死你了啊！你们白白浪费了我们的课堂时间，槽（糟）蹋了我多少个欢乐的节假日呀！你为什么在学校的课堂上不讲完呢？把难题和重点题都留给补习班讲，造成了有个正式学校，还要有一个黑学校补课呢？你整天想钱想钱，你们要工资干啥呀，赚多少就能够你的啊！你是我们尊敬的老师，你是我们心中的太阳啊！你够格吗？我们还向你们学啥呢？你们还有脸站在我门（们）前边冠冕堂皇地讲这讲那吗？

老师啊，你知道一个孩子上学，父母有多么担心和牵挂，为了交通安全和人身安全，他不得不留一个人接送孩子，这样只能使我们家的生活过得都不如人呀！一个月连肉都不敢吃呢！

我恨你恨你恨你！就是我考上大学也恨你，恨你一辈子！

初中学生

黄希成慢慢地看完了，心里一阵嗔恨，他的拳头握紧了，出气也变粗了。但停了会儿，慢慢地，慢慢地，他头垂下了，"唉——"的一声，出了一口长气，心里在想着：这娃写得多真实啊，家长的口袋空了，孩子们的负担重了，老师的钱包却鼓鼓囊囊的啊。

12

丁零零，清脆的上课铃响了。

同学们结束了欢乐的课间嬉戏，拥挤着进入教室，摊好书，准备迎接金老师进课堂。这是一堂自习课，在这堂自习课上，是金老师要给大家讲故事，同学们都兴致勃勃地等待着。

随着"起立"的口令过后，金老师笑容可掬地走进教室，看着同学们整齐的站姿和敬畏的表情，她微微颔首后，用手势按按，发出让大家坐下的示意。一声清脆的"坐下"口令后，大家齐刷刷地坐在教室里。金老师和蔼地说："今天，我们又利用课余，开……"随着粉笔在黑板上的敲击声响过，黑板顶端便出现整洁、劲秀的板书大字，"故事会。"

金老师名叫金亚茹，中等身材，乌发披肩，一副秀气眼镜后边露出一双智慧的凤眼，眼神里隐隐透出那聪锐、温柔和慈祥的眼神，孩子们都对她又敬又畏。

她爱孩子，特别爱小孩子。师范毕业后，就下基层教书，她对这份职业十分满意，孩子那蹦跳的身影、可掬的笑脸，经常使她在梦里也泛出一脸憨笑。

她代两班数学，又不是班主任，但她却非常关爱学生，特别关爱孩子的内心世界，经常利用课余，组织学生开故事会，细细聆听孩子的心灵闪光，灵魂独白。

她在故事会上问大家说："有一次，一艘渔船正在满载已捕的鱼返航，航行在大洋中间，突然发现了台风。这艘渔船上，是一家四口人，爸爸、妈妈、女儿和儿子，这时船上仅有一只救生圈，大家想想，这只救生圈应该给谁呢？"

略停，孩子们都叽叽喳喳的，回答着各式各样自己内心的独自遐想。有的说，当然给最小的儿子了，因为他将来活的时间最长，能为社会创造更多财富。有的说，应该给姐姐，姐姐比他中用，遇到大浪不会迷失，能安全返航。也还有说给妈妈的，因为，妈妈是生他们养他们的人，最亲切、最伟大，"世上只有妈妈好"啊。最后，只有一个孩子说要给爸爸，爸爸回家可以取到更多的救生圈，全家人都会有救了，这不是更好吗？

故事会上气氛热烈，大家争先恐后地发言，着急地在想办法，内心里都为遇难中的一家人焦急不安着。细想想，孩子无论哪一种想法，虽有点天真和幼稚，但都是表达了发自内心深处的爱，多么善良、高尚啊！

如此，一次次的故事会，金老师经常走进孩子的内心世界，与他们的心灵一起漫游，一起探寻爱的闪光。她发现，孩子在很多方面比我们大人要纯净得多、可爱得多、高尚得多。无论是想象力、创造力，还是神圣感、同情心都比大人强多了。孩子们有许多让我们大人学习的地方、羡慕的地方啊！

在这样活跃的课堂上，她发现了黄豆芽的表现：开始时，他东张西望，坐得很不安稳。金老师警告说："有个别同学注意力不集中，大家已都发现他了。希坐端，注意听。"大家"唰"的一下子都坐整齐了。停了一会儿，金老师又发现黄豆芽在左顾右盼着，一会儿低头在桌兜内玩着什么，一会儿，又在扭头望着外边。金老师直呼："黄豆芽站起来！向左看，向右看，向上看，向下看，坐下。"再过了一会儿，黄豆芽又扭身和后边的一位女同学说话了。女同学没理他，他还要反三反四地去打扰。又被金老师发现了，她平静地走过去，平和地对黄豆芽说："把手伸出来。"待黄豆芽伸出手后，金老师仅用两根指头，轻轻地在黄豆芽的手心里拍了两下，然后叫

他坐下了。这时，黄豆芽将头垂下了，趴在自己平放的手背上，哭了，一直哭到下课。

做一下课间操。

下课后，金老师还将黄豆芽叫到办公室里，温和地对黄豆芽说："豆芽啊，上课怎么能不注意听呢？这样你能进步吗？"最后，将黄豆芽疼爱地拉在怀里，抚摸着、劝慰着，最后让他笑着走了。

金老师被学校除名了。原因很简单，"体罚学生"。

原来，黄豆芽回家后，哭着喊着说："老师打我了！"并在家里蹦着跳着骂着。黄希成一听就火了，也不问是咋回事，就要去找校长闹事，他心想，这还了得，打学生就是体罚学生嘛，这学校到底是新社会还是旧社会的学校呢？有啥事需要打学生？立即就拉着黄豆芽的手，向学校跑去。

苗生香在后边喊着："别急，问清了再去学校不迟，到底是咋回事？不问清就跑了，黄豆芽说的话准吗？"可她在后边怎么也赶不上丈夫和儿子，只得在后边喊着追着，一直来到学校。黄希成已在校长办公室里骂开了，外边已站满了学生和老师在围观呢。

不管校长怎么解释，黄希成一概不信，只信自己的儿子哭着回家了，不打娃为啥能哭呢？为啥孩子不说其他老师打他呢？校长当然向着的是老师。"你们若不给一个答复，我就要上教育局去。"

苗生香站在那里傻眼了，不知如何是好。

这时，校长一下子乱了方寸，他为难得很：把金老师开除了吧，金老师确实是一个好老师，是学校的骨干教师，兢兢业业、踏踏实实地工作，开了她，也就冤枉了她，其他老师还会用心教学吗？不开除吧，如果闹到局里，那后果很难说了，那可不是在跟你玩呢，说不定开除了金老师还要株连校长呢？校长心里恐慌着、担忧着。

正在校长为难之际，黄豆芽所在班的班主任杨老师，领着全班同学来了，大家都在七嘴八舌地说开了。有的说，全怪黄豆芽，上课不专心；有的说，老师没打他，是他自己要哭呢。原来，是班主任老师在班内做了调查。学生们异口同声说："不怪金老师。是黄豆芽不好好听讲，金老师几次提醒他都不改，金老师无奈，只是用两根指头在他手心轻轻按了两下，他就哭了。"于是学生集体做证，黄希成才软下去了。

金老师虽然没免得了职，但通过这件事，在她善良的心里，投下了抹不去的阴影，现实教训了她，一位欢快的少女老师不见了，人们见到的是一位低沉、世故的金老师。

从此，校长下了严令，坚决不准动学生一指头，谁做出的事，谁负责。这样，学校把老师当学生管，把孩子当祖宗供着了。连学生打老师都没人敢管了，难怪学生变坏呢？

接着，又发生了一次事件。一位初中学生因学习不认真，还整天和校外的社会青年在一起，一位男老师批评了这位学生，要他好好学习，年纪轻轻的，不要急于参与社会活动。这本来就是一片好心，结果，老师被这位同学伙同社会青年打伤了，这位同学还将问题反映给家长，其家长在学校闹得沸沸扬扬。老师被学生白打了，还要受到学校批评。学校的正气一落千丈，老师该批评的也不敢大胆批评了，坏学生比老师凶得多，就连好学生也得不到褒扬了。

从此，黄豆芽更加不听老师的话了，还能学好吗？

唉，学校正气没人敢匡扶了，能把孩子培养好吗？

61

13

紧张炎热的暑假过后，天气慢慢变凉了。

清晨，一阵旋风吹着，一片树叶被风吹得在院子里打着旋，刚要落地又被风抛了起来，总不能安稳地落到某块地上，好像找不到栖息之所似的。

早饭后，黄希成领着儿子去报名，一路上，他信心十足地叮嘱儿子说："现在你也上补习班了，这学期可要用心哦，成绩不好就再没什么可说的了。"黄豆芽虽悄默着，但见他蹦跳的劲儿，和那兴奋的表情，就可以看出，他是愿意学好的。

来到学校，但见领孩子报名的家长很多。黄希成一看要排队，他不想排队，便对黄豆芽说："咱下午报吧，现在人太多。"他和孩子正要转身，突然又想问问今年报名费要多少钱？

于是，他挤到人群前边，偏着脑袋问："杨老师，我想问一下，今年报名费是多少？"只见杨老师抬起头，看了他一会儿，才说："你是黄豆芽他父亲吧？"黄希成急忙点头。杨老师又说："黄豆芽这学期不用报名了。学校通知，由于本学期当地娃都返回本校了，现在学校人数超员，外校娃娃一律不许报名。"黄希成正要再问，杨老师把学校通知拿起，在手里扬了扬说："这是通知。"接着就忙他的去了。黄希成气得脸上铁青，还能说什么呢？只得领孩子回家了。

这下，黄希成两口子都蒙了。苗生香沉闷了半晌才抱怨地说："这是不是你又上告又闹事的结果呢！咱是可怜人，是农村来的，不能逞强呀，哪有咱们的理呢，你不听，看现在咋办？'

黄希成愤愤地说："我不信这天底下没讲理的地方，不行，我再去问问政府，政府总是人民的政府！"

"又来了不是，你还要娃上学吗？我们现在另想办法，在附近再找找看。"苗生香很理智地说。

于是，黄希成只好同意。两口子就领着孩子四处奔跑了，经过多日的盲目奔波，他们才找到了一所新学校。

这所学校在城南边，地址在城乡接合处，基本和农村差不多，校园修得倒很气派。一个大院子里，左边是教工楼，是老师们办公的地方。墙面是由彩色瓷砖衬贴着，洁白中透着暗花，当人们从校园中走过，辉映出隐隐的影像，使人好像进入了幻境，真是气派又漂亮。右侧是一栋五层教学楼，从外观上看，建筑雄伟，装潢新潮，乳白色瓷片外包装，整个墙壁从上到下洁净如新，一律的茶色玻璃镶嵌在洁白色墙壁间的窗户上，给人以美的感受，孩子们从楼道内的走廊中走过，给人以舒适、美观、欲幻欲仙的感觉。正面靠墙是厨房和餐厅，也一如既往地洋气，厨房虽小，但都是无烟式设计，厨房洁白敞亮，一次可容百多人用餐。进门后的大院子有篮球和乒乓球等体育用具，看来是为了有效利用空间，使走廊和操场合二为一，可见，设计者非常地用心良苦。

两人进门后，环看四周，心情一下子开朗许多。苗生香和黄希成对视了一下，会意地说："咱娃能在这儿读书，该多好啊！"黄希成看了看回答："这里肯定不是咱娃读书的地方吧？"不管咋样，都要进去问一问再说。

找到了校长，校长房子也非常气派，洁白的墙壁上挂着世界地图，下边是校长的名言警句："呕心沥血，为国育才！"八个大字。看来是校长自己亲笔写的，毛笔行草，典雅洁净，由此可以看出，

63

校长是一个非常敬业的人。室中的陈列，倒很一般，沙发、座椅、书柜、床铺等，摆放整洁合理，雅观大方。

校长是位女的，叫方妙龄，但年龄却在四十出头，方脸上镶嵌着一对小眯眼，短发齐耳，前方的刘海儿遮去了本来就小的双眼，但见人却非常热情。落座后，校长给他俩倒了茶水。苗生香将情况说了，最后说："我俩是农村来的，就住在这附近，希望校长能收下我这个孩子。"没想到的是，校长一口就答应了，说："农村咋呀，我们这就是农村啊，报名吧，我们这儿不要借读费的。"于是，两人心里当然高兴，问了孩子在校活动时间，交了相关手续，两人便辞别校长，高高兴兴地离开了。

他俩真没料想，这里就这么简单、便利，没费多少周折，很快就给娃把名报了。这真是啊，"踏破铁鞋无觅处，得来全不费工夫"，这么些天来，不知跑了多少冤枉路，看了多少白眼，听了多少苛刻的条件，今天终于给娃把名报上了，真是天无绝人之路呀！两人长长地舒了一口气，向学校方向一揖到底，大声祈祷："多谢方校长。"

回家后，两人商量，只得把生豆芽的家，又搬到了孩子上学的附近，安置好后，又在附近找好了市场和摊位，总算又定居下来了，谢天谢地啊！

黄豆芽在这里上了一个多月学了，他们才了解到，这所学校并不是他们理想的学校。校里有 8 位老师，一共教了 18 名学生。这 18 名学生中，各个年级的学生都有，有的年级仅一个学生，最多的也不过四五个娃。学生的学习条件很优越，每节课都在老师房子里去上，上课和下课基本上没有时间限制。老师兴趣来了，多讲一会儿，老师烦躁了，有时还不上课呢，让学生在教室里做作业。虽然环境条件优越，也没有补课，老师讲课也不留余地，但由于是放羊式教学，抓的只是安全和卫生，不出事就行，这是头等要务，学生不允许离开校园半步，基本上是封闭式教学。其次是卫生，卫生是脸面啊，哪怕一个班只一个学生，教室都得全部打扫干净。玻璃每周必须擦拭一遍，还有楼梯、过道，每天得擦拭。校园里的清洁区，不允许有一株杂草，才露出一丝黄芽的小草也要计算在内，整得老师整天领着他班的那唯一的学生，到处检查清洁区，看哪儿有一株才露土的杂草哩。孩子们每天打扫卫生的时间，比学习的时间长多了，学生都畏怯了，有时按时打扫不完，老师只得帮忙。按理说，周五下午是不来校的，由于卫生打扫不完，大伙都得来校啊。

就这样，这么好的教学条件，学生却越来越少，大多孩子都因负担不起卫生劳役，都到附近择枝而栖了。黄豆芽在这里上了一个学期，第二学期开学时，全校来校报名的学生仅黄豆芽一个学生了。黄豆芽被校长宠为"优秀学生"，让八个老师轮流着教。

黄希成喜得合不拢嘴，兴奋地说："太优越了啊！这下我放心了，上大学也难有这么好的条件，我黄豆芽有福啊！"但是，不久学校就发生了变化。没有学生哪行？校长着急得跑到各家各户去动员，每去一家，校长都受到很大的责备："你还想再放羊吗？我们的娃是孩子，不是羊。"校长还许诺了好多条件，家长都摇头说："我们的孩子经不起你再耽搁了，我们不能到了20岁还上一年级吧？不去，坚决不去！"校长碰了一鼻子灰又一鼻子灰，只得灰溜溜地回来了。又去居委会上反映，居委会管教育的更没办法。无奈之下，校长只得把情况反映给村委会了。书记村长一听都急了，两人都觉得不光彩，自己在任期间，把学校搞垮了，虽说学校不归村上管，但是本

村的学校啊,自己也责无旁贷的。两人一商量,上了区教育局。两人给局长谈了半晌,局长总是推三阻四的。书记村长气炸了,对局长说:"这事,如果局长也不管的话,我们要向上反映了,看上边管不管,如果万一没人管的话,那只有曝光了。"区教育局局长一听要曝光怕把事态进一步扩大,自己就难保乌纱,只得答应解决。由于这个村地处区镇交界处,村里的学生大多都去了邻镇村校,于是,只勒令附近乡镇学校将此校兼并了,把原来的教师换得一个不留,并动员本村所有的孩子返回本村学校。结果,原来的教师都回家抱娃娃去了,拿着工资去抱娃,等于是家庭保姆了。因此,惹得本镇的教育专管又和该村长起了摩擦,闹得天昏地暗、不可开交。

这次变故,黄希成没高兴多久,该校附近也开始补课了,黄希成又开始担忧着。

14

在这个市场上,还有一家卖豆芽的,男的叫郝长发。郝长发的头发稀疏得能数得清,头顶已无一根头发,只有将其余部分的些许绒发任其生长,又向上拢梳着,用其覆盖无发部位,可是,见风一吹,秃顶又显露出来,实像一座秃山顶上,四周长满了树木,仅留中间荒芜着似的。他做事认真,但对妻子也很服怯。妻子叫崔红霞,身体瘦小,但性情要强、从不服人,是个女强人。

原来,郝长发和崔红霞两口子才真是老山里头的人。

两人是换亲,在他两人结婚的同一天,郝长发的妹妹郝秋香也和崔红霞的哥哥崔大为结了婚。两个男人都将女方红红火火地接了回来,要求,在同一时间拜堂,同一时间入洞房,第二天,同一时间回门，拜爹妈、谢媒人。三天后，又在同一时间熬十（在娘家住十天）。这些民风，在山里头是十分讲究的，也非常浓重。

还有，就是在结婚的当天，双方的车轿行在路上，过桥，必须给司机红包，遇山更要给司机红包，不然，司机就把车停在路上，一直等着。到家了，新娘不下车，得用红包来换，还要新郎把新娘抱下车，然后，在鼓乐声中去拜堂。拜完堂，看谁先入洞房，谁进去得早，将来谁就是当家的、掌权的，全家人都得听他的话。

这种换亲的婚姻模式，是当地媒人的一大发明。现在，山里的男青年很难订媳妇，要是将自己的姐姐或妹妹优先嫁人了，这家男子就得打光棍，所以，媒人就想了这个办法。于是乎，家有一男一女的，千万不要把女儿先嫁人，只有慢慢等机会，一旦有了换亲的对象，再不般配、再不情愿也得嫁出去，这已成为铁律。这时的父母之命、媒妁之言就成了铁定的话题，就是女儿再闹，母亲也会跳出来说："你闹啥呢，这是你的命，再闹也不行。"也是为她儿子没有媳妇，牺牲女儿是唯一的好办法了。还有三对男女互联的，只要说好了，谁来都不行，形成婚姻连环套，一家要解除婚约，三对夫妇都得解除，哪怕生了孩子也不行。这些都是媒人的绝作。这种强婚行规从旧社会就流传至今，所以出现女儿逃婚的现象屡见不鲜。

话归正传，郝长发和崔红霞生了女儿叫郝苗苗，崔大为和郝秋香也生了个女儿叫崔艳艳，崔艳艳小郝苗苗仅六天，称郝苗苗表姐。由于两家人都出山打工了，两个孩子也经常混在一起，关系也非常要好，最后成了好朋友。

15

郝苗苗小时候就非常聪明、懂事，全家人都把她爱成掌上明

珠了。

但在郝苗苗才上幼儿园那天，郝长发两口子就打工走了，开始是在南方，好远好远的，所以只好背着苗苗偷偷地走了。

清晨，苗苗让幼儿园阿姨领走时，她坐上车，回望了妈妈几眼，心里一阵难舍的酸楚。这并不是她知道妈妈的走，而是对幼儿园陌生环境的忧惧，为难地哭愁着脸，扭斜着身子不愿去。

当她放学回家时，一心想把今天的新鲜都告诉妈妈。她刚敲进院门，就急切地喊："妈妈，妈妈！幼儿园的小朋友可多啦！"可是，却不见妈妈回答。她急忙跑去问正在做饭的奶奶，奶奶回答得很干脆："走了，去南方打工去了。"看着奶奶认真的表情，苗苗知道奶奶从不说谎话。她的兴奋马上僵在脸上，慢慢变成忧苦和念想，眼眶里的泪水缓缓地涌了出来。她哭了，哭得呼呼哧哧，哭得全身战栗，匍匐在地上跌绊着、翻滚着，看来，谁也哄不乖。

奶奶急忙放下手里的活儿，将她抱起来。她不听，在奶奶怀里抵撞着、扭搅着、哭喊着，过了好久好久，她才慢慢从号啕变成哼唧。奶奶抱她到前院树林里哄劝，指指树上的鸟儿说："你听啊！鸟儿叫得多好听。这可是才离开妈妈的小鸟啊！你看，你看呀！它们都忙着找食哪。羞死人了噢！"苗苗真的看了一眼，见树上尽是燕子和林麻，她眼睛不停闪合着，偷笑了："我咋能有它那么小？"奶奶急忙接话："对，我小孙女比它懂事，比它中用，比它更争气，从来都不哭。"奶奶帮她揩拭掉脸上的泪滴，说："妈妈给你赚钱去了，要不然咱家吃啥、穿啥？你上学拿啥花呢？你看，你爷爷不中用了，走不动路，可他也要花钱啊！"苗苗服帖在奶奶腮旁，懂事地悄默着。

苗苗由悲变喜地问："啥叫打工？"奶奶回答："打工就是给人家干活呗。"她想了想又问："那妈妈啥时才能回来呀？"奶奶回答："这就难说了，也许是一年，也许……不过，奶奶教你个办法：你每天给咱那后窗台上放一粒小石子，等放满了，不见回来，再一粒一粒地取下来，不等取完她一定会回来的。"听了奶奶的话，她不哼声，眼珠子在眶内滚来滚去的，停了停又问："那南方……是哪方啊，远吗？"奶奶拍拍苗苗，向前一指说："就是大路的那边啊。远得很，坐车要走上几天几夜呢。你上你的学，她到时候就回来了。"

苗苗从奶奶怀里下来了，不哭了，可心里在期盼着。

从此，苗苗就有了自己的计划。

首先，她要记住妈妈走的时间，期盼着妈妈早日回家。从她哭闹的那天起，她每天要在小窗台上放一粒小石子，无沦刮风下雨，她从不会间断。有时她去舅舅家住两天，回来时，她都要记准补添上。窗台上已放得不少了，她看看再数数，心里惦念着、期盼着，等她把石子放满窗台时，妈妈一定会回来的。当她猜想到妈妈回来时的情景，心里禁不住一阵骚动、一阵震颤，幸福的泪挂满两腮。她放着、数着、惦念着、期盼着。

又一次，爷爷不知道她的心事，不小心把她的石子撞掉了些，她回家发现不对劲，又哭闹了一场，在地上捡拾着、哭闹着，直到放够了她心中的数目才罢休。从此，谁也不敢再动她的石子了。

苗苗在家里很勤快，帮奶奶烧锅、扫地，搀扶爷爷出来晒太阳，晚上给爷爷烧炕，每晚都能记准把爷爷的尿罐提回来，有时还要浇她的小草小花。爷爷奶奶都夸她，逢人就说：苗苗是个好孩子。

可是，她对一样事总忘不了。每天吃饭时，她总要拿着小凳子，

坐在前院里，面向大路方向，吃着、望着、期盼着，泪水盈盈。

苗苗在学校里是三好学生，每年期末准拿奖，老师经常夸奖她。她把得来的奖状，让奶奶帮她贴在房间里最注目的地方，一排排整齐地贴着。她站在对面注目凝视着，脸上泛着笑意，嘴里叨念着，等妈妈回来时，给她一个惊喜！

学校每开家长会，别的家都是爷爷或奶奶顶替着，她不叫，她想："我家情况不一样：爷爷有病走不动，奶奶太忙走不开。"她老是自己顶着。她坐在教室前排，装出大人的样子。轮到她家说话了，她站起来说："老师们：我是学生，也是家长呀，苗苗有很多不好的地方，希望老师批评我，我一定改，并把老师的话传给爷爷奶奶听，我妈妈回来了再补开家长会。"惹得参会的家长都向她投来爱慕的目光，但老师们都知道她家的情况，心里交织着阵阵酸楚和疼爱。

在美术课上，别的孩子有的画小桃，有的画红花，还有的画大公鸡。可她不画这些，她在白纸上画了一颗鲜红鲜红的心，上边写着："一心想妈妈。"画完了，她拿给美术老师看，连老师都看哭了。她把这张画拿回家，让奶奶帮她粘贴在奖状的正上方，贴好了，她站在正前面专注地看着，好久好久，哭了，泪，挂满了脸腮，涌流着。那是思念、期盼和激动交织的泪啊！奶奶想哄劝她，可话没说出口也哭了，只得把她拉进怀里，疼爱地用手抚摸着。爷爷在炕上看着，也禁不住"呜呜嘟嘟"地哭出了声。当晚，一家人都没吃晚饭。

想妈妈，她想得有时发愣，她静静地站在那里一动不动，她想："妈妈现在在干啥，是不是也在想苗苗？噢，在"打工"，给人家干活呢。妈妈呀，你回来呀，苗苗想死你了啊！"这时的她已是双泪垂流、泣不成声了。可是她是个懂事的孩子，她不想让爷爷奶奶替她伤心，每当她想得狠了，就躲开爷爷奶奶，装出没事儿似的。可是，背过身，一个人偷偷又掉泪了，急忙用袖子擦擦，咬牙忍忍，尽力把心事岔开，让念想疾快过去。

自从妈妈走后，开始也打电话，可是每次妈妈打来电话，她都不准别人接，自己拿着手机不忍放下来，都一个多小时了，还要和妈妈说话。这是长途啊，话费高得很，最后，妈妈只得勉强挂了，她气得拿起电话就摔了，把一个手机变成了几个手机。从此，一般不让她接电话了。

苗苗呀，她心里苦啊！

又快过年了，苗苗把窗台的小石子做了一次大盘点。

那是在放寒假的当天下午，太阳暖融融的，前院的小树上，喜鹊叫得特别亲切、甜美，努着嘴巴，摇着尾巴。这时，小苗苗正在向大路上张望呢，她向喜鹊耍个鬼脸，努努嘴："你说啥呀，是不是妈妈快回来了呀，啊！"喜鹊却叫着、跳着，一展翅飞走了。

她回到后院里，用心数着她的小石子。是啊，实在是不数不成了，窗台上已是满满当当地累积着，实在是放不下了呀，她把这些小石子全部挪到地上，一个一个数着，每数一百个，就放成一堆，再数再放，数了好长时间，终于数完了。奶奶笑着问："数了多少？"她肯定地说："一共是 1282 枚。"奶奶笑着说："三年多了吧？可能你妈妈今年能回来。"

说完话，她把石子在窗台下堆成垛，准备再摆放。正在这时候，奶奶的电话响了，奶奶嘻嘻地喊着："苗苗，快，接你妈妈的电话。"她兴冲冲接过电话就喊："妈妈呀，我想死你了啊！"还没听到妈妈

说话声，已呜咽得说不出话来了。

奶奶急着接了电话，才告诉她，妈妈已经回来了。

她蹦跳着身子就向大路那边跑去。奶奶在后边追着，追不上她，急得喊："慢点，慢点！"她不管不顾地向前奔，当她跑得已上气不接下气，爬滚在地上时，一辆面包车停在她身边了。

她扑在妈妈的怀里，一句话也说不出来，小嘴撇得像豆角，幸福的泪挂满双腮上。

当天晚上，她幸福地依偎在妈妈的怀里，把妈妈抱得很紧很紧，好像一丢开，妈妈又会跑了似的。她痴痴地问："爸爸咋不回来啊？我也想他了呀！"妈妈搂着苗苗，说："爸爸被留在单位了，一时走不开，明年他就会回来看你的。"她歪着头问："爸爸不想我吗？"妈妈说："傻孩子，咋不想，没办法回不来啊！"

一家人年过得多欢乐，到处都能听到苗苗的嬉笑声、欢闹声和在家屋内外的狂奔声。除夕夜全年，她负责摆凳子，发筷子，她特意给爸爸放了凳子和筷子，她说："这是爸爸的，谁都不准坐！"开饭了，她先给爷爷奶奶敬酒，把酒放在爸爸的位置上，大声说："爸爸，我给您敬酒了。"自己不会喝酒，就打开饮料和家人碰杯。一家人坐在一起，像蒜瓣儿似的，聚着拢着，脸上喜盈盈。

在酒席中，她唱了一首《世上只有妈妈好》，带着微颤的童音，伴随全家人的掌声和喝彩声，形成一曲欢快旋律，飘荡在充满新年氛围的空气里。她唱完，却自己流泪了，她擦擦泪不再说话。妈妈给她纠正说："爷爷奶奶爸爸都好，都关心你，疼爱你啊！"奶奶却笑眯眯地说："我苗苗好着呢，谁不是和妈妈心近哪。"苗苗喜了，会心地一阵盈笑。

唱完歌，在妈妈的央求下，苗苗又给大家跳了个舞，她那熟练的舞技，幼嫩的身姿，使全家人都停箸观望。看完了，妈妈把苗苗搂在怀里，一家人洋溢在新年那转瞬即逝的欢乐中。

年过完了，苗苗守住了妈妈不放松，像尾巴似的，她对妈妈说："妈妈，我不让你走！"

"妈妈不走！"崔红霞含着泪应着。

可是，在苗苗幼小的心灵里，总觉得妈妈有啥事瞒着自己，她不相信妈妈说的话，追想起妈妈的走，使她想苦了，想怕了，这是活显显的啊！万一妈妈走了呢？她不放心。要走，就和妈妈一块走。她决心守住妈妈！早晨，她早早起床，一睁眼见妈妈在身边，就幸福地笑了。白天，她都把妈妈随得很紧，像一只小尾巴，影子似的跟着。晚上，她依偎着妈妈，小猫那样，甜甜地睡着了，半夜里说梦话，突然坐起，用小手摸身旁的妈妈，大声喊着："妈妈，我不让你走！"说完又睡下了。

当然，崔红霞也不想走，自己欠女儿太多了，背过苗苗也常哭泣，可是不行啊！这五口之家，光凭丈夫一人打工赚那点钱，根本就不够花，何况房还没加盖二层呢。她原来也和丈夫商量过，不行就把娃领来，在这儿读书吧。可是，一合计还是推翻了。这儿要借读费、补课费，加上她两人的花费，一月的工资就所剩无几了，咋养家糊口，咋加盖房子？何况老人都年岁大了，爸爸又常年偏瘫，花钱也是不小的开支啊！算来算去，还是将苗苗放在家里"留守着"。

快元宵节了，该走的人都走了，自己总是走不开，情感割舍不下苗苗啊！咋办呢？这里距车站远，已经将人家的摩托车雇了几次

了，都被女儿拖住不能走。

这天，崔红霞决心走。早早就把摩托车叫来，在门前路口等着呢。当她正要抽身的时候，苗苗在身后喊了一声：“要走啊，不行，我也要去!”她又只得停下来，给苗苗耐心地解释。苗苗噘着嘴，瞪着眼，头摇个不停：“不听、不听、不听。”这时，奶奶急了，上前拖住苗苗。妈妈含着泪急忙跨上车，车启动了。

这时，苗苗急了，一甩手，将奶奶推开，急急地追了上去，大叫：“妈妈，我不让你走!”这时，妈妈的心都快碎了，“唉，我咋这么狠心啊!”她不让车开得太快，她怕把苗苗摔坏了。车慢慢地向前挪着，苗苗紧追不舍，嘴里不停地重复着；“妈妈，我不让你走，我不让你走!”两条小腿不停地向前移换着，慢慢地，慢慢地，她已喊不出声了，面色苍白，泪不停地洒在地上，口张着，大口地喘气，时跑时停时走着，越来越上气不接下气了。

这时的摩托车依然距孩子不远，妈妈不停地喊着：“回去，苗苗，回去!”可是这时，谁也听不见谁的声音。当追到大约一公里时，苗苗突然跌倒了。

当妈妈拉起苗苗时，苗苗已经昏迷过去了。

崔红霞这下无奈了，为了孩子，要钱干啥呀，是钱为了人服务，还是人为钱服务？她反复想着这个理，最后她咬咬牙，决定把丈夫从南方叫回来，在媚城到处寻找，总没有合适的事可干。最后两人商量，才在媚城做起了豆芽生意。

16

在媚城的出租屋里，崔红霞才真正了解了女儿的个性，她最反感的就是，自己的女儿太软弱、太善良。她担心着，这样的孩子将来咋生活呢？

在学校里，郝苗苗经常被同学叫骂，她委屈得伏在桌子上痛哭，从来都不知道还嘴。事后，她的好朋友问她："她那样骂你，你怎么不还嘴啊？"她微笑着说："还嘴就是骂人，难道我就能骂人吗？"

不知怎的，她总能找到帮扶对象。经常能见到她为盲人领路，将一位跌倒的老太太搀扶起来，给不认路的人指迷。可她从来也没碰到过谁去讹诈她，她那轻柔的动作、关爱的表情、真诚的态度，传递着一片火辣辣的真情善意，将人心都融化了，谁还去讹诈一位小姑娘呢？凡她帮过的人，都从心底里感激，用醇厚的目光，对她报以诚挚的谢意。

最使母亲忧虑的是整天爱哭泣，见到踩死了一只蚂蚁，她就"呜呜嘟嘟"地哭；见到一只知了被鸟叼去了，她哭得昏天黑地。见到一只小鸟飞不起来，她爱怜地抱回家喂养，小心地呵护着，直等到会飞了，她把它抱到院子里，用额头抵在鸟身上，亲昵地爱怜着，用嘴对着鸟嘴一会儿，眼泪"唰唰"地不忍放飞。良久良久，然后捧在手里，向上一扬，等鸟"扑棱"一声飞向长空，才长叹一声，脸上一阵嘻笑。

一天下午，郝苗苗做完作业，正在草坪对面踢毽子，只见她一弯腰，一伸腿，毽子就像被磁铁吸住一样，稳稳地落在她的脚面上。一会儿，毽子又忽左忽右、忽上忽下地前后翻飞，眼看就要落地了，就在这千钧一发的时刻，只见苗苗机灵地向下边一弯腰，一伸脚，毽子又像一只花蝴蝶一样，展开翅翼飞起来了。正在这时，崔红霞站在草坪对面喊："苗苗，苗苗，快过来，给妈妈帮个忙。"郝苗苗

看了看，草坪长得绿油油的，像绿毯似的光洁。中间已有人踩塌了一条小路，路上的小草被人为地踩踏得乱糟糟的，有被踩倒的，有被踩坏的，一阵风吹过，小草突突乱颤。郝苗苗没有从小路过去，她从旁边绕了很大一个弯，才走到妈妈跟前。

崔红霞气得大叫：

"为啥不从中间过？那多快啊。"

"我怕踩坏小草。"

"踩踩能坏啥了？"

"小草也可怜。"

"别人都踩呢。"

"不，我要保护它。"

崔红霞气得大骂："愚蠢，看你将来咋活啊？"

郝苗苗气得"呜呜"地哭了，哭得很伤心。

崔红霞最后才了解到，苗苗最爱看的影视和书都是些什么啊。《嫂嫂》《善良的女人》《花千骨》等等。翻看了她看过的小人书一厚沓，里边有《懂礼貌的小白兔》《365 夜故事》《乌鸦的故事》等等，都是些充满爱、充满善、充满正能量的作品。她把这些作品看完了，整齐地放在自己的枕边，舍不得乱扔。

崔红霞一下子担心了，咋办呢？这么好的孩子，又这么善良，今后咋生活呢？谁家的孩子能像她那么傻啊！光知道关心别人，连小虫小草都关心，谁关心你呢？郝苗苗却不在乎，反驳说："那不好吗？你关心我，我关心你，人人互爱着，能不好吗？再说了，小虫小草也有生命，我看它痛，我就心疼。"

妈妈没办法解释清楚，但她内心却不放心，现在，谁想的不是自己，自私已成为常态，你关心他，他关心你吗？傻丫头啊，妈妈为你担心啊！于是，崔红霞把孩子看的课外书，收拾得一干二净，郝苗苗为此还大哭了一场呢。

后来，崔红霞有意发凶发狠，和邻里吵架，有意用恶狠狠的言语对待他人，用以为女儿做示范。

可是，尽管如此，好苗苗的个性好像定了型，依然那么善良和高尚。

一次，爸爸把她从学校领回来，路上有一家卖小鸡的，一个个毛茸茸的，被染得五颜六色，在篮子里跑来跑去像绒球滚动，太吸引人了。

郝苗苗围着，不想走。郝长发只得给她买了一只，是黄色的，还"叽叽叽"地叫，她心疼得捧在手心里，一直抱回家。

这下苗苗高兴了，每当放学，她就趴在纸箱旁喂小鸡，小鸡在箱盘上跑着、吃着、叫着，她在外边喂着、逗着、乐着。只要她在家，就会听到她那"咕咕咕"的唤鸡声，待鸡吃饱了，她小心地盖好箱盖，将耳伏在纸箱上，再仔细听听，然后嘴里说："让小鸡也歇歇。"

这样过了几天，郝苗苗依然处在期盼中、欢乐中。一天下午，当郝苗苗放学回家，她捉了一只在路上被人踩死的虫子，用手捏着，走到箱笼前，将箱盖缓缓揭开，想给小鸡一个惊喜。当把盖子完全揭开后，才发现，小鸡卧在那儿不动了，她用小手拨弄了几下，才发现，小鸡早已经死了。

这下可不得了，郝苗苗那幼小善良的心灵承受不起打击了。她一下子哭了，哭得呜呜嘟嘟，哭得悲悲凄凄。她慢慢地将死去的小

鸡，缓缓地放在手心，好像一用力，小鸡就会疼似的。她用泪眼望着，用小手拨弄着鸡头，发现小鸡头低着，眼睛闭着，一股酸楚涌上心头，哭得欲昏欲醉，黑天昏地。

她把小鸡抱上不丢开，脸上布满愁容，不吃也不喝。晚上睡觉了，她坚持搂着小鸡睡，一觉醒来，发现小鸡不在手掌心了，她又是"呜呜嘟嘟"地哭。接连三天，她不出门，不吃饭，也不上学。

崔红霞真的发愁了，这孩子咋了啊？没办法，只得慢慢地劝说："你想想，小鸡已经死了，死了就不能活了，捧在手里是会腐烂的，等它腐烂了，那不臭死人啊！把它埋掉吧，啊！"郝苗苗知道也没办法了，只是她舍不得，才捧着的。在妈妈的劝慰下，她点了点头。

她不让别人埋小鸡，要自己埋。她用小铲，在花园里挖了一个小坑，用纸铺在坑底，然后小心翼翼地将小鸡放进去，慢慢摆正了，上面再盖上纸，再上面又用小棍子棚起来，才慢慢将土用小手一捧一捧填进去。她能想到用土埋掉小鸡的样子，她站在那里，心里一阵震颤。等将土堆成土堆后，她折了几枝小花，插在上边。然后，她退了几步，静静地站着，站着！

看着这一切，崔红霞也哭了。

17

两家人的豆芽菜都摆放在一个市场上，由于郝长发生的豆芽长得像长头发，又黑又细又长，不敢和黄家的豆芽摆放在一起卖，单独放着也很难卖。只得等待黄家的豆芽卖完了，他才慢慢地卖。

两口子也偷看黄家的豆芽，越看越气。人家的豆芽又白又嫩又壮实，还泛着脆生生的光润呢。他偷偷地抓了一把去和黄家的比，把自己羞得都低下了头，他们到底是咋样生出来的呢？两口子在家里纳闷，猜想，最后断定，别人肯定是有特别技术的，绝对是不会教给咱们的。郝长发肯定地说，同在一个市场上卖呢，商场如战场，生意竞争得非常激烈，教给你，可能吗？崔红霞却不以为然地说："不如试试看，或许会教咱的，偌大个市场，他一家也占不完呀。"女人的话代表真理，崔红霞说了算，郝长发只得服从。

一天下午，郝长发卖完豆芽，和妻子商量好去拜师。郝长发提着礼品，一路上小心翼翼的，担心别人不给面子，多丢人。崔红霞手拉着女儿苗苗，回头对丈夫说："不怕，不教，咱们就回来，又不是去偷人，那有啥丢人的？

"现在都是看脸世界，怕看脸能干成啥事？看你，只讲面子，面子！面子能值几个钱？把事办成了，自然就有面子了，你还不如一个女人哩。"

同行，在市场上常见面，一进门，虽然一愣怔，可很快就热火了，落座、倒茶，双方都很客气的。但是，一提到要学习生豆芽技术，黄希成的脸马上出现了阴云，沉默了半晌，才支吾地说："哪有什么技术呀，都不是一样生吗？要说有技术的话，我们家还得向你们学呢。"他说完，用目光关照着妻子，生怕她说漏嘴。

苗生香知道丈夫的病态心理，保守死了，帮帮别人把啥坏了？自己也经常求人呢。于是，看也没看丈夫，就爽快地说："成，不难，一点就破，不就是压压吗？让他爸给你俩细细地说。"接着，扭回头对黄希成说，"你给他姨教教吧，都不容易。"

这下，黄希成包不住了，身子晃了几下，不好意思地勉强笑笑，遮掩着脸上的窘态，忙扭转话锋说："先喝茶，那确实不难，让我慢

慢对你说。"于是，坐了一会儿，他把郝长发两口子领到自己的生产室，边看边讲，讲完后又补充说："唉，不容易啊，不瞒你说，就这点技术，我们还承担着一个老头子养老呢，老人才走不几天，再停几天就来了。"

苗生香着急地阻止说："看你哟，说啥呢?"扭回头对他俩说，"别信他的，没有的事。"

郝长发两口子都对黄希成那精湛的技艺非常钦佩，对他们的坦率和真诚特别感动，异口同声说："让我俩也分担些吧，没事，应该的。"苗生香却说："不必不必，那是我家的事。"郝长发两口子对苗生香非常钦敬，千恩万谢地走了。

从此以后，他们真的经常来送东送西的，成了朋友了。

其实，两个孩子早就认识，都在一个学校里，上学牵着手，放学一路走，两家人都高兴着。

这郝苗苗长得苗条漂亮，聪明可人，水灵灵的大眼睛，人见人爱。看事总有自己的看法，从不说狂话，只是有点内向，对任何事都不多说话，沉默不语，好像是漠然置之似的，不以为意。实际上，她心里早有主意。崔红霞对她非常器重，一心想要她多学点东西。常在心里思谋着："自己一生就这样了，没有多大的前景。绝不能让孩子也没出息呀！一定要把她融进城里人的生活圈，城里人有的，我的孩子一定要有，城里人会的，我的孩子绝不能落后，将来也要嫁个有钱的。要不然，在城里混了这么久，一辈人一辈人都没出息，叫家乡人怎么看待自己呢?"

于是，她在重视学校教育的基础上，一定要让孩子像城里娃一样，去参加一些兴趣爱好班，掌握些其他爱好。如学钢琴、学舞蹈、学画画、背诗词，再练写书法。不是说"淑女必书女"吗，那必然是"书女才淑女"了，历史上那些大家闺秀，宫廷才俊，哪个不是琴棋书画样样精通，这些，哪一样敢落下呀。孩子都8岁了，专家都说了，千万不能让孩子输在起跑线上。这话说得太对了，现在社会上的"补习班""兴趣班"满天飞，为啥不让孩子上"兴趣班"呢？"苗苗是我的第一个孩子，当然也是唯一的孩子。是我的心头肉，我教育孩子又是第一次，也是学生，只准成功，不准失败呀!"

她想到这里，和郝长发商量，想先把女儿送去学钢琴，再学其他。郝长发不懂这些，只能顺着自己的女人去折腾。

于是，苗苗就被送到一家牛班音乐学校。这里的老师非常严厉，首先要求钢琴指法训练，接下来练习律动。练了几天后，发现郝苗苗对练钢琴兴趣不大，每次练习都懒洋洋的，只是被动地接受，有时总想着逃避。一个月后，女儿明显出现厌倦情绪，一提到练钢琴，就蹙眉，就磨蹭，就上厕所，总是对练习厌烦。特别是一到上课时间就装病，实在是不想去。后来，她请教了一位朋友，朋友说："不能逼孩子去学不爱的东西。你想想，为什么要让孩子学琴呢？我们学琴的目的，是让孩子能感受到音乐的美，如果学钢琴带来的是痛苦，那就没必要再学了。"苗苗学钢琴的事就此终结了。

接下来就考虑让苗苗学跳舞，崔红霞心里想，这可是女孩子最爱的事啊，应该是没问题了。

崔红霞乐哈哈地对苗苗说："不学琴也行，看你那身材和样貌，哪一样都是跳舞的坯子。你看那些舞星歌星，多潇洒、多风彩、多荣耀，真是名利双收啊！一进入舞池，便跳起来了，一身绯红舞衣，在空中飘动，像蝴蝶飞。扭起来，身子扭扭，屁股扭扭，全身盈动，

柳条似的轻盈，美得让人窒息。等你成了舞星，妈也能沾点光吧，啊！"

郝苗苗听了，只是勉强地笑笑，总是没兴趣的样子。崔红霞见了，撇着嘴，将身子不自觉地扭向一边，长长地出了一口气。最后，便大声说："你到底愿不愿意学呀？"

郝苗苗沉默了半天才说："妈妈你看我行，就去呗。"郝长发在一旁插嘴说："娃不去就算了呗，不愿意的事，肯定学不好。"崔红霞气得瞪了丈夫一眼说："你不鼓励孩子，还泼冷水。不行，不试咋知道不行？"

于是就决定了。本来早应该定了，还不是崔红霞说了算，绕了偌大个圈，最后还不是自己一锤定音。经过一番考察，最后选了一个速成舞蹈班，因为，大伙都说那家比较好，进步快，效率高。在崔红霞的胁迫下，郝苗苗总算怯生生地报了名。

按理说，8岁正是舞蹈适宜期。因为，要做劈腿、下弯腰等高难度动作。专业舞蹈，练习强度很大，时间又长，对孩子生长发育很不利。针对苗苗来说，是儿童舞蹈启蒙教育阶段，学学律动，以培养一下节奏感为目标，多一些娱乐性、模仿性行为，慢慢由浅入深、由易到难是正当时。使孩子在不知不觉中，逐渐培养兴趣，达到学有所成的目的。

可这家舞蹈班，确实是追求效果，用以吸引家长的注意力，是为了多招学生，所以才搞速成班。一开始就上高难度的动作，就做柔韧性的修炼，譬如，压腿、低头、弯腰等。孩子很难承受。

回来后，郝苗苗想说什么，刚喊了一声："妈妈，我……"就被妈妈制止了："喊啥呢？苦一点把啥坏了。"这样，在妈妈的威逼下和老师的强调下，只得咬着牙忍受。几次以后，郝苗苗说啥也不去了，到时就藏起来不见人。为了这个事，崔红霞费了很大的劲，一方面对辅导班的老师说："孩子小，能不能轻点、慢点，让孩子慢慢适应啊！"好不容易老师答应了，再慢慢劝说苗苗："现在好了，我已给老师说好了，她们现在绝不会使劲地揉搓了，绝对不疼，不信你试试看。"苗苗拗不过妈妈，只得不情愿地去了。又经过了一番的折腾，又坚持了一段时间，最后才发现，苗苗根本就不爱跳舞，每次动作都是在老师的牵制下被动地接受，学了好长时间，看不出一点效果。崔红霞只得"唉"地长叹一声，终于无奈地放弃了。

最后，给郝苗苗报了一家补习班，学奥数、学英语，星期日还要练书法，到底也没摆脱得了。唉，她像一只蹦跳的蚂蚱，再蹦还在笼子里呢，总得学啊。

当代的孩子啊，实在是成蝶前的蛹，只能在茧壳里悄默着，真可怜啊！

18

崔红霞对苗苗的学习课程，抓得比谁都紧。

郝苗苗是女孩子，很善良也很听话，在学习上也很用功。用崔红霞的话说，就是不太专一，做作业时喜欢想这想那的。

打从上一年级起，爸爸一天到晚都是忙，妈妈对她的要求却很严格。每天放学回家，郝苗苗就主动写老师布置的作业，写呀写，写完后让妈妈签字。妈妈一边给苗苗再布置下新作业，一边检查她做过的作业，她认真地查看着，打着对号或错号，比老师还认真。有时她忙了，就对女儿说："苗苗你慢慢地写，写好，别急。妈妈一会儿来检查。"她忙去了，把郝苗苗放在出租屋的卧室内，孤零零地坐着，写着。

过了一会儿，郝苗苗在卧室内喊："妈妈，妈妈！"崔红霞以为有啥事跑来了，她却兴奋地喊："妈妈，你说，天上能种花吗？"崔红霞生气地说："你胡想的啥呀？学校作业写完了吗？"郝苗苗认真地说："这不就是在写着吗，还多着呢。"崔红霞一看，气得大骂："你正在做作业，胡画的什么呀？"郝苗苗辩解道："这就是老师布置的作业啊！"

原来，郝苗苗正在画一幅画，画面上，下边是山河大地，高山巍巍，河水潺潺，大地碧绿一片；上边，在蓝天白云上，月光辉映、繁星满天；在这夜空中，在一条小路旁，却开着许多色彩斑斓、鲜艳夺目的野花，一朵朵欲开欲放、流光溢彩，十分可爱。

崔红霞看后大怒，就要上前撕掉，并大声斥责："你画的是什么呀，哪有花开在天上的？赶快收拾了写作业，不然我就撕掉了。"郝苗苗急忙用身子护住说："这就是老师布置的图画作业啊！"这时崔红霞才细细地看看，说："不像，哪有花儿开在天上的？是你在胡想呢。"说完后，便扬长而去了。

又过了一会儿，崔红霞听见郝苗苗在唱歌了，幼嫩的女高音颤着声唱得很清脆，也很动情。崔红霞听着，想动怒，但她忍着细听：

汩汩的小河旁，

芝兰（啊）欲开放。

那眨呀眨的眼睛，

像夏夜的萤火虫忽闪奔忙。

一阵阵郁香啊，

诱来了青蛙呱呱，小鸟吟唱。

呱呱呱呱，呱呱呱呱，

在夜空中此消彼长！

汩汩的小河旁，

芝兰（啊）正开放。

那朵朵摇曳的花啊，

像满天的繁星掉在水中激荡。

引来小鱼奔忙，涟漪绽放。

晃晃悠悠，晃晃悠悠，

满河里银星碰撞碰撞，

在暗夜里闪闪发光！

汩汩的小河旁，

芝兰（啊）正怒放。

……

郝苗苗还要唱，却被妈妈制止住了。

"你还唱啊！你看还有时间没？我给你布置的作业还没做呢！"崔红霞气势汹汹，更怒气冲冲。

"这是音乐老师布置的作业啊！你不是要我先做学校的作业的嘛！"

"又是图画，又是音乐，今后，别做那些了，只做语文、英语、

数学就行了。"

"老师批评呢，不做不行呀！"

崔红霞痴痴地站在那里，不知如何回答孩子才好，沉默好大工夫。最后才气哼哼地说："难道老师的话是圣旨吗？那是副课，不做就不做！"

从此，音乐和图画的作业，只得背着妈妈去做了。

他们的出租屋在一楼，盖楼的为了省地方，楼与楼靠得很近，周边树木葱茏，卧室内光线昏暗。郝苗苗就趴在窗前的小桌子上，写呀写的。崔红霞有时抽空对女儿喊："你做完就休息。"这话听起来轻松又亲切，甜甜的，充满爱意。可是，能做完吗？作业像山上的野草一样多，哪有完的时候？这些天，崔红霞叫娃先做自己布置的，结果，学校老师安排的作业老是做不完就趴在桌子上睡着了。第二天清晨天不亮，就把苗苗唤醒再做。有时，作业还没做完，上学时间就到了。郝苗苗吓得不敢去上学，崔红霞只得拉着孩子，苗苗一边呜呜嘟嘟地哭，一边往学校里走，都到校门口了，吓得还不敢进去。

更不可思议的是，为了怕孩子写作业时打瞌睡，崔红霞竟将苗苗的小发辫，用一条绳子系在屋顶的吊灯线上。每当苗苗瞌睡了，一低头，就被立即唤醒，这多残忍啊！有人指责她说："这是古人用过的，是自愿的，你这就不对了。"崔红霞却说："我知道过了些，但很有效。"惹得周围的人都笑了，这些笑声，大多是为孩子痛惜，但更多的还是讥讽，这倒是关心孩子？还是折磨孩子啊！

房的外间里，被豆芽作坊的细碎占用得没有空间。苗苗也只能在卧室学习，每当傍晚，昏暗的卧屋内更昏暗。郝苗苗在卧室内喊：

"妈妈，看不见啦！我要拉灯。"崔红霞问作业还有多少？苗苗回答："多着呢。"崔红霞急忙说："别拉，我来看。"

于是她进屋内看了看，发现路灯从窗外射到墙上，亮亮的。她灵机一动，笑了笑，将一面镜子挂在墙上的光亮处，把光亮反射到桌面上，反比墙上的还亮。通过调整，恰巧把光亮对准苗苗的作业本上，纸面上马上泛出洁白的光。她对苗苗说："看，亮了吧？写去。尽快完成，就睡去吧。"可是这反射的光线，虽照在本子上了，但孩子一写字就被影遮住了，只能看得恍恍惚惚，哪有在灯光下看得真切，郝苗苗就在这样的条件下，写呀写的。

崔红霞跑在外间，得意地对丈夫说："办法是人想的，这不是好了。"郝长发本来就惧怕妻子，只好顺从又讽喻地说："你想的办法能不行吗？"

这样，时间日复一日地过着，两人谁也没去想什么，谁能料想得到，郝苗苗到上四年级时，喊她看不见了。两人都感到奇怪，但不知原因。第二天，只得去医院检查，经过光学仪器测试，郝苗苗的左眼六百度、右眼五百度的近视。医生说，这已经有遗传基因了。两人听后眼睛都睁大了。一句话都说不出来，有啥办法呢？只得配上了近视眼镜。

在回家的路上，郝长发不敢埋怨妻子，只得"唉，唉"地长吁短叹，摇着头不吭声，但能看得出他内心的怨气有多大。

崔红霞用拳捶打着自己的头，默不作声地回到了家。

19

黄豆芽所上的学校变成封闭式的了。

　　黄希成很高兴，心想，这下省心了，不需要自己整天接啊送啊的，跟着娃屁股转了，像一只拴久了又放开的狗，一下子释然了。但黄豆芽并不高兴。周日下午上学，直到下周五才能回家。他想家，更想妈妈，有时想得经常流泪。白天，学习、活动、吃饭，和同学在一起，跳跃、歌唱、嬉戏，倒不感到多孤单，也不太想家。可到了晚上，大家都陆续睡去，自己却想到了妈妈，她那亲切的笑容，那关心的眼神和那为自己穿衣、洗脸、喂饭时忙碌的身影，时时萦绕在眼前。当他一思念起妈妈，心就一阵震颤，就不由得泪水汪汪。"妈妈呀，我想死你了啊！我不在这里念书了，我要回家，我要看爸爸妈妈。"他想着，眼泪禁不住流下来，他呼哧呼哧，接着，就"呜呜嘟嘟"地哭出来。服务老师闻声赶来，问他怎么了，他不说，哭的声音更大了。老师没办法，只得把他拉起来，摇晃着、哄劝着，等了好大时辰，哄睡着了，再放在他的睡位上。可是他，半夜做梦又哭醒了。

　　特别是，由于自己不会穿衣服，就晚上不脱衣服，睡觉感到很不舒服，就经常醒来，醒来就想家，就不由自主地哭出来，哭着哭着就忍不住了，就放声大哭了。自己不会洗脸，看到别的小朋友洗脸，自己才慢慢地学，很不适应，也不知道怎样洗才好，只得学吧。别的孩子在脸上抹水，自己也照着做，看见别人擦脸，自己却抢不到毛巾，只得等脸上的水慢慢干去。特别是不会自己吃饭，按照在家的习惯，吃饭不积极，挨时间，结果自己挨着挨着，就吃不上了，只有挨饿，有时都饿昏了。学校里的孩子多了，服务老师照顾谁呀？只得自己忍着了。"妈妈啊，爸爸啊！我不在这里念了啊！我要回家。"

一个细雨如丝的下午，黄豆芽趁校门忘关的机会，偷偷溜了出来，按照他心中的大概方位，向家的方向跑去。尽管，爸爸带他走了几次，但依然心里模模糊糊，但他不管，他心里知道，这就是回家的路，从这里走，就能回家，就能见到爸爸妈妈。他走啊走的，从敞亮走到黄昏，不知走了有多远多久，小腿走累了，肚子也饿了，看看天快黑了，还不见自己家的地方。他问一位女人，因为他也说不清具体方位，女人只有摇头。他只得又向前走，走着，走着……

当老师找到他的时候，他已在路边睡着了，像小狗一样，蜷卧在大路旁，不知害怕，也不知担忧。

他跑的结果，使校长吃惊不小，在一怒之下将忘关校门的老师给解雇了。

从此，学校更严了，不见家长不放孩子。当然，严的原因也不光是因孩子偷跑，主要还有一些传说：社会上到处偷孩子的多了去，又听说将孩子偷去卖孩子的器官，卖得可贵啦，多少万，多少万呢。于是，人心惊慌了，谁都怕把自己的孩子丢了，让人卖了器官。

封闭学校好办些，学校每周要将学生送回家，不见家长不放孩子，有的还要家长签字呢。这一规矩像一阵风，从封闭学校传到整个社会学校，传到全国各地。从此，整个社会都要家长接孩子，不见家长不放孩子。于是乎，每当放学，家长们都陆续围在学校门口，像一堵厚厚的墙，挡住了去路。有的学校在公路边，家长加学生的队伍，乱成一群羊，拥拥挤挤的，连交通都堵塞了，更显得不安全了。

唉，以前哪是这样啊！现在变了。有些家庭有爷爷奶奶还不显得，有的家庭只有小两口儿，只得留一个人专门接送孩子，家里的

经济收入减半，生活难以维系了。

尽管在这所封闭学校里，每周回家的两天里，依然是写写写，好不容易写完了老师安排的作业，黄希成还要再安排，总要把两天假日占得满满当当的，黄豆芽永远也不知道"假日"是什么意思。就这样坚持着，书写着……

黄希成自豪地说："'严师出名徒'呀，要不然，你将来咋上重点大学呢？爸能不管吗？"

黄豆芽埋怨着说："我听说我们学校有个学生，爸爸死了，妈妈嫁人了，爷爷奶奶甚少管他，他早就由着自己了。听说去年高考，他被什么'211'大学录取了，老师们传说着，都在羡慕呢。"

黄希成气哼哼地说："那是个案，放羊式的教育只适合个别能自律的孩子，对于大多数人来说，还是要规范教育才能成才的。嘿，你咋能只看那少数呢，真是见木不见林呀！"他顿了顿又说，"不行，对你要规范教育，要适应紧张生活哩。"黄豆芽只得悄默了。

这样，长期紧张的生活，就连成人也很难接受得了，可黄豆芽在爸爸的被迫下坚持下来了。但没料想的是，黄豆芽到四年级时，成罗锅儿了。小小年纪，个头又不甚高，驼着背，弯着腰，像一头正在上树的蜗牛，背上背只锅，同学们都讥笑他叫"黄背锅"，这今后咋办呢？苗生香气得大骂不休："看你把孩子得是毁了，整天学整天写，现在咋办呀？你说，你说呀！你，你，看你把孩子变成豆芽菜了不是，学校的作业、补课老师的作业还不够，你还要布置作业，是机器也吃不消，你现在说咋办呢？你给我说啊，说啊！"

当然，黄希成也冤屈，这以前两口子不是都同意的吗？自己不过过了点，谁能知道有这结果呢？他心里知道，但嘴依然不松劲：

"你懂啥？女人家对娃付出的仅仅是小爱，饥呀饱呀，热呀冷呀的，可男人要对孩子付大爱，为孩子计长远，管他将来的事是我的责任。你不想想，我以前没好好读书，现在多痛苦？人家都高科技呢，咱们还在生豆芽，多低贱。"

苗生香大骂："放屁，那么小一点点，你把娃整成罗锅儿了，你还满口胡说，你看得是已经残废了呀？不是不要他学习，不能太过分。学校老师安排的作业就够了，还有补课老师的作业，你再加，娃礼拜天一点都不得休息，你太过分了吧？身体整坏了，要学习干啥呀？"她说完，把黄豆芽拉进怀里，纠结得痛哭起来，呜呜呜——，呜呜呜——！

从此，苗生香一气之下睡倒不干了。一连三天，不吃也不喝，睡在床上，唉声叹气的，跟谁都不说话，闭上眼睛，额头皱成了结，除了偶尔叹气时触动鼻毛蠕动外，全身上下一动不动，实在不像是一位活人了。

这下把黄希成可整坏了，要做饭，要管孩子上学，要生豆芽和卖豆芽，摇晃的身子在屋内不停地颠跛。这都不用说，还要想办法，把苗生香怎样哄乖。再后来，只好放下身段，慢慢地哄："好你哩，都怪我，心太急，望子成龙，今后都听你的还不行吗？"苗生香大骂："放屁，什么望子成龙？我不要成什么龙，我只要把娃经管长大成人就行了。你现在说，孩子身体成了弯弓咋办？"苗生香大哭大闹一场后，泄完了胸中怨气，才慢慢收敛。黄希成也对妻子保证，想办法也要把娃的驼背治好，今后再不过分了。

最后只好商量，领着黄豆芽去医院检查。给黄豆芽做了一个"儿童驼背矫正器"让黄豆芽戴着，每天起床，要求孩子顺墙笔直站

立十分钟，晚上睡眠要仰卧，要求大人时时监管，慢慢养成一种习惯。如此坚持一年，比原来好些了，但依然恢复不了原位。从外表看，大头，背上又长一个包，屁股又大，这样到处是包，难看得很。

黄希成两口子一见到孩子，心里就吃紧，沉甸甸的心，像压着千斤铅块，愧疚难当啊！

20

在一个电闪雷鸣的傍晚，黄希成才从市场回来，他冒着雨，全身都淋湿了。外边的雨没停，雷声依旧轰隆着。

苗生香急忙给丈夫换衣服，又爱又责地说："怎么不拿伞？看淋成啥了。"黄希成却大大咧咧："没事，把啥坏了，经常这样哩。"苗生香叮嘱："以后不准这样了！"黄希成幸福地憨笑着。

正在这时，电话响了，是黄希成的母亲打来的，苗生香急忙接了，听说家里生活费没了，已经借人家好多了，要黄希成赶快送些钱回去。苗生香答应着："好，噢，行，我让他就送回去。噢，您老身体好吗？我爸也好吗？对，你放心。"电话挂了后，苗生香把话传给了黄希成。并嘱咐说："爸妈家里一点钱都没有了。我早晨查看咱柜里有 2000 元，你明天抽空子送回去。""行。"黄希成答应着。

就在黄希成即将动身的当儿，苗生香他爸也打来电话，说是生香母亲的脑梗又犯了，已住上院了，要赶快把钱带回去急用呢。

苗生香听了，心里咯噔一下子，脸上显现出焦虑之色。这下，她要回家照顾母亲，也需要拿更多的钱。于是，就和黄希成商量："家里钱不多了，不如先把给家里老人的那点钱移过来，再把这几天的钱收集一下，先给我妈看病，下一步有钱了，再给咱家里送回去。"

黄希成听后，沉默了会儿，脸上马上变色了，果断地说："那不行，家里已是断粮了，能不能先给你娘家少带些，有了再送去。"苗生香脸上挂着忍耐，显得很不自然，但依然耐心地解释："这是生病，医院的钱可欠不下呀。何况又是脑梗，明显亟待治疗费哩。要不然，只有动存款了，哪里急先顾哪里嘛。"

"那不行，我前天才存够了10万元，那是买房钱，咱来做生意这么多年，好不容易才攒了那点，再困难也不能动。"黄希成坚定地说。

"哟，活人让尿憋死了，这不行那不行，让人死去？"

"再想想办法。"

"拿什么想？我们在这里是客，谁会借给你？何况自己有钱呢，哪好意思借？"

黄希成不再吭气了，两只手撑着下颌，眉心皱成了结。

两人发生意见分歧，谁也不让谁。先由讲理、争吵到拳脚相加，最后，大打出手。这是星期五下午，事情从开始到打架，黄豆芽看得一清二楚，最后是黄豆芽连哭带喊挤在两人之间，才把两人分开的。

这样一吵，两边老人的事都搁置着，黄希成家里还不太要紧，可苗生香的父母可受不了。病在初期治疗，没有医疗费，医院要停药的，这咋办呢？苗生香他爸一连催了几次了，说："中午就断费了，医院已停止用药了。"

黄希成才松口了，知道没钱不行，只得将自己家里的用钱向后推。但苗生香依然不依不饶，闹了整整一天，直到黄希成服输，给

妻子把话回了，把钱送到丈人家去，才算罢休。

但是，这件事后，黄豆芽多日子都不理他爸妈，吃完饭上学，回家后再问话也不理，像对爸妈有仇似的。在他那幼小的心里，爸妈的话就代表着正确，就是真理，从此偶像倒了，他感到很是失望和生气，为啥要吵架呢？商量不行吗？都是自己的爷爷奶奶啊，哪里紧急先顾哪里不行吗？这不是自私是什么。

事情已过多日了，一家人心理还有坎，恢复不到当初时的欢快。

就在黄希成两口子吵架的当晚，黄豆芽失眠了，任思想的风帆随意飘逸，海阔天空翔飞。他先想到学校里的同学，他感到他所熟悉的学生中，没一个使他感到满意的或佩服的，整天学啊学的，是用时间的消耗才考了那么点成绩，还在藐视别人，还不是死读书读死书的坏子，以为自己能上天呢？"这些人是我的同学，也是我的敌人，如果我要是咬咬牙，下狠心去学，会把他们都当敌人对待的，一下子就会超过他们，也对他们给以蔑视的目光，让他们慢慢地享受那被藐视的滋味去吧。"想到这，他又转移了思路，"我将来干什么？什么事好我就干什么，干出一番大事业来，要从大众中走出来，另辟蹊径，走出那平庸的人生，要完善自我，创造一个别样人生来，无论参加哪一行，都要出类拔萃，顶尖的，那才叫出众呢！看那些小子傲慢的样子，就不是成才的料子，还自鸣得意什么呢？呸！可笑！"接着，他又将思绪拉回到家里，"唉，我们家是一个可怜的家庭啊，虽然爸爸说积累了点钱，那是要买房子用的啊，没有房子哪能行，我结婚也要用的呀！爸爸想得远，是对的，眼下的事也要顾的啊！我们的家比不得那些富豪家那么富有，要钱有钱，要房有房的。但是，我可以蔑视富豪，富豪咋啦，他还不是人奋斗成的！爸爸妈妈文化低，凡事都想得近、看得浅，但他们也可怜，劳累啊！太自私，穷嘛，越穷越自私，相互吵架还不是因没钱，要是有……"他想到这里，突然听到爸妈的说话声，他屏住呼吸静心地听着。

三人在一张大床上睡着呢，爸妈的任何举动，都要小心翼翼的，等儿子睡着了，两人才能说私话。这不是吗，他俩以为儿子睡着了，谁知儿子还在想心事呢。

开始时，是爸爸给妈妈回话了，说他自己说的不对，要妻子谅解他。接着说了一些家里的事，收入，怎么扩大生意，娃一天天长大，要上学，要结婚，结婚就要车要房，凭咱家现在的收入，能完成这些事吗？最后还说到了自己，对娃咋教育，一直到后来，窸窸窣窣的声音响起，接着就不堪入耳。

黄豆芽只得将头埋在被洞里，强迫让自己睡去。可是，一阵"砰砰"之后，满床都是地动山摇……他无奈，只得用被子捂住了耳朵，强迫着自己慢慢睡去。可哪能呢，随着这怪异声音的响起，自己体内也一阵潮热，浑身酥酥痒痒得难受，接着，下边也像木桩一样竖起，怎么也压不下去，只得躺倒睡着。他感到羞得很，脸都红了，这是怎么了啊？从来没有过的事呀，真是的。

他在床上翻腾了好久，才慢慢迷迷糊糊地睡去了。

黄希成听说，幼小的黄豆芽，竟然和同龄的女孩，在一起搂搂抱抱，心里很不是滋味，偷着看了几次，果然是这样。

在回家的路上，黄希成忍不住问黄豆芽："你怎么搂抱女同学，不嫌害臊？"黄豆芽听了，将眼睛睁得圆大圆大的，反问道："你不是和我妈也这样吗？电视中的那些事，你能学会，我就学不会？"黄希成感到语塞，不再问孩子了。

回到家里，黄希成将这事说给了妻子苗生香听。黄希成憨憨地说："'狗大自咬，人大自巧'，我看咱黄豆芽成熟早，说不定还是好事呢，你说呢？"苗生香担忧地说："咋能呢，那样小不点就干坏事，能说好吗？"唉，小不点大的孩子，就变坏，真让人担心呀！

时隔不久，在一个星明月朗的晚上，爸妈又吵架了。

这次吵架却因为生活小事，主要是因互联网的事。苗生香说："人家都有网呢，我们家舍不得安装，很不方便。"黄希成摇跛着身子说："那一年要花多少钱呢，非要上网不可吗？以前没有网，还不是照样过来了。咱家不拉网，有孩子呢，拉了娃也要上网呢，会影响学习的。"苗生香的嘴嚅嗫了几下，一脸的无奈，没再说什么了。因为，她理解丈夫的心意，钱总是少啊，钱多了，他能不安装吗？

又过了一段时日，苗生香耐不住诱惑，晚上，等把家事干完了，就拿着小凳子，在外边偷联别人家的 Wi-Fi 上网。开始还隔三岔五地去一次，接着，越来越频繁，到了最后，每晚必到，还久玩不归，一直要玩到十一二点，甚至零点还不见人影。

有一天晚上，黄希成把他的事干完了，在家里等了好久，还不见苗生香回来，他寻思，晚上吗，让她玩去，又没什么事可干，再等会儿吧。又过了好久，依旧未见人回来。这时，黄豆芽已将作业做完了，正在准备睡觉呢。黄希成想想，便去看他媳妇了。他慢慢地走，轻轻地移步，想给妻子一个惊吓，看她痴迷不痴迷。

这时，夜已深了，一轮明月斜挂在天幕上，天空中两块云朵慢慢地凑在一起，缓缓地将月光遮住，四下里无数繁星都不停地眨着眼睛，好像在相互示意呢。地面上，银色的月光显得有点昏暗、隐约，像一层银粉被涂抹在地上。街道里树影婆娑，枝叶摇曳，静谧得没有一点声息。

黄希成慢悠悠地走着，前边有荧光闪现，他知道这是妻子在上网呢。他不理解，上网有多诱人啊，以前没有网还不是照样过呢，他自己从来也不知它有多好？他想到这，向前望望，手机荧光依然闪动着。他默默地走着，不时地眺望着，当他走到近前细看，一下子愣住了。他顿时怒气冲冲，想发作，满脸都憋红了，牙关已咬得咯咯响，但他静了静，依然稳住了自己，不让自己情绪任意发作，这时的他，像一个肖像被蹾在那里。原来，他看得一清二楚，苗生香正坐在一个男的怀里，被对方搂抱着，两人捧着一个手机，头挨头，嬉皮笑脸的，脸上已笑成了两朵花。这男的，就是这社区里的单身汉汪明，在这个社区里，像他这样的单身男性，并非一个两个呀。如果自己的妻子每晚上都出来上网，那还不知道会有多少坏事出现呢，自己真被戴上了绿帽子了！黄希成默默地看着想着，他真想扑上去，揍他一顿，他摇了摇身子，又定住了，许久许久，他没作声。对方依然在聚精会神，沉浸在迷恋和幸福中。他沉思良久，便悄悄退了回来。一个人坐在床边，怒气冲冲，等着苗生香的归来。

终于，苗生香回来了。她内里浸润着甜美，脸上洋溢着风光，嘴里哼着小调，关上门，笑嘻嘻地来到床前。可她突然看见，黄希成那氤氲的脸色，她定住了，脸上一阵窘迫，慌乱地问："还没睡呢？"

黄希成一脸的嗔怒，一把将妻子拉过来，按倒在地，一阵狠揍，口里骂着："我叫你找野男人，我叫你找野男人，你这个嫁汉的东西。"苗生香大喊大叫地哭闹着、对骂着，屋内一片混乱。

这时的黄豆芽并没睡着，一切他都听得一清二楚的，他揉揉眼

睛坐起来，用眼睛瞪着，但沉默着。两人见娃醒了，只得收手，不再声张了。

黄豆芽非常气愤，打架的原因他早就听准了，是因妈妈每晚外出上网，和男人有关系了。这消息，在他那幼小的心灵里，便激起了一波波涟漪，投下了难以抹掉的阴影。

现在，黄豆芽已上中学了，心里已经进入"朦胧独立"期，本来脾气就容易爆发，和大人经常顶牛、犟嘴，对大人的话根本不予理睬，这也就是代沟形成期。这个时期，外界的人和事对他影响都是非常大的，尤其是父母亲的言行举止，都对孩子造成很大影响，这下就更不用说了。看到家里的一切，他心里不知有多难受，可也没办法，只得不理睬，他在慢慢地变着。

看着孩子的态度，两口子心里一阵阵悸动，好像有什么事要发生似的。

21

黄豆芽仿佛成大人了。现在个头长得比他爸还高一些，虽有点驼背，但也不是十分显眼。

才放学，他在路上玩着走着，一只螃蟹正在路上横行呢，被他瞧见了，上前一把就抓住了，嘴里嘟囔着："看你还横行，拿回家吃了你。"他正喜着，突然被螃蟹钳住了手，他惊吓得猛一摔，画出一个圆弧，螃蟹被甩出好远，落在绿化带的草丛中了。他摸摸手，感到不甚疼，笑笑，这是幼蟹，没那么大咬人的本事。

在回家的路上，他柳条似的摆来摆去的。嘴里哼着流行歌曲，两条腿晃晃悠悠，脸上流露出那悠闲的快意，眼睛茫然四顾，一副不在意的悠闲和浪漫。

他回到家里，妈妈正在做饭，菜刀在案板上啄木鸟似的敲击着。爸爸在豆芽房里洗豆芽，潺潺的水小河似的汩汩流淌。无论父母多忙，他看见了和没看见毫无两样，从不过来帮爸妈插只手，甚至，连看都不看一眼。

苗生香不在乎，她想，只要娃好好学习，爸妈累点没啥。娃娃就是念书的，把书念好了，劳动的日子在后头呢。她认为，人生就是一棒接一棒，还没到娃接棒的时候，不要逼得太急。再说了，娃以后还要做更大的事呢，不要让孩子做小事而误了大事。所以，她从不督促儿子干活。

黄希成却反感，他找儿子谈话："你不劳动对我并不重要，你能帮多少忙？关键是，爸要为你计长远，你要知道劳动困难还是容易，就知道钱该怎样去花了。"

听了爸爸的话，黄豆芽眼珠子在眶内滚来滚去的，沉默会儿才说："行，那你要给我买苹果，还要穿杰克·琼斯衣裤，乔丹白球鞋。"黄希成正在压豆芽，忙说，快帮爸爸搬石块。黄豆芽努着力试了试说："爸爸我搬不动。"黄希成笑笑说："咱俩抬。"于是两人将一块石头搬到豆芽箱上了。黄豆芽搬后，将手洗了又洗，用毛巾擦干净，然后认真地对爸爸说："爸爸，我劳动了。"黄希成高兴地说："好，这是开端，以后要多劳动，这对你也是锻炼。"

黄豆芽看看父亲的表情，试探地说："那东西呢？"黄希成笑着说："只要你好好劳动，你要的东西爸给你买。"黄豆芽迟疑了会儿，说："那可一言为定。"黄希成停了会儿才说："爸说了买，能不买吗？"黄豆芽沉默了会儿，解释说："不是苹果，是苹果手机。"黄

希成惊讶地"啊"了一声说:"你的手机不是新买的吗?"黄豆芽毫不在乎地说:"是新的,但不新潮,让别人笑呢。"黄希成假是而非地说:"那你今后回家要多劳动呢,不能一动手就说劳动了,那可不行。"黄豆芽说:"我不是已经劳动了吗?"黄希成没话说了,只顾忙他自己的事呢,最后才补充说:"那好,以后要听话。"黄豆芽答应着:"好的!"蹦跳着走了。

过了十多天,是一个星期五下午,是黄豆芽的自由活动时间。黄希成对儿子说:"我去卖豆芽了,你妈妈有病,你帮她把这点豆芽洗洗。"黄豆芽马上反问:"我的手机和衣服鞋呢?"黄希成缓和地说:"那钱太多,买不起。等等,爸爸攒够钱了再买。"黄豆芽却一脸的怒气和不屑地说:"那你还想让我劳动呢,爸爸,你说话算过数吗?"黄希成一下子来气了,大声怒斥:"不买,就不买,咱们家穷,养不起你这富二代。害怕死了,一要就是五六千块,咱们家卖点豆芽,不比打工强多少。你已经大了,应该懂点事了,我们家穷就穷,为啥要装体面,和有钱的孩子比啥呢?"黄豆芽也生气了,大声问:"没钱,就说没钱,为啥要哄人呢,这么多年来,你说话算过数吗?再说了,官二代、富二代算个屁,现在全民都'富二代'了,你懂吗?看你的观念落后成啥了呀,简直就是老朽。我们是现代人,我们的思想是健康的、向上的、美好的,哪有那么多的陈旧、肮脏的婆婆妈妈?简直是……"

黄希成一下子受不了了,手指到儿子眼前威胁说:"你再说一句我听听,说啊!"黄豆芽也不示弱:"你说话不算数,你说话不算数!陈旧、肮脏!"黄希成一气之下,将儿子摁倒,在屁股上狠抽。苗生香闻声赶来,把儿子拉开,扑在丈夫身上,连打带咬,大骂:"你不是说了一切都为孩子嘛，又胡说开了，你是说话，还是放屁？你给我说，说呀！"

三个人大闹了一场，最后还是黄希成失败，不得不满足了儿子的要求，答应第二天就去买。

这是一个周六正午，黄希成领着黄豆芽到市场去，父子两人坐上了公交车，黄豆芽脸上隐含着喜悦。好在上车时，车上还有空座，父子都坐在相邻的位子上了。黄豆芽高兴得四处张望，一心想着苹果手机。"今天买回去，并不是它有多好，依我看，还不如国产的好呢，就是价格昂贵。他们就是冲着这炫耀呢，我今天真的买回来了，看他们还敢小瞧，真是狗眼看人低，狗东西！"

他正在想着自己的心事，车停了，上来了一帮人，车厢里已挤满了人。一位老太太拄着拐杖，颤巍巍地，看年纪都有八十多了，站在车厢里，四处望望。没有一个闲位子，如果车一闪，她肯定就会立刻摔倒的。看着老太太的困境，黄豆芽站起来了，心想，自己是学生，这是老师经常教育的，在车上要为老人让座位呢。可他刚站起身子，就被黄希成拉坐下了。黄豆芽正要声张，斜眼看去，一位中年妇女站起来让座了。这时，满车厢人的目光都射向黄希成。黄豆芽内疚地低下了头，身上一阵一阵地震颤，心里好像是被针扎似的隐痛。这是高尚、善良让他这样做的啊，人没了这点精神，和野兽有区别吗？但黄希成依然满不在乎，心说："有先来后到的吗？我娃坐得好好的，为啥要为她让座呢？"真好像自己永远不老似的，什么是社会公德，好像他不晓得。

买完手机，去买鞋买衣服。衣服挑好了，要交钱时，超市里的人多得很，要排队呢。这时，黄豆芽已经非常高兴了，急忙主动去

排队。黄希成看了看说："别排了，这么一长串人，得排到何年何月呢？"黄豆芽不解，却冷冷地看着。黄希成拿着钱，直接挤到柜台前，把一位妇女和一位老人几乎挤倒了，把钱直接塞过去交了。引来一旁的人一阵怒骂声。他不管不顾地拉着黄豆芽，昂着头走出了超市大门，身后一串叫骂声也随即传来，他充耳不闻，大摇大摆地走了。

黄豆芽一边走着，想说什么，嘴嗫嚅了几下却一句话也没说出来。心里一阵翻腾，感到有几种难以言说的滋味交织着，似乎不以为然但又自然成理的感觉。公德啊！就这样在不经意间被践踏了。

自从有了"苹果"以后，黄豆芽爱不释手了。白天，吃饭时，筷子在碗里盲目地拨拉着，满口含着食物，两腮鼓胀着，慢慢不去吞咽。一只手指拨拉着手机荧屏，眼珠子却痴痴地随屏幕移动。妈妈站在身旁一会儿了，他一无所知，实在迷到了旁若无人的程度。走路低着头，经常碰见熟人不去理会，双目发直。特别是过十字路口，看着看着就忘了自己的位置，经常让司机用汽笛提醒，甚至恶语相加，"想死了？"他才慢悠悠地离开险地。

一到晚上，什么也不管不顾，睡在床上，一门心思专注看手机，不管爸爸如何在外屋里生气地骂，哪怕妈妈心里揪心地痛。他已经屏蔽了视听，遮掩了感知，进入了个人那独有的水泼不进的象牙塔世界里，任凭时间无限延展，哪怕是通宵达旦，依然故我地沉醉在个人的独立王国里，像一只昏昏沉沉的罩窝母鸡，只想着把身下的蛋暖出小鸡来。至于吃呀、喝呀什么的，都可以不管不顾了。

黄希成和妻子对黄豆芽的做派都看不惯，但两人的看法又不一样。苗生香无奈地说："社会瞎了，谁要搞这个手机呢，把娃的魂勾走了，谁能有啥办法呢？还是小，大了自己就有抵制力的。"可黄希成跛着身子又摇着头说："这东西太大方，才多大一点，花六七千块连眼都不眨一下，这长大还了得？可现在已经是管不下了啊！咋办呢？"他"哎哟"一声，只得自己节约。过年，两口子都没买新衣服，生活节俭得很哩。他常说："不攒点，娃以后的事还多着呢，哪一样不花钱啊。"

可黄豆芽哪管这些，愿干啥干啥，毫不含糊。玩手机，一直持续着，哪怕油罐子倒了，依然故我，也不扶。

唉，手机啊，现代科技的发展，是为了供人方便哩。可对孩子来说，却成了害人的鸦片，一代人甚至代代人，都被它不经意间毁掉了啊，这却咋办呢？

22

黄豆芽上初中是在市某中学上的。

该校是一所完全中学，校园景色别具一格。本来就地处荷池公园对面，当孩子们步出校门，一眼就会看到那荷池的一片秀景，携珠带露的宽大荷叶，拖着一朵朵秀雅红莲，实像在绿色的托盘里，放着一颗颗红色珍珠，还放光溢彩的呢。

当同学们沐浴着阳光，意气风发地走进校门里，一眼就可以看到两旁的绿化带。一棵棵小树，被园丁们修剪得形状别致，像孩子似的站立两旁，中间夹杂着一棵棵桃李，正中的花园又是四季鲜花怒放，这象征着学校已是育桃李、培鲜花的地方。校内的建筑构造也是非欧即中，无论是师办楼还是教学楼，均是香色瓷砌一色到底，给人以气魄、庄重、静雅的感觉。

该学校比较正规，规模也大，仅初一就有 16 个班，班级多，可比性强，竞争更激烈。尤其是在学校产业化风靡教育界后，生源就是资源，各校争夺生源更加残酷。校长开会不停地给老师施压，老师只能给学生和家长施压，经常开家长会是必然的。这不是全部家长，而是少部分，是那些学习不好的孩子家长，只要通知家长去开会，家长就已心知肚明，感觉自己很扫兴，肯定是自己的孩子不争气。那也没办法，只得硬着头皮去开会了。

黄希成是经常开会的对象，他心里明白，自己的儿子，在补课班里也是后进生，补不补课都一样，谁能有啥好办法呢？就这，他还是不让苗生香去。他经常说，女人知道什么？这是孩子一生的事呢。当然，开会就是打气、鼓劲、压责任，家长回家，自然要转化压力，给孩子紧弦，说来说去，又将压力移到学生身上了。

在会上，要求家长一一发言。其他家长都说老师辛苦，是自己的孩子不好好读书，影响了班级的整体成绩。自己回家后，再给学生施压，争取跟上班级进度。

轮到黄希成发言了。他站起来，摇了摇身子，就慷慨陈词说："我爱说实话，不爱弯弯绕。要我说呀，学校不应该让学生有手机，而且，目前已形成了攀比。由普通手机、智能手机，正在向更高级的苹果手机发展，一般普通的家庭很难承受，孩子回家向家长一要就是五六千块，不给都不行。因为，学生互相耻笑、互相讥讽，这成为孩子要钱的理由。这还是其次，更重要的是，手机成了孩子的唯一和全部，可以不吃饭、不睡觉，手机不能时刻离手，就连走路、过十字路口都在玩。我看这对学生人身安全来说，也构成了严重威胁。由此引发的，家长实在没法管理，孩子的学习就更谈不上了。"

讲到这，他顿了顿，环顾一下众人，又继续说，"我真不知道各位家长有什么好的经验给我传授一下，我已经快崩溃了。我殷切希望，也是建议，希望学校重视这个问题，严禁学生买手机、用手机，现在已经有的，就干脆给收了。不要姑息，家长是支持的。我也说不了话，能再采取一些啥措施，把孩子们从玩手机游戏这个迷宫中挽救回来吧！"

黄希成讲完，得到了一阵热烈的掌声。大家都七嘴八舌谈手机对学生的危害，口径一致，言辞激烈，这个建议引起了学校的重视。后来，学校发起了收手机运动，引起好多学生不满。

黄希成回家后，脸黑封着，一派震怖，威逼着要收儿子的手机。儿子不吭声，软抵抗，黄希成就打，像是打在土墙上。一阵过后，儿子强硬地说："打吧，打死也要玩手机，这难道是我一个人在玩吗？你有本事把全校的手机都收了呀。"黄希成冷笑一声没说什么，但他心里有数，他静了一会儿，主动不打了。

苗生香心里却又疼又爱，把孩子保护着，谁也不准动儿子一根指头。黄希成打儿子几下，苗生香就打黄希成几下。娘俩和他爸闹得天翻地覆的。闹毕了，又把儿子拉在外边的商场里，买些好吃的东西，慢慢哄乖。黄豆芽对妈妈说："我不是不学，不要逼我，让我自由地去学。"可是，话虽是这样说，但依旧玩手机，成绩总是上不去。

黄希成气愤地想：这现代化对学生来说，到底是好事呢，还是坏事呀？真是的。

为了让儿子学习好，黄希成把能想的办法都想了。

他第一次先放下身段和儿子谈心。

　　黄希成准备了一天时间，考虑怎样才能打动孩子？怎样才能使谈话进行下去？他写了方案，把自己的谈话归纳整理，里面增加了好多情感要素，然后才和孩子谈。当天晚上，他用最大的忍耐力和孩子缓缓地谈。他说："豆芽啊，爸爸逼你学习，希望你进步，到底为了啥？你也要想想啊，还不是希望你将来出人头地，比他人生活得好些嘛！你不能辜负了你爸的苦心啊，你爸背着你经常哭泣，偷着落泪，你知道吗？啊，黄豆芽呀，你不能再这样了呀。"他停了停，想看看黄豆芽的表现。其结果，由于平常不很好地沟通，谈心只是一人堂。你谈你的，儿子连理也不理，不管你说了多长时间话，你把话都说尽了。他抿着嘴，低着头，脸上没有表情，一句话也不说。黄希成即等于将拳头砸在了棉花包上，一点反响也没有。经过几次实验之后，谈话自动停止了。黄希成摇着头丧气地承认："谈不成，失败了。"

　　接下来，为了要启发孩子的主观能动性，两口子商量，利用节假日领孩子出去旅游。

　　于是，一家三口子，雇了一辆小面包，去附近的碧银湖公园。这正是春暖花开的季节，满山是花，到处是翠，一派春意盎然的景象。碧银湖碧波荡漾，蔚蓝的湖面上，涟漪微展，游艇竞逐，给人以舒心悦目的感受。一家人雇了一艘小艇，在湖面上漫游着。

　　这时的黄豆芽，把什么都忘了，坐在小船上，吃着水果、小食品，喝着雪碧，满心的欢快。唱着喊着，欣赏着这美景，一脸的笑意。可吃掉的食品包装、水果皮在水面乱扔，一会儿，将喝过的一个空水瓶，使劲扔向湖面，嘴里喊，让瓶子也游游，接着就哈哈大笑，乱说乱叫，毫不顾忌。

黄希成想说说儿子，刚张嘴，就被苗生香挡了回去："别管，儿子好不容易有一次好心情，别说他。"黄希成把嘴嚅嗫几下，不再说什么了，任黄豆芽无拘无束地乱搞乱闹。

公园旁有娱乐场，先去了一家"过山车"。早听说，过山车非常刺激，黄豆芽心里很激荡，这是黄豆芽从未坐过的。

买完票，黄豆芽坐上了，先系好了安全带。爸妈不放心，前前后后地检查了十几遍，心里还是放不下心。车启动了，开始速度很慢，像只蜗牛在爬。接着，慢慢加快速度，当车升到了顶端，一下子飞快地冲了下来。这时候，没有一个人不害怕的，黄豆芽把手抓得紧紧的丝毫不敢怠慢，眼睛不敢旁顾，生怕一松手，就会掉进万丈深渊。正在这时，过山车来了个大逆转，把人头下脚上地吊挂着，这时，尖叫声不断，随着车一圈又一圈地飞跃，尖叫声也进入高潮。

黄希成两口子在下边更紧张。随着黄豆芽在车上的位置转换，苗生香那尖锐的声音，不停地在飞起来："豆芽，抓紧！豆芽，一定要抓紧啊！"这声音一直持续着。黄希成口张着，担心的表情挂在脸上，两只胳膊扬在空中，真像老鹰要飞翔的样子，这动作，一直保持到车停下来。

黄豆芽下车后，一下子扑在妈妈的怀里。

等安静下来，黄希成笑着问："好玩吗？"

"好玩。"黄豆芽兴奋地回答。

"那好，回家写一篇作文，多好啊！"

"不写。"黄豆芽的脸马上僵上了。

黄希成说："下来是玩'激流勇进'，比这过山车更好玩，把它写成日记多好啊！"

黄豆芽坚定地说；"要写作文我就不玩了。"苗生香生气地说："你玩你的，不写！孩子好不容易玩一天，哪来那么多烦心事！真是的。"

后来他们来到浅水区，好多人都在那里游泳哩，黄豆芽也想去。他对妈妈说："我也想去学游泳。"还没等苗生香说话，黄希成抢先说："不行，那水里多危险，爸也不会游泳，一旦有问题谁救你？"黄豆芽嘴噘着说："我从来还没耍过水呢，让我试试吧。""不行，坚决不行！越没耍过越危险，爸怎么能让你冒险呢？其他事你尽量耍，爸不挡你，这事坚决不行。"黄希成说完，矜持地站在那里。黄豆芽把嘴噘得能拴住驴，再生气也没办法。

后来还耍了几个项目。总算，一家人游了一天，黄豆芽也确实是比较开心了一天，走到哪里，都有他那尖利的喊叫声、嬉闹声。他知道，除了耍水外，自己再做得不对，爸妈也不会去责怪他的。他就是才从笼子里放出来的鸟，是才从网中逃出来的鱼，感到比谁都幸运，比谁都快乐。他高高兴兴地玩了一天，待回家时，看见路边的月季花开得鲜艳，五颜六色的。黄豆芽顺手就折了几朵，交给妈妈。接着，把手扎破了，让妈妈给他揉手，娇气得很呢。可是，走了不远，就被保安发现了，一朵花罚款五十元，一共罚了二百元呢。苗生香说没钱，和保安软磨了半天，保安说："那就一百元吧，再不能少了。"正在这时，黄希成出面了，他摇摆着身子，理直气壮地说："孩子小，折几朵花就要这么多钱啊，你们是旅游胜地，还是吃人的老虎？你们还讲理不。"保安听了，也生气了，说："不少，二百就二百，一分也不能少。"如此僵持了好久，眼看天快黑了，无奈，苗生香只得给交了罚款。在回家的路上，黄希成两口子愤愤地大骂，什么东西，什么世道，太不公了。孩子折几朵花，有什么了不起，一罚就二百，太心狠，现在社会瞎了啊。两口子不停地宣泄着不满情绪，黄豆芽听着，心里也感到同样的不满。

这次旅游，因折花罚款，而心情更加懊丧不已。

黄豆芽依然故我，手机比以前玩得更频繁了。

黄希成一时想不出办法了，只得唉声叹气："唉，这东西，使人心都凉了，还奋斗啥呢？全心全意为孩子，一点都不理解。唉！"

确实，在学习上，不管黄希成两口子如何折腾，对黄豆芽来说，都是无济于事。黄希成心里思谋着，这东西是不是天生就这么傻，自己小时候学习并不差啊！到底是为什么，为什么啊？越督促学习越不在乎了呢。最后，他在书上查出了张载的两句自勉诗，抄出来拿给老师看，想用这两句诗来鼓励儿子。

班主任郑老师是教语文的，文学造诣了得，她细细地琢磨会儿，立即填补两句，成为一首完整的勉励诗：

> "夜眠人静后，
> 早起鸟啼先。"
> 温故知新快，
> 榜上排名前！

黄希成看后，高兴地叫起来，好！好！这肯定有作用，有行动、有目标，就叫娃照着办。郑老师也很自豪，后来把这首诗拿给校长看，校长要求在全校推广，要求学生都得背下来，并照着去做。

黄希成把诗拿回家，兴冲冲地交给儿子说："你看，太好了，就

照着去做吧。"黄豆芽把诗纸接在手里，"呼啦"展开用眼一扫，立即又合上了，脸上没有一丝儿激动，头扭向一边说："看了。这不是在折腾人是干啥？什么榜上排名前，有必要排名吗？人人都排名前，那后边谁去当啊？"说完，便扬长而去了。

黄希成听了，心里一颤，兴致一下子僵在脸上，不再说话了。

23

清晨，喜鹊在枝头亲切地叫了几声，苗生香心里泛起一波快意，她嫣然一笑，心想，会有啥好事呢？

到了午后，让黄希成两口子错愕的是，搬到这里时间不长，朱大叔又来了。苗生香高兴得很，心里猜度着，这下就有人管娃了，难怪清早喜鹊叫呢。

其实，朱仙成早就想来呢，自从老伴儿去后，他一个人生活困难得很哩。依然，种着他那点山地，人老不中用了，平时能搬动的，现在要分三次才能搬得动。只吃一点点饭，做吧，不合算，不做吧，又不行，一天到晚就是那点事，无聊至极。重点是精神孤寂，一到晚上，就想他那过去的生活，和老伴儿在一起时那商商量量、说说笑笑的，心里是多么滋润。现在啊，像一只失群的老孤雁，和谁能说话呢？只得孤零零地守候着，太阳从东边出来，又从西边慢慢落下，算是一天终结了。没事，就是从家里到地里转悠，除了见到他的影子，再也见不到其他人了。他也期盼着，何日能终结这无聊的孤寂生活呢？

多长时间了，总想到苗生香这儿来，但他总觉得有点难，有点理缺，尽管以前说好的，但那是以前啊！不管咋说，要让人家娃心甘情愿呢，所以，要先来探探，看是不是想真心养自己呢。另外，不能吃闲饭啊，总得要做点啥事吧？上次来，发现了点问题，才想到教育娃。这次来，是来看看情况，在家里又看了很多家教方面的书。他是个细心人，所以，可以说是有备而来的。

苗生香接住他，发现他腰更弯了，走路颤颤巍巍，嘴唇不停哆嗦着，满脸的老年斑，虽然戴着眼镜，眼袋更明显了，能看得出来，他确实老了。见了苗生香辨认了好久才问："你们咋又搬家了？"

苗生香急忙扶坐在沙发上，倒茶，问长问短。但心里却疑惑着：咋找到的？搬家，谁都不知道，连爸妈都没告诉啊！难道朱大叔真的神奇吗？但这个念头在脑中一闪即过，转了一圈又搁置下来，再也没有探究和追问，就急忙去做饭了。等她把饭端上来，朱大叔接上饭，脸上却珠泪涟涟的，呜咽着，半天都说不出话来。半晌，才磕绊地说："娃、娃呀，你真养我啊？"苗生香也动情了，心里酸楚，她强忍着说："大叔，那还有假？别说你教了我生豆芽技术，我又答应过你，就是没这事，你这么大岁数了，又是老邻居，我也不忍心抛下你啊！"她顿了顿又说，"大叔，您别见外，只要不嫌弃你侄女家穷，就住着吧。再别走了，看您这样子，真叫人担心。"朱仙成很受感动，抽噎多时才说："不过，我在这里住些天，还得回去取点东西，再来就不走了。"看来，朱仙成这次来，还是在试探他们，是否真养他呢。

朱仙成住了旬日，他看到了，黄希成两口子对教育娃不得法。有时过宠，有时过硬，有时却在用言行反向误导，总不能如法适度地教育孩子。使大人在孩子心中的地位慢慢下移，使孩子逐渐脱出了大人的管束，像脱缰的野马，横冲直撞，这样对孩子成长是危险

的。特别是对娃的天性好奇心，不会加以引导，反而无端限制，真是屈才了啊！

还有，总想摆脱底层社会，过两天好日子。你自己都没有摆脱的能力和办法，依然是穷人的作为和习惯，叫一个娃娃怎么能摆脱得了？社会阶层已在一定范围固化了，不是谁想摆脱就能摆脱的，不容易啊！

过了几天，苗生香翻出了黄豆芽的成绩单，气哼哼地对朱大叔说："大叔您不晓得，这娃毛病太多，分数老是上不去。马上就中考了，还整天和他爸鼓捣呢，叫我看来，一点办法都没有了呀。"

听了苗生香的话，朱仙成沉吟良久才说："生香呀，娃大了，分数低一点，慢慢诱导，慢慢鼓励，还是要激发娃自觉去学呢。他不愿意学，你还有啥办法呢？还有学校嘛？只要慢慢诱导，我相信他是听话的。我总认为，作为家庭，首先要教会他怎样生活，要舍得让娃做一点自己该做的事，让他懂得任何东西，都是用辛苦换来的。像小燕子那样，先给孩子教会飞，再领着它学会捉小虫，等到会捉小虫了，就放开手了啊！人生养育儿女，最终还是越早放开手越好。要知道，扶是扶不起来的，再就是培养孩子咋样做人。那就是，让他知道，父母爱他、疼她，他也要爱父母、关心父母。关心他人，遵守社会公德，要热爱自然，私心少一点，公心多一点，这是培养孩子如何做人的基本道理。至于做事，现在他的任务主要是学习，大人的任务，是如何引导他自愿去学、主动去学，最后达到奋力去学就好了。"

苗生香一直都在点着头，说："是啊！是啊！"

朱仙成又说："生香啊，有一件事我还要说说呢。像小豆芽这么大，依然处在盲目仿效期，家庭教育应放在家长行为示范上，大人要做好，给娃当楷模。有些不让孩子知道的事，最好是背着孩子，我看你们和孩子还在一起睡呢，这样，大人和孩子之间无密可保，啥都瞒不过孩子，对孩子成长不利，'身教胜过言教'呀！"

苗生香听完急忙说："大叔，我们改。只是这东西不听说，长不大呀。"

朱仙成接着说："其实，家庭教育是根，根好了，苗才能壮呀！要和娃交朋友，知道娃心里的想法，你才立于主动，哪些该鼓励，哪些该阻止，都要讲方法，不要认为是你的娃，说打就打。娃还小，理解能力有限呀。"

苗生香一直是点头，她回忆自己以前的做法，真有点内疚。

朱仙成在这里住了旬日，主动和黄豆芽交朋友，一块儿吃，一块儿耍，一块儿谈天说地。朱仙成闭口不谈学习，只给黄豆芽讲了许多具有启发性的寓言故事。这天，他兴致盎然地讲道：

"在那古时候，鸟类都认为鹦鹉是鸟中最笨的鸟。整天不声不响地飞呀飞，只能在林中找虫吃，不会鸣叫、不会交流，永远悄默着。

"其实，不是鹦鹉不会叫，而是从来就没叫过，不知道自己会叫不会叫。看着其他鸟在叫，它听得很羡慕，可是它从来没叫过啊，怎么能叫出来声呢？更别说好听了呀。他和同类交流，只是点点头，摇摇尾巴，或者拍拍翅膀的，其他就不会表示了。

"一天，一只鹞子从林中追赶小鸟，一下子盯上鹦鹉了，缩着翅膀向鹦鹉飞来。把鹦鹉吓坏了，一着急，就高高喊出了一声，嘎——，却把鹞子吓得飞走了。从此，鹦鹉才知道自己也会叫了。

"于是，它欣喜若狂，自己会叫了，那就要学说话啊！它先学喜

鹊喳喳，学了些日子，它觉得很有趣，就接着再学。学小莺呖呖，学大雁嘎嘎，学斑鸠咕咕，更学啄木鸟嘟嘟，凡是鸟类的声音它都学会了。这时它很骄傲，它站在树杈上，大声地学着各种鸟叫，引来了一群鸟都向它祝贺。正当它要表演时，一只林麻却嘻嘻笑它说：'你那算什么呀？能学会人的语言才算你本事呢！'这一下激怒了鹦鹉，它不再表演了。它决心飞回人间学人言，经过一番努力，它不但学会了人的语言，还和人交了朋友呢。

"从此，它是鸟类中最通灵的鸟啊。"

故事讲完了，朱爷爷笑哈哈地捋着胡须，一言不发。

黄豆芽听了，低着头沉思良久，猛然仰起头说："爷爷，这故事是不是启发人，只要用心，没有学不会的东西呀！"朱仙成一下子将黄豆芽抱在怀里，大声说："我孙子聪明啊！"

朱仙成在这里住了不几天，说要回家取东西。于是就礼貌地辞别黄豆芽一家，慢腾腾地走了。

苗生香目送好远，挥挥手，心里一阵怅然。

24

眼看进入初三了，黄豆芽在朱仙成的启发下，刚有了一点学习的欲望，突然又发生了一件不顺心的事。

在那秩序紊乱的年代里，社会风气当然不好。一些社会青年闯进学校伙同一些坏学生，利用放学之际，敲诈学生的钱财。

开始，黄豆芽只是听同学传说，并没有在乎，心想，这么大的个头，不行就放倒他几个，怕啥呢？可是有一天，刚下晚自习，他和同班同学一同走出校门后，突然，有两个二十多岁的社会青年，将他挟持到阴暗处，威胁说："你身上有多少钱？"黄豆芽急中生智反问："学生，能有多少钱？十块八块呗。"对方要他交出来，他坚决不交，他说："你凭什么让我交呢？不行我就报警。"两个青年哈哈大笑说："报啊，给你一个胆你也不敢报警，你还要小命吗？狗东西，看你活得不耐烦了呀！"说着，立马对他拳打脚踢。黄豆芽凭着自己的个头和体力，硬拼了一阵子，但很快就被对方摁倒了。拳脚相加，他被打得到处是伤，实在坚持不住了。无奈，只得服软了，把身上仅有的十块钱交出来了。最后，两个青年，要了他的 QQ 号，并对他说："以后听话些，小兄弟，听话会保护你的，不然，小心你的小命。"说完，便扬长而去。

又过了几天，黄豆芽的 QQ 里，不时有短信传来，要多少多少钱，"不拿就要你的小命"的恐吓信。开始，黄豆芽待理不理的，认为，也不过那几招。结果，在一个漆黑的晚上，他被四五个小伙又拉了出去，一句话没说，就是一阵夹棍带棒劈头盖脸的痛打，打得他喊爹叫娘地告饶回话。

黄豆芽从来没受过这样的委屈，但在强势面前，只得服软，不敢吭声，向牛一样忍受着痛苦。最后，实在忍不住了，只得失声破音"哇"的一声哭出一串悲戚来。他无奈地屈服了。

一个光头喝问："拿钱不拿？"黄豆芽只得带着哭腔答应说："拿，拿！只是我家里穷，没多少钱。"光头大骂："那不行，没钱就偷，你家没有别人家有，偷家长的、偷同学的、偷老师的，只要能得手，都行。"黄豆芽还是吭吭哧哧的，我、我的，总不愿表态。光头大怒，喝令打！接着，又是一阵捶牛皮似的声响过后，黄豆芽跪在地上，无奈地答应了。

小说

115

从此，黄豆芽变坏了，无奈地成了小混混。家里的钱不停地丢失，黄希成两口子不得不像防贼一样防着。和一帮子青年人混在一起，整晚不落家，什么坏事都干。黄希成两口子实在是揪心死了，想什么办法都无济于事，两口子整天只得以泪洗面、痛苦欲绝。

可黄豆芽心中有数，总不想全力配合这帮子混混，有些事应付着，伺机而动，时时准备摆脱，但总找不到机会。黄豆芽主动要求在外边望风。他站在门口，能听到里边学生撕心裂肺的号嗃，心里也生发出无名的愤怒、怜悯、恐惧和厌恶。自己是有良心的孩子，就不能干那些坏事。那自己到底是如何回避呢？不行就跑掉算了，但他也有些忐忑不安，不敢断然跑掉，如果下次被他们抓住，那可就惨了。他站在那里脸色惨白，心里七上八下地踌躇不安，想着摆脱的办法，最后才决定报警。但他心里害怕着、不安着，如果不成，那自己还有命吗？但他又反过来一想，这帮子坏蛋已经把自己控制了，不停在做着坏事，自己完全不由自己，这样下去也是非常危险的。到了一定时候，自己非犯罪不可，到那时，还说什么前途呢？自己家里穷，父母一天劳累到晚，对自己抱有多大的希望！如果自己不下决心，何日能出头呢？想到这，他拿起手机，拨通了电话。

一会儿，派出所人来了。黄豆芽已发现了，他完全可以跑掉的，可他踌躇会儿，还是没跑。他怕里边那群坏蛋怀疑自己报的警，只得在危急关头，急忙给里边打了电话。还没等电话打通，就全给捂了。最后，在派出所里关了多日，案子审清后，把几位坏蛋都判刑了。他没敢说是自己报的案，但因他年龄小，也没做坏事，关了些天，受够了罪，最后才释放回来。

黄豆芽被放回来时，情绪低落，抱住妈妈，"哇"的一声哭了。

这可把苗生香心疼死了，把娃搂在怀里，抚摸着，泪眼婆娑，哭着腔说："孩子，哭吧！都怪妈妈没保护好你啊。"黄豆芽更充势了，哭得更凶了。苗生香急得不知怎样疼爱才好，搂在怀里，脸挨着脸，泪雨如注。

可黄希成却不说一句话，坐在那里默默地抽着烟，暗暗地落着泪。停了会儿，他怒气冲冲地对黄豆芽说："政府罚了，家庭还没有罚呢，不能这样就算了吧？严父慈母，你妈能过得去，可我过不去，先给我站上一阵子再说。"说着他把黄豆芽拉出去，放在太阳下站着，并要求，一个姿势不能动。黄豆芽只得站着，他无话可说，沉着脸，一声不吭。

这时，苗生香看不下去，大骂黄希成："娃才受了委屈，你还要罚，你还是他爸吗？不行，我不要他站。"她说着，去拉黄豆芽，可黄豆芽不听她的，说："我爸没说话，你回去，我站一会儿把啥坏了。"苗生香劝不住，只得回家坐着生闷气。

这时，正是午后，热浪滚滚，闷热难当。黄豆芽站着，一动不动，脸上的汗流着淌着，感到气有点短，他咬牙坚持着。

又过了许久，苗生香实在看不下去了。她心疼啊，自己的孩子，心头肉。站会儿，娃知道错就行了，为啥要狠整孩子呢？她想不通，也接受不了。她站起来，又要去拉孩子了。她刚走到黄豆芽跟前，把手伸出来，还没等动手拉呢，黄豆芽"咕咚"一声倒在地上，昏过去了。

这下苗生香和黄希成都慌了，急忙将黄豆芽抬到床上，急得四处找医生。通过医生检查，说黄豆芽是中暑，由于体质虚弱，在闷热的环境下静站时间太久，阳气衰竭，需要静养，补充真阳、调营

养，很快就会康复的。医生给插上吊瓶，再给开了一剂参归益元汤，叮嘱多服几剂，自然就好了。

在整个调理过程中，黄希成没少挨骂。苗生香又不避孩子，劈头盖脸痛骂臭骂。在黄豆芽有病期间，黄希成自己觉得理缺，又在儿子面前，只得忍着，不管苗生香怎么臭骂，黄希成一语不发。等苗生香骂够了、骂困了，自己停下来为止。

总体说来，黄豆芽这次确实受了教育。在那里边吃的苦，受的罪，他不敢给人说，见别人问到这些，就摇头走开了。从此，他由一个活泼的孩子，渐渐变得沉默不语，尤其在家里，他更是不多说话，除了和妈妈偶尔说几句，爸爸根本问不出来一句话，一天到晚木头似的。

黄希成两口子心里都苦啊，不知该咋样对待儿子才算正确呢？

25

距中考仅剩百日了，紧张气氛越来越浓。

学校里早把其他不参加中考的课程全停了，体音美不用说全停了。历史、地理、生物也停了。政治课早都停了，对师生的道德教育从来就没有，以前高悬在他们头上的道德的达摩克利斯剑，早已不见踪影，一切好像都不重要了，迎接中考才是唯一。

老师反复强调：答案是唯一的，一字不可错，该要死记的死记，该要硬背的硬背，不可有半点疏忽。

学生的心情可想而知：有的学生睡觉和衣而眠。仅留四个小时了，囫囵而睡，不择地势和睡姿，待被铃声唤醒了，坐在床上，依然神志不清摇摇晃晃，像还在梦境中。一顿饭只吃五六分钟，到学校门前油饼地摊上，胡乱买一个边走边吃，两只手倒换着，嘴里哈着气。孩子们戏称，"我们都是油饼，下到油锅里翻腾着、煎熬着、烘烤着，等着自己内外熟透，才算能让'顾客'满意"。

黄豆芽最大的弱点是自律性差，但他那次犯事后所受的待遇，自己已是心知肚明了，现在他知道什么能做和不能做了。另外，这次中考的紧张气氛，他已感同身受，尽管自律能力差些，但是他不得不接受这种紧张气氛的感染，被裹挟在这氛围中的他，能不随潮流而动吗？尽管自己基础差些，但努力还是有收获的。

26

黄豆芽上高中以后，一段时间比较安稳。

父母发现，黄豆芽在家尽管不多说话，但一天到晚，起床、吃饭、上学，最后休息，都是独立完成。苗生香笑笑说："是考试受挫了呗，自己知道自己的本事了，再蹦跶也没用。"黄希成想想说："不是的，还是要国家治呢，不然能有这样乖？"他俩心里暗暗高兴着。

这是一所新学校，距家里远些，但每天吃饭睡觉依然在家里。

上学时间不长，黄希成发现，黄豆芽晚上，很晚了才回家，还有逃学的现象。他又去了老师那里，才知道，黄豆芽的成绩低得很，是全班的倒数第三名。有时，还是倒数第一呢。他心里担忧着想不出什么好的法子了！

再后来，黄希成发现，黄豆芽好像变了性，不但学习不好，还在家偷钱。要吃好穿好用好，每天夜里晚回家，有时，一整夜都不回家，这真成了大问题了啊！

黄希成只得整夜在找儿子，后边跟着苗生香，一条街一条街地找，一道巷一道巷地寻，一个网吧一个网吧地查，但到了东方发亮时，依然找不到儿子的踪影。心里忧愁得像煮在开水锅里煎熬似的，两人心里烦忧得又吵了起来。

苗生香埋怨说："这下不逼了，太过火了，把儿子当敌人，我不活了，找不见儿子我死给你看。"这时，黄希成的脑子也像炸了似的难受，哪里能承受得了这样嘟嘟囔囔的窝囊气，大声骂娘了。于是，两人不顾一切地在早晨的浓雾里，在这无人的街巷里打了起来。这是两人吵得最凶的一次。黄希成说着就给了苗生香一个"五分"。苗生香扑上去抱住了他的腿，"给，你把我打死算了，给你找好的去，你有种就打啊"。

这时，郝长发从市场回来，正好碰上了他俩在打架，才从中拉开，劝说再三："娃丢了，不好好找娃，你俩却在打架，能把娃打回来？别吵了，走，我和你一块去找。"于是三个人逐一地去盘查，查遍了附近网吧，都没找见。最后，还是郝长发在一个不起眼的黑网吧里找到了。

黄希成将娃领回家，不由分说，又是一顿暴打。黄豆芽不躲不闪，一语不发，眼睛里隐含着愤怒的光。细藤条抽在黄豆芽身上，像打在牛皮上，"砰砰"地响，稍停，就成了一条条血印。黄希成打了一阵，黄豆芽依然倔强地僵持着，他感到很不好收场。最后，还是苗生香看不下去，才去挡了，黄希成才借势退了下来，嘴里骂着，不改还要打。

这场波折过后，黄豆芽睡了几天，不吃不喝的。苗生香心疼得泪眼婆娑，买了药给孩子擦伤，把小豆芽搂在怀中，脸挨脸地亲着，像打在自己身上一样疼，心里像针扎似的。她爱儿子，儿子是娘的心头肉，是自己的未来和希望，她不管他有多大的毛病，总是自己的儿子，她悔恨自己没有保护好儿子，让儿子受了苦，她心里难受死了啊！呜呜呜……

可是，这一顿暴打什么作用也没有，没过几天，夜不归宿依旧，偷钱依旧，不上学依旧。于是，苗生香心里矛盾了，一阵爱一阵怨，不知咋办好。黄希成只得把钱给断了。可是，断了就偷。于是呀，只好采取硬性监督，要求必须和爸妈睡在一起。

过了几天，黄希成要回家办点事，临走前对苗生香反复叮嘱，晚上一定要将孩子看好，别叫偷跑出去，只要坚持一段时日，等待慢慢习惯了，就有希望改过来。可等他回来一问，傻眼了，他走了五个晚上，三个晚上都让跑掉了。黄希成眉头皱了皱说："我就不信，今晚让我监督，把大门上锁，我看他还能长出翅膀飞了不成。"黄希成下午还睡了一觉，准备晚上下功夫监督儿子，父子间已经没有信任可言了。

前半夜，黄希成醒着，不停地翻身，有时偷眼看看黄豆芽，发现他睡得又香又甜。他心里琢磨："看你还有啥招，你就是我的儿子，你能想到的，爸爸咋能想不到呢？看你还有没有奇招呀？今后，就这样，在家把你监督得不留空间，在学校里，那还有老师呢，在路上，不行我去接送，这样，我看你还能像蚂蚱一样蹦了不成。"

半夜，黄希成起床小解，发现黄豆芽依然睡着，不过翻了个身，面向外睡着，眼一睁，就能望见爸爸的脸，坦然地睡着，没有一点异样的表情。黄希成闭上眼睛暗笑。凭着爸爸在家，你也不敢逃跑的，何况，钥匙在我身上呢，"看你还能飞上天？"他想着想着，一

阵睡意袭来，慢慢地，慢慢地，鼾声传遍屋宇。

第二天清晨，黄希成醒了，他揉揉眼睛，发现黄豆芽正在穿衣服呢，他摸摸钥匙，依然挂在腰间，他心里偷偷地笑着。一连十几天都是如此，他心里高兴，"狗东西，看把你治乖了没有。"他自豪地对苗生香说："教育娃也和调教小牛犊一样，开始蹦蹦跳跳，总不想听话，经过一番调教，一顿皮鞭，他只得乖乖去拉犁。让他牛嘛，怎么不牛了？"

苗生香反驳："不对吧？昨晚，我醒来就不见娃，后来睡了好久，天快亮时，听见门响，他才从外边偷偷回来，把钥匙系在你的裤带上，就偷偷摸摸地睡了。再说了，我去看柜子里的零用钱，我记得还有五六张百元大票呢，现在，只剩下些毛毛钱了，你取了没取？"

黄希成大惊，"我不信他有这么大胆。"他忙去看钱盒，里边仅剩些毛毛分分，他气得跳起来，大骂不止，又要去打。苗生香挡了，她记起了朱大叔的话，缓缓地说："光打不起作用的，我总认为，你把娃管得太严了，才使他完全不听你的话。你让我慢慢给他说，或许还能强些。大了，不是小时候了，要有方法呀！"她想起了朱仙成的话，想办法"要让娃主动地学"。咋样能让娃主动去学呢？她没有了主张。

知道这消息后，黄希成身子一阵战栗，心里像针扎的疼苦，茫然不知所措。

27

黄豆芽的心里也痛苦极了，他上网也不纯粹是为了想搞网游去玩耍的。

奇怪的是，这种原因解释出来爸妈也难以理喻。于是就压在心底，期盼着、疑惑着、查找着，只得自己想法子去解决。

那是在一个静谧的夜晚，爸妈都睡熟了，他依然在玩着新买来的手机。当然是在玩手机中设定的游戏，玩了一阵枪战后，他感到无聊至极，就是那么点变化，哄小学娃娃、初中娃娃还可以的，但对一个高中学生来说，简直就是成人在看蚂蚁走路，一点意思也没有。于是，就想查查其他资料，看看还有啥新鲜事。可惜家里没拉网线，仅能从手机内存去寻觅。他顺便翻翻，发现有创新的内容，说是有一个老头，一年就发明了一台无人耕地机，人坐在家里，只要将地块方位、面积等程序设定好后，机器就能自己去把地耕作完成，并能自动走回家。人不用再操这份心了，去干别的事情了。

他看完了，闭上眼睛，细细地想着，那能不能搞一台帮助学生记忆的机器呢？也帮助我们学生们，几下子就把那些烦死人的数字，和那些揪心的定义，凡是需要记忆的东西都能帮着很快记下来，那该多好啊！现在是不是就已经有呢？这要到网上去查看才能知道。可是这互联网家里没有啊，要么就得去网吧了，那里肯定是自由驰骋、海阔天空的了。可惜啊，学生上网是犯禁的事！父母生气，学校老师们也反对，就连社会上的人，见了学生上网，立即脸就沉下来了，阴得像块下雨的云，说你没出息，将来不会有什么大的作为的。好像已将你定格了、宣判了，你就是一堆粪土、朽木或者垃圾。这也难怪大人，谁让有些学生们都去搞网游呢？他们一搞就一发不可收拾，整天沉溺于网吧，迷醉得不知休息，不知吃饭，什么也不管不顾，成了傻子了。不然大人就不会阻挡我们了呀。

他正想着，思绪活跃得按捺不住，这思绪啊，像正在喷涌的清泉，源源不断，汩汩不歇。他又想到了堵车，这是急死人的事。那次他和爸爸去买"苹果"，中途不就是堵车了吗？一堵一个多小时，前进不成，后退更难，真想飞上天，在空中弯道超车，那多好啊！如果真能发明一种陆空两用车，遇上堵车，就直接飞起来，越过去，那么，就永远不堵车了啊。

他又想了想，暗暗地自责，想得太近了、太小了，那不如直接在空中飞翔，一人驾一架小飞机，小的仅容一人驾驶，在低空中随意游走，回来就降落在房顶上，再通过电梯下到地上，那多好啊！噢，这还是落后，不如把房子直接修在空中，成为一个游动的家，白天，在城市中逛游，在田野里耕作，到了夜晚，开到高山峻岭，把家放在峰脊极致，仰望满天星空，无限宇宙；俯瞰城乡大地，灯火恢宏。这里，已是无人境地，树木丛浓、空气新鲜，正是老人们养生的地方，也是科学家、作家们，展开想象空间的最佳境地，到了晚上，遍山野坡都是居所发出的灯火，与天上的繁星辉映成趣，天地浑然成了整体，人开着家中的"房机"，可以在群峰间自由挪移、随意摆放，任意游弋，任何地方都是任何人的家，任何人也不许将那里据为己有。这样呀，才真正成为，"天高任鸟飞"的时代了。

想到这里，呵呵，他喜得笑出声来，但父母都已进入梦乡，也没人理他，他接着又在想着：到那时候，地上就不要路了，要路有什么用？各种物质，都在空中运输，人所有的需用品，都在机器中完成，包括衣物、蔬菜、食品。粮食在机器中能完成吗？应该能，当然能！粮食作物生长，不是需要水分、温度和空气吗？还要二氧化碳呢，把它生长需要的原料全给它，想法再缩短它的成形时间，不就生产出来了吗？

想到这，他心里一阵狂喜，不由自主地将头伸出被外，看着爸妈依然搂得紧紧地，他背过身又在想着："依我看啊，一个人要成才呀，全在于敢想，连想都不敢想，能成才吗？现在的学生，都顺着教材跑，教材设置的本身就太烦琐、太臃肿，占去了学生大量的时间，不能使学生及早进入自己喜好的专业领域进行探索，形成了智力资源的白白浪费。再加上考试题的机械导引，考试答案的唯一性，仅有一个'标准答案'，这种'唯一性'，像砂轮一样，将学生的想象力慢慢地磨掉，培养出来的也是些废品，蜗牛类的小爬虫，再学有什么用呢？

"自己这么长时间了，在这么多的学生中，找不出一个志同道合的同学来，也对学习提不起兴趣，如果真的发狠学，超过那些平庸、机械的死啃书本式的同学，易如反掌。"

夜深了，他在想象中进入了梦乡，在梦中，梦见自己正在上网呢，查出了好多他想要的答案，正在兴高采烈时，爸妈找到了，爸爸一个巴掌打过来，他晕了，死了……

28

黄豆芽上了中学后的表现，使得父母都无可奈何。

黄希成心里苦呀，自己不是不想培养他，自己一心想让孩子脱离这底层社会的酸甜苦辣，脱离这贫穷苦难的生活，到另一个阶层去，过上每月不用想就有几千块收入，过年过节都有钱，老了，退休了，工资照拿不误，死后还能领多少个月钱呢，那是水火双保险

的事啊，那样像模像样地过着，谁不眼红。还别说那些官宦世家了，坐在凉房里不动声色，不用操心，不用写"有求必应"的招牌，就会有五花六花糖麻花，会自动送上门来，真像那供着吃、敬着吃的神啊，哪个不眼红呢！别和自己一样，整天像一只公鸡，刨着吃、凿着吃，一天不刨不凿，就没啥吃了啊！可是，他不争气、不理解啊！为了孩子未来的幸福，孩子却对父亲成了恩将仇报的冤家，能对他说清吗？能说清就好了啊！他心里多么苦啊，真想坐在荒郊里，放声大哭一场哩，谁能知道一个做父亲的苦心呢！他彻底泄气了，不想再管了。

晚上，黄希成睡在床上生闷气，长吁短叹的一点信心都没有了。苗生香见了，半嗔半笑地骂道："你还算是个男人吗？一个孩子把你气成这样子，那还有什么本事？别生气了，明天是礼拜天，又是三月十五，咱领着孩子去魁星庙敬神去。"

停了会儿，只听见黄希成闷声闷气地说："敬神，成吗？""咋不成，听说西台山的神灵得很，有求必应，那里就有文魁星哩，咱去敬敬吧，啊！"这是女人的声音。

黑夜中听见黄希成粗声说："我不太信。""不要胡说，明天去，敬了你就知道了。"为了哄得男人高兴，苗生香把男人搬过来，抱着吻着。一会儿，黑暗中传来粗壮的喘息声。

第二天清晨，黄希成两口子领着儿子黄豆芽去敬神，开始，黄豆芽不想去，后来听说要爬山，才跟着去了。于是，雇了一辆面包车，时间不长就开到了西台山下边。

西台山是秦山脚下突起的一座丘陵，高千仞，峭拔、壮观、雄浑，一条"之"字形大道绕丘穿行，直通脊顶，神庙就建在丘顶上。

面包车沿着大道缓缓向上攀爬，沿途景致赏心悦目：丘身怪石奇绝，形状怪异；松柏修竹竞翠，密密匝匝遍野遍坡；正值三月暮春，漫山遍野鲜花怒放，香气浓郁阵阵醉人。车缓缓攀爬，一会儿就到了丘脊，脊首占地数十亩，地势平缓，倚山临塬，站在丘脊顶上，遥望平塬景致，给人以荡胸悦目之感，这文魁庙就建在这丘脊平台上。

来到庙院，大家依次敬拜，将其他神灵敬拜完毕，才到文魁神尊大殿，只见文魁星神生得身体魁伟，面目狰狞，怀抱文案，一手舞笔，一手持榜，随时点定状元；单脚踏地，另一只脚上扬托着金斗，及时发放俸禄。有人说他是用孔子的"正心修身、克己复礼"八字组成了一个文魁星像的，仿佛是一个魔鬼的造型。这意味着他录取人才时不受贿赂、公正无私的凛然形貌。

听说，文魁星也是穷孩当了状元呀，难怪敬他的人这么多呢？后边还一溜一串的家长和孩子们。家长们都拿着百元红钱，投进了功德箱里，一百、二百、还有三百五百的哩，生怕魁星记不住，口里还念念有词，祷告神灵保佑孩子，考上"985"，或者"211"。黄希成急忙将五张红钱送进了功德箱里，苗生香也送了三百，送完钱，都趴在地上，"砰砰"地磕着响头，虔诚地作揖下拜。黄豆芽也被督促着下了跪，可黄豆芽却别扭得不磕头。这时，苗生香急忙给她男人使眼色，黄希成才作罢。

送完钱，磕完头，一家人站起来，心情是多么顺畅啊！苗生香心里轻快多了，这下有神佑着他呢，不学能行吗？黄希成专注地望着神像，看着那凶煞的文魁神，心里想，有这样威严的神，谁敢不听话。他又将视线移到墙上，只见墙上挂着家长们为孩子送的钱数，密密麻麻的名字贴满了几面墙，到处都是送钱人的名字。黄希成仔仔细细地看，上边有三百五百的，还有八百上千的。黄希成要求把黄豆芽的名字也写上，苗生香急忙补充说："明年还要还愿呢！"唯有黄豆芽站在那里，磁铁似的不动声色，可他心里也在动呢，到底是咋回事？他判断着，一句话都不说。这么多的人都要考好学校呢，大都是穷孩子，文魁星能保佑谁呢？他微微地摇着头，不吭声。

敬完神，全家人心情轻松了，一切都会好了，有神保佑着呢。于是一家三口到山上逛逛。这时的黄豆芽才活跃了。

只见黄豆芽将学生服脱掉夹在腋窝间，下身穿一条米蓝色长裤，将洁白色长衬衣束于腰间，两只眼睛睁得溜圆，在密林中穿梭，在藤蔓间旋绕，一会儿绕树转圈，一会儿又抓住树干，猴子似的攀上树顶，站在枝杈间摇晃，在叶间觅花，猴子似的忽上忽下，喜得高声号叫，粗壮绵长的声浪在空宇间回荡，震得远山近谷都发出"嗷嗷"的回音。

黄希成两口子只得跟在儿子身后，看着那猴子似的动作在林间穿来穿去，两口子都把心提到了嗓子眼上，双目不离孩子左右，随着黄豆芽的上树下树，心情和眼神都在不停地变化。当黄豆芽在横穿一股横枝时，黄希成忍不住发出了声。这被苗生香立即阻止了，她说："别管，让娃快活一阵子，神又没敬成，不然不就是白来了吗？"

黄希成嘴嚅嗫着，几次都被妻子阻止了。

可黄豆芽不管不顾，接下来一语不发，哧哧溜溜，一会儿就上到山顶了。

上了山，黄希成和苗生香想坐下来休息，可黄豆芽那旺盛的精力哪能停得下来。只见他，在山顶上迅跑，在山崖边爬升，狂喊声在群山间回荡，把飞鸟都惊得四处飞窜，他却哈哈大笑不止不歇。

过了会儿，黄豆芽还想上更高的山。他望着那一峰更比一峰高的群山峻岭，他的心更野了，想上那座更高的峰上去看看，那里肯定有更好的风光，"我们去那里吧！"

这时，黄希成实在忍不住了，他阻止说："那可不行，太危险，那里山大林密，到处都有豺狼虎豹，万万去不得。"

黄豆芽反驳："我们不敢冒一点小风险，到处都不敢去，哪能前进呢？我们三个人呢，还怕野兽？"

黄希成一听就怒气冲冲，他高声说："还想给我讲大道理？你知道那最高峰距我们有多远吗？少说也有五六十里地，而且都是高山峻岭，不但陡峭难行，还有大树密林阻隔，我们晚上住哪？吃什么？我们都穿着单衣，晚上冷了咋办？绝对去不得！"

这下可把黄豆芽惹恼了，他大声喊："我们孩子永远都没有自由。"说完顺着山岭一溜烟下山了。

敬神的事就这样不欢而散了。

在回家的路上，一家人心里都七上八下的，不知是啥滋味儿啊。

29

敬完神不久，苗生香还沉浸在希望里呢。

这时，黄希成却听到一个惊人的消息，黄豆芽和郝苗苗关系非同一般。课余时间都在一起，拉着手上学，拉着手回家，几乎是形影不离。

黄希成两口子避开孩子，在一起商量着、担忧着、揪心着。苗生香犹疑地说："他身上的毛病咋这么多啊？太小，正读书呢，万一有个差错，大人的脸放哪？再说了，他的前途不就毁了吗？哦，我想说啥呢？咱们俩怕不能和孩子在一起睡了呀，我听人说，娃大了，娃和大人睡在一起不好，娃们常做坏事呢。"黄希成却斥责妻子："那有啥呢，有些事他都睡着了，能知道吗？"苗生香反驳："你能知道娃啥时睡去的。"两人争辩着，谁也说服不了谁。最后，苗生香说："这是朱大叔说的，不信你问去。"黄希成倔强地说："他的话能为准吗？笑话！"

不管他俩咋样想，但这次他俩心里都很矛盾，本来想请郝苗苗帮忙劝说黄豆芽别上网，好好读书呢，现在又发现了这事，万一让这女子把儿子带坏了咋办呢？犹豫再三，最后决定，还是请郝苗苗，先把儿子上网的事劝说好再说吧，

于是，黄希成两口子选了一个孩子都不在家的时间去找郝长发了。他俩一走进门，郝长发两口子就接上了，客气得很，热情地迎回家，句句恩人恩人地叫着。崔红霞叫得更响："恩人呀，啥风把您俩给吹来了啊！"急忙让座，倒茶，客套得使他俩感到实在是不自在。

一阵寒暄过后，话便进入了主题。苗生香先说："这次，我两人来是想求你两位办点事的，说你两位不见外的话，我那东西整晚上上网呢，已让网给网住了。大人又劝说不醒，咱苗苗他们是同学，又说得来，我两人来，是想请咱苗苗多劝劝哩。"

崔红霞先接话说："我当是啥事呢，这是咱自己娃啊！只要能起作用咋劝都行。"黄希成马上接话："那就要感谢弟妹了，说个丢人的话，我俩已没办法了。"

郝长发满口应承说："先让苗苗劝劝，万一不行，我也能说他，

不怕他改不了。"

苗生香急忙阻止说:"不,不用您费心,两个娃关系好得一个人似的,准能起作用。"

崔红霞立即感到这话中有话,忙插话说:"你姨,你把话说哪里去了,两人才多大点吗,能有啥关系,这话怕不对吧?啊!"

苗生香接过话茬说:"那你俩不知道吗?已形影不离了,万一有个差错……都还小呢。"

郝长发听了半会儿,心里也生气,忙插嘴说:"你俩来,这不是找事吗?我苗苗才多大点,我咋就没发现什么,我不相信你说的那屁话。"

黄希成一听就来气了:"你说谁放屁啊?我俩是好意来求你的,咋能不知好歹,竟敢骂人,我们哪里亏你们了,竟如此无礼。"

四个人你一言我一语吵了起来,最后几乎打上了,两个男人已握起了拳,苗生香见事不对,拉着男人走了。

事后,郝长发一家人一气之下搬家了,一下子搬到汉城去了。这里距媚城一百多里,谁也见不到谁。

从此以后,郝苗苗真的沉默了,一天到晚不出一声,像个哑巴。

郝长发两口子无论咋样启发,都无济于事,你叫她,她不应;你去拉她,她像一个静物,放哪算哪,吃饭正常,活动正常,就是不说话。当然,学是没法上了,人像一个木头桩,置哪是哪。

崔红霞哭得像个泪人,不吃也不喝,心里像刀绞似的疼。"多活泼的一个女儿啊!把娃整成了哑巴,自己有罪呀,咋办呢?我咋能对得起女儿呢?"整天哭得黑天昏地,好像比苗苗更难受。她不停地劝说:"你还小,正上学呢,咱们的前途要紧,等你上了大学,那时

小说

候，大人能阻挡你的婚事吗？再说了，大学里，好男娃多得是，想挑哪个挑哪个，妈妈不会挡你，你爸爸更不会，你的婚姻嘛，我俩都没有那么封建的。看你这个样子，把妈妈愁死了，听妈妈一句劝吧，啊！"她想将女儿拉坐在自己的腿上，郝苗苗连理都不理她，她没有办法，只有哭的办法了。

郝长发尽管心里也不好受，但他总是个男人，他认为，女儿心里受了刺激，慢慢就会好的，你两人都哭哭啼啼的，这样下去，这日子怎么过？总不能不生活吧？于是他照样去看市场，照样收拾房子，照样开始生豆芽了，可是，这里的市场很不好，卖豆芽的人多，市场不景气，自己只得另想办法。可对于苗苗，她心里照样不好受，女儿不说话，用不说话来软抵抗，自己最好别劝，女儿生的就是自己的气，自己一劝，会起反作用的。于是，他只有沉默着，干自己应干的事。可妻子是自己的帮手，她这样下去，日子怎么过？一切都成自己一个人的事了，自己也感到受不了，何况，豆芽生意做不成了，还得另找工作，唉，咋办呢？

他们怎能知道，苗苗的心里苦啊！郝苗苗生气死了，"自己干了什么事了？只不过和豆哥好，正常得很，我两人什么也没发生，我们是冰清玉洁的，谁说坏话都不应该。想起豆哥哥心里都愧疚，自己才到这个学校时，没有一个朋友，当地的同学欺生，我是外地的，说话的腔调一时调整不好，上语文课，老师根据考试结果提问了我，我回答了，却遭到了一帮女生的议论。我反抗了，她们就嘲讽、就谩骂。我上厕所时，遭到几位女生的攻击，我骂她们了，三位女生上来，将我想给厕所里拖，我甩开她们，跑到厕所外边，她们一起追上我，把我按倒就打。正在这时，冲过一位男生，很快把那三位女生拉开，并对她们说，'这是我的妹妹，谁要打她别说我和谁过不去'。接着他把我拉走了，并对我说，'别理她们，谁欺负你对哥哥说'。从此，同学们都知道他是我哥哥，没有人再敢欺负我了。可我心里明白，他对我好，我们的关系很正常。从此，我俩就常在一起、一起走路、一起学习、一起玩耍，我们再好，也没人敢说什么。现在，倒叫你们拆开了，为什么要拆开我们呢，你们大人为什么要好呢，我们孩子就不敢在一起呀，这是什么道理？我想豆哥，他对我太好了，我一辈子也忘不了他。是爸妈把我俩拆开的，我恨死你们了，别做梦了，一辈子都休想理你们。"

郝苗苗想哪做哪，郝长发两口子谁也没想到，好苗苗一直坚持沉默下去，已经快一年了，依然故我。从此，再也上不成学了，多可惜啊！

崔红霞两口子实在是无奈，悔死了啊！

30

黄豆芽开始是不知道情况，后来才发现，郝苗苗一连几天不来上学，他打电话也不接，他有点怀疑，但不知原因。再后来，他接到郝苗苗一条短信。黄豆芽急忙打开，是这样写着：

豆哥：别再联系了，我们已搬家了，现在住汉城。是他们嫌咱俩好，你爸妈来我家闹事造成的。希你保重身体，再见！

苗苗

×月×日

黄豆芽看完，气得肺都要炸了。只见他目光呆滞，喘气粗猛，尽管也沉默着，脸上的肉已扭结成块，两股热泪慢慢地从愤怒的脸上流下来。他将手机拿去让他妈看，看完后，没等妈妈说话，就将手机夺下来，用力摔在水泥地上，玻璃碎片四处飞溅，然后，他拉开门，飞一样地跑去，一个大头，又驼着背的身影淹没在漆黑的夜幕中。

苗生香随后就追，等她赶出门时，黄豆芽早已不见踪影了。她慌乱得脸色苍白，想喊，心里吃紧得连声音也没有，夜空中传出猫一样的微弱叫声，在呼呼的风声中传播着，一切被夜吞噬了。

黄希成闻声赶出来，只见妻子摔倒在地上。他急忙拉起妻子，急问，娃呢，娃呢！当他知道原因后，黄希成脑子"嗡"的一声，像炸响的雷在轰鸣，惊恐之色在脸上浮游，两眼慌乱得四处张望着，不知所措。

夜，黑得伸手不见五指，远近的霓虹灯明明暗暗的吓人，高矮不一的楼房在夜色中像山一样遮住了视线，路上的车这时在他们心中变成了野兽，随时都会吞噬他们的孩子。两人啥也不顾了，买了两把手电，向四处寻觅着自己的儿子。

他们住在城市郊区，这个村子很大，两人沿着街中小巷，一道巷一道巷地喊："小豆芽——，小豆芽——。你回来啊！别和爸妈捉迷藏了啊！爸妈再不逼你了，不打你了啊！"夜深了，这一男一女的喊声，在街坊中发出"嗷——嗷——"的回音。两人一条巷子一条巷子都找遍了，依然没有踪影。他们分明知道，黄豆芽是自己跑了，再喊也不会应的，是有意躲着爸妈的，但依然追着喊着。到了后半夜，天渐渐冷了，空气里的潮气已打湿了衣衫，一阵阵冷气袭来，浑身一阵寒战，可是，他们哪管这些，儿子是心头肉啊！没了儿子，他两人谁能活下去呢？

街巷找遍了，他们再到城北边找，北边是郊区，到处是农田，玉米已没人高了，因为受到干旱，枝叶枯萎变黄，在微风中发出沙啦沙啦的响声，像是鸟的阵阵哀鸣声。两人时而沿着田间小路，时而又步入玉米地中，喊着叫着，无尽钻寻，低沉和细哑的呼叫声，在寥廓的夜空中扩散着、回荡着。可是，夜吞噬了整个天幕，除了南边媚城那若明若暗的街灯，发出无力昏黄的光，其余是一片漆黑。在这静谧得可怕的旷野里，唯有猫头鹰那鬼魂似的叫声，越发使人毛骨悚然。

好不容易才等到天亮。这又是一个阴天，天空中的云黑封着脸，一动不动的，好像随时要下雨的样态，苗生香更担心了，要是真下雨了，孩子咋办呢？沉重的心境，像在烤箱上烘烤的鱿鱼，一会儿不翻腾就成了焦黑的了。黄希成焦虑中外加了悔恨和内疚，内心里像煮开的水，沸腾个不停，怪自己，怪自己过分了点，尽管是一片好心，尽管是为了孩子，娃小，能理解吗？尽管妻子一路走一路责骂，一整夜都在骂他呢，他没有反驳一句，他知道，孩子找不回来，自己就是再对也是错。他悄默着，一语不发。两人一夜地奔波，已是精疲力尽了，他看看妻子，瘦小的身影在前边走着，像风中的草，他想搀她一把，但他没敢，他知道，妻子现在像炸药包一样，一拉导火索就会即刻引爆。他只得怯懦地说，回去吧，回去等上班了，去派出所报案，也可以通过微信发寻人消息。苗生香已经无奈了，顺着，不说一句话。

两颗焦虑的心，在寻找着、等待着、焦灼着。过一天像过一年

一样难熬，现在也不叫喊了，两人声都哑了，发出的声音，像树叶摩擦那样沙哑，只能贴近口边才能听见，几天不吃饭不睡觉，两人都困得浪浪倒，将身子靠在一棵大树上，喘息了半晌，黄希成才哑着声说："这样不行，凭咱两人的能力，咋也找不到。"苗生香将头一扭气哼哼地说："那你回去吧，我就是寻死，也要把儿子寻回来。"两人说不到一起，黄希成只能顺着妻子，儿子太重要了，歇会儿，两人又准备再寻。

正在这时，黄希成的电话响了，一看是一个陌生号，黄希成不想接，但是，想了想还是接了。对方说："我是一个网民，见到了你寻儿的短信，我发现在碧银湖南岸的草丛中，睡了一位男孩，留着金贤重栗子头，衣着与你在短信中说的基本一样，你来辨认一下吧！"

"碧银湖，碧银湖在哪里啊？"黄希成脑子里一片懵懂，似乎连碧银湖都不知道了，急着追问。

"这是高山的人造湖，距南山根还有近百里路呢，你坐汽车来呗，司机都知道的。"对方耐心地解释着。

黄希成一听，心里更加发急，在草丛中睡着，是死是活都很难说。两人心急火燎地雇了车，风风火火地向碧银湖方向驶去。

一路上，两颗心像在空中悬着似的急迫。

31

黄豆芽一气之下跑了。

天黑得伸手不见五指，仅有远近的灯发出红红绿绿乏力的光。阴着脸的夜空，四处朦朦胧胧地昏暗，云低吻着大地，雨丝洒落在脸上，一股寒意油然而生。

黄豆芽顺着市郊的道巷，毫无目的地奔跑着，到哪里去？晚上住哪？咋生活下去？他什么也没去想。他心里主要是生气，生爸爸的气，千不该万不该，不该逼走了苗苗，苗苗是个好姑娘，她经常鼓励自己要好好学习。爸妈再难为自己，也都能忍受，可苗苗是无辜的，我们在一起好，是同学间的好，是朋友之间的友谊，太清白不过了呀。我们之间的关系，也并不是顺着家庭大人的关系发展的，而是我两人的性格投合、看法一致，才走到一起的。

郝苗苗也是深山里的孩子，在这里是插班生。那是初冬时分，她身穿一件淡红色旧棉袄，左肩上还有一块小补丁，像在一堵旧墙上粘贴了一张深色广告似的，很显眼地黏在肩膀上。现在人的穿戴，补丁衣服已成为另类，何况又是个女孩子呢。

她被班主任段老师领进来，被安排在最后一排，按她的个头是不会坐在最后的，但她究竟是新来的，这样安排也符合情理。从她进班到现在，从来没见过她发过言，由于她的位子是单座，又在最后一排，在同学意识中，好像她不是本班学生似的，无论是学习、生活还是玩耍都和同学无法融合。她那次发言，无论从语音上，还是内容上，都对同学是一个提醒，或者说，在不同的同学心里都引起了不同的反响。有的反感，有的同情，有的震撼，还有的轻看小瞧。

记得那是在一堂语文课上，老师在解答前天的语文模拟考试答案。她在课堂上，表扬了好多能按照模拟试题答案要求作答的学生，她说："在昨天的考试中，大多同学都能按照模拟题的标准答案'唯一'的特点去解答。好多同学都得了 90 多分，成为大家学习的

榜样。"

她顿了顿又说："可是，我尽管反复强调，'标准答案'只有唯一，没有第二。可还有的同学就任意想象，随意作答，但现在要求的是'标准答案'，这是按照教育大纲要求做的，所以，其他答案要打错号的。"

她咳了一声继续说："譬如第八题吧。第八题是一个填空题，要求把准确的答案填在横线上。其中第一题，'雨掉在地上会变成……'不用想都是水，'水'是这道题的唯一答案。可是，同学们却答得五花八门，随意填写。如：'泥泞''生命''蒸汽'，有的同学还写成了：'小草''春天''细雨'，更严重的是郝苗苗同学竟然写成了'绿色世界'，这当然就更离谱了。郝苗苗同学，你当时是怎么想的，能写出这样的答案来？"

郝苗苗恭敬地站起来了，她脸上显得很窘迫，秀雅的脸上全变红了，低着头，悄默着，真像是一枚熟透了的红苹果，压低了枝头。段老师启发说："说啊，你自己的想法总能知道吧？"这时，但见她，沉默片刻，振作了一下，立即放弃了那种拘谨，她昂起头，眼睛炯炯放光，微吭了一声说道："老师，我想我答得没有错。下了春雨，大地滋润了，各种草木都发出了新绿，不是'绿色世界'吗？"这时，段老师一下来气了，追问道："你现在还认为你对啊，难道题出错了吗？"郝苗苗不敢说，眼睛在眶内转着圈儿，脸都憋红了，停了片刻，她仰起头大胆地说："考试'标准答案'要求唯一，本身就是错的，一道题应该有多种解答，一道数学题也允许有多种解法，何况是语文题呢。凭我们娃娃的想法，上边同学的答案都是对的，为什么又不能一题多解呢？"

这下可戳了马蜂窝，段老师当场就气坏了，大声批评："你还想推翻'标准答案'啊！胆子真不小，除非你当教育部长。哼！你下来到我办公室来一下。"她不讲了，把郝苗苗叫去，狠狠地批评了一顿，老师手指着对郝苗苗说："你知道你的发言对同学们的情绪影响会有多大？这马上就进入高考了，同学们的认知、同学们的情绪，都会影响到高考成绩，你能为全班同学负责吗？"

郝苗苗一语不发，心里委屈着，"你不是要我说心里话吗？说出来你又批评，真是的！"等老师批评完了，她回到班里，趴在教室的课桌上，"呜呜"地哭出声来……

通过这次课后，黄豆芽对郝苗苗印象特别好，唯有她敢想、敢顶！不畏师权、不惧成规，除了她，还有谁呢？郝苗苗因为那次答题让老师批评以后，班里有些女同学都欺负她，在厕所那一次，差点吃亏了，他才出手救了苗苗，说她是自己妹妹，这样同学就不会瞎想了。于是，他俩成了好朋友，整天在一起呢。

黄豆芽把意想拉回到现实，生气地追问："为什么要欺负她呢？太不应该了啊！你们大人都在一起好呢，小孩子为什么就不能在一起玩？太落后、太封建、太肮脏，都什么时代了，还把你们那个时代的习惯，强加给我们这一代！真把人能气死啊！"他委屈地哭泣着，泪像水帘一样披在脸上，他也不擦，也不想擦。活到这份儿上有什么意思呢？这哪里是新社会，自己明明是旧社会的奴隶，比奴隶还奴隶，苗苗啊，你在哪里呀？

他想着想着，又来气了。真气死人，我在家里，一点自主权也没有，自己都多大了，难道就不知道学习的重要？不是不想学，是要自己自由地去学。自己的学习成绩，在班里总不算太差吧？主要

是嫌让人逼着，越逼，自己越不想学。如果爸爸把自己放开，别管学习，成绩肯定在全班的前列，说不定还能拿第一呢，为什么要用对待敌人的方法去对待自己的儿子呢？

"上网，并不是自己非要上不可，那是什么，是动漫，动漫也是人设计的，一位聪明的学生，完全会去藐视它，他能设计，我以后就设计不了它？如果让我今后去设计动漫，我要比他设计得更精彩、更玄幻、更具吸引力。可是，给再多的钱我也不干，那是对无知少年的残害、是犯罪，完全是商业欺骗，不知有多少青少年的前途，都被它葬送了啊！那我自己不一样，我是和爸爸斗气呢，凡他不让干的，我偏要干，何况，自己是为了查找科技知识资料，想自己搞点东西呢，尽管自己想的不一定都对，肯定是有很多幼稚的想法的，但敢去想本身就是对的。"

黄豆芽一边走，一边埋怨，一边哭泣，一边乱想。昏昏沉沉的，也不知走到哪里了，又要向哪个方向去。淌着泪，随着脚，由着身，无心地走着、冤屈着、气愤着、恼怒着，他迷迷糊糊、懵懵懂懂，不知饥渴、不知冷热、不知白天夜晚，更不知走了多久。突然发现前边是一波碧湖，湖内有游艇，周边有建筑，他不知是什么地方，是什么时间，只感到腹中饥饿，一阵风吹来，全身冷飕飕的，实在难忍难熬。

他坐了会儿，一阵阵倦意袭来，才感到睡意蒙眬，他扫视了一眼周边景物，一切都模模糊糊，他顺便依偎在湖边的草丛里，长出了一口怨气，不知不觉进入了梦乡……

当黄希成两口子将儿子接回来后，黄豆芽彻底沉默了。

以前还偶尔和妈妈说些知心话，现在连一句话都不说了。说什么啊，怎样做都是错的，唯有他们正确，用他们的思想代替自己的想法，是自己实在无法忍受。所以，他不说话，吃了饭就睡觉，一睡一整天，睡饿了，自己起来吃点饭，又抱着头睡去了。唉声叹气，泪水汪汪的，谁问话都不理，已经有一周了，依然故我地坚持着。

黄希成再不敢劝说了，他知道儿子最生自己的气，自己劝是没有效果的，只得也保持着沉默。苗生香无奈，每天吃完饭，悄默地坐在儿子床边，先坐一阵，然后苦口婆心，无话找话地慢慢劝说："豆芽啊，起来吧，咱俩出去走走，散散心就好了。其实，我和你爸都是一片好心，但不理解你啊！以后我俩都改了还不行吗？"不管她再说什么，黄豆芽依然故我地悄默着。看着儿子那体瘦形消的脸，她心里像刀剜一样疼，儿子是她的心头肉，儿子有个一差二错，自己也活不成。她再劝说儿子也不听，哭到激动处，她趴在儿子的脸上，泪水从她的脸上流下来，一滴一滴地滴在儿子的脸上，她咚咚跳动的心，震得儿子也在动，但儿子的心没有被感动。

十天之后，黄豆芽起来了，但他不想上学，也不想出门，就待在家里，门外转转，扭身回家，坐在床边，什么话也不说，谁问话都不理，如此，僵持着、生气着，一天又一天……

为了孩子，黄希成两口子把方法用尽了，把黄豆芽最爱吃的水果买回来，让苗生香拿给儿子，黄豆芽连看都不看一眼，放了多日，水果已经霉坏了，只得扔掉；想和他一同再去旅游一次，黄豆芽不吭气；想把他送回老家，在山里边走走逛逛，妈妈把这个想法说给儿子，像是说给石块一样，没有一点反应；最后，把他表姐叫来，想用女性打动黄豆芽，可黄豆芽不管是谁说话，既不反感，也不回答。

小说

就这样一天天过去了，黄希成两口子心急如火……

32

黄希成两口子正在为难之际，朱仙成来了。

朱大叔背着他的铺盖卷，弯弓着腰，脸上皱得像干核桃皮，头发也长了，满头白发像刺猬一样胡乱栽着，走路的动作明显笨拙甚至踉跄，但那副铜脚圆坨墨色眼镜，依然架在鼻梁上。

黄希成因正在生黄豆芽的气，情绪不很正常地接待了朱大叔，只说了句："来了好，坐吧。"就不言传了。

苗生香压住对孩子的心中不快，还是笑脸相迎，把朱大叔领进后院的小房里，把行李放下，从柜子里取出自己早已准备好的被褥，铺好了，让朱大叔坐下，忙去打水，让朱大叔洗头洗脸，自己又急急忙忙去做饭。对儿子的事从不提及，一切好像没发生一样的平静。

这时的黄豆芽，却意外地热情，忙给朱大爷取香皂、取毛巾，洗完后擦桌椅、端饭，热情地问这问那，和朱爷爷亲近得很哩。

黄希成看着，心里一阵暖意和惊喜。他万万没想到，黄豆芽对朱仙成这么好。

朱仙成好像一切都知道似的，他吃完饭，把黄豆芽叫到身边说："豆芽啊，这次，爷爷来了就不走啦，有爷爷在这，谁也不允许欺负我孙子。今后，你爸妈要是欺负你，有爷爷呢！"他顿了会儿，看看黄豆芽的表情后又说，"爷爷能理解你，你今后有啥心里话哦，就马上给爷爷说，爷爷和你一块想办法，两人总比一个人想出的法子好呗，你说呢？"

黄豆芽微微点着头，脸上泛出一丝微笑。

朱仙成顿了顿又说，"再说啦，学习咱还是要学的哦，不学咋能成才呀？看你多聪明啊！只要再努力一把，你就会跃到前边去的，就是考大学也绝对不会太差！你不信试试看。"

黄豆芽马上接话说："爷爷说对啦！我不是不想学习，我是嫌爸爸把我逼得太急了，他不逼，我学得更好。他一逼，我想学都不学了。我知道学习的重要，尤其现在，没有知识咋能生活呢？唉，可是我爸爸他……爷爷，你咋不早来啊！"

黄豆芽说着说着，就"呜呜"地哭了起来。朱仙成急忙把他拉坐在自己身边，把身子贴在黄豆芽的身上，用那粗巴巴的手，替黄豆芽擦泪，用脸贴在黄豆芽的脸上，体贴地说："哭吧，孩子。哭出来就好受啦！"黄豆芽将头贴在爷爷的怀里，呼呼哧哧地哭呀哭，好长时间都止歇不住。

朱仙成用手抚摸着黄豆芽的头慢慢摇晃着，像是在哄还没出月的小宝宝似的，停了好久好久，才接住刚才的话，关切地说："你说得有道理，人心情不好咋能学好嘛？他俩虽也都是为你好，但就是不理解你呀。别哭啦，听爷爷的话，把以前忘了吧，全当没发生。不过，我孙子这么听话，把我孙子冤枉了，爷爷我心里也难受，我将来批评他俩，有我在，谁还敢再逼我孙子，胆大死了啊！"

朱仙成说着，用那老嘴"吧唧"地亲了一口黄豆芽的脸，黄豆芽没有躲，反倒咯咯咯地笑了，笑得那样爽朗和无间，爷孙俩亲昵地抱在一起了。

晚上，黄豆芽主动搬到朱仙成房间去了。晚上睡觉前，还要和朱爷爷谈多时的话呢，亲近得很哩。

第二天，黄豆芽上学了，好像在朱仙成面前表现自己似的，一

切都是自己干，早早起床，自己洗脸、刷牙、吃饭，背上书包后，只给朱仙成打了招呼，就急急地上学去了。

待黄豆芽走后，朱仙成把黄希成和苗生香叫到跟前说："今后，黄豆芽的事，我管！你俩谁也别插手，行不行？"

黄希成只得应允，把自己也折腾够了，只得说："行，您管我放心。"他话虽这样说，但心里总有点不放心，搭话的声音，有点勉强。苗生香却高兴地说："好，交给您管我就省心多了。"

朱仙成接话说："我也不是想管。第一，我来也不能吃闲饭，要帮你俩做点事，我吃饭也是香的呀；第二，你俩看看，你们把娃管成啥了？你们把压豆芽的方法，用在孩子身上了呀！只强调听话、听话！娃自己在哪里呢？他多大的人了哦，有不同想法才是好孩子，都听你的，长大有用吗？一个孩子成长不容易，大人要允许他有自己的想法，然后呀，去鼓励他、诱导他，要让他在不知不觉中改掉自己的毛病，明白学习的重要，从内心里产生动力，自觉地去学习才对。绝不能用强制的方法教育娃哦，那是大错特错的办法呀！有时，他的想法和大人的不一样，但不一定就是错的，说不定他的想法比大人的更好，'不同存异，独立成奇'嘛。你想让孩子出众呢，还是让孩子合群呢？非要孩子随大溜跑吗，随大溜一同跑的娃，牛羊才成群呢，那能有出息吗？两个男女学生在一起走走，不一定都是坏事，他们也有互相鼓励的一面，把应注意的地方给娃说说就行了，现在社会变了，没必要那么封建的，你说呢？"

黄希成两口子非常惊讶，这些是谁给他说的，是黄豆芽吗？那天，他两人距离不远，黄豆芽并没说，这就怪了，朱大叔真是神人吗？再说啦，他的一席话，入情入理，观念新得很哩，不像是一般人说的话。这么大岁数了，在哪里学来的？于是，两口子同时点头：
"好，大叔，您大胆管！"

过了一段时间，黄豆芽果然变了，和朱仙成成了忘年之交，两人无话不说。在朱爷爷的鼓励下，当年期终考试，已是中游偏下一点，这是黄豆芽从来没得过的分数啊，比以前进步多了。

过年了，全家人都乐呵。黄希成特别感谢朱大叔，特意买了瓶五粮液酒，送到朱仙成房间说："大叔，您来，比谁的功劳都大，黄豆芽的成长全靠您呀！这酒我是特意给您买的，我知道您喜欢喝两盅。"

朱仙成也不推辞，说："成哦，我收下。希成啊，今后，对孩子再别犯那大家长作风，要先听听孩子的，然后再表态嘛！"

黄希成却没说什么，只是点了点头。

33

黄豆芽在朱仙成的引导下，学习劲头十足，像一株水肥充足的小树，不停地吸吮着养分，疯狂地拔高生长着。

全家人都在为他高兴，黄希成从市场回来，在豆芽房里忙碌着，嘴里还不停地哼着小曲；现在已扩大了产量和经营范围，市场销势也好，每天都有不菲的收入，现在劲头十足，他心里乐啊！他心里想着，豆芽已经大了，上大学，找工作，结婚，结婚时房啊车啊的，哪一样不花钱能行吗？只得狠命干，才能把这些事了结呀！

苗生香更是高兴，自从朱大叔来后，黄豆芽一下子变乖了，学习虽说还不太令人满意，但孩子主动多了，好像换了一个人似的，不由得人不爱。全家人也空前团结了，丈夫很少发脾气，吃饭时，

一家四口围坐在桌子上，大家都尊重朱大叔，说着笑着，毫无间隙，真是啊！这日子使人做梦都会笑出声呢！

朱仙成好像年轻多了，穿着苗生香给买的新衣服，也西服革履的，头发梳得又光又顺，虽然花发斑白、两鬓犹霜，但依然精神矍铄、皱容泛光，走路铿锵有力。他一天乐呵呵的，茶罢饭后，依然将屋里屋外，院前屋后打扫得干干净净，收拾得整整齐齐。待黄希成走了，他还帮着洗豆芽呢。

一家人过得其乐融融，和睦可亲。

一个氤氲的黄昏，黄豆芽放学回来，心情很不高兴。妈妈问："咋了，谁惹你了？"黄豆芽淡淡地说："谁也没惹我。"苗生香又问："那为什么不高兴？"这时，黄豆芽才动情地对妈妈把情况说了。

原来，他们班，一位同学病了。这位同学叫程才，和他要得特别好，以前，他学习不好时，是程才经常劝他要好好学习，不能白白浪费时间，等长大了想学，就没有那么多的机会了。后来，他的态度变了，学习慢慢好起来了，于是，程才就不停地帮他，数学、物理以及其他课程中的难题，都是程才给教的。整天和他在一起泡着，课间，促膝长谈，促进他对学习的认识，上自习，复习功课，引导他掌握学习要领，他最近的进步，一点一滴都凝聚着程才同学的心血和辛劳。程才还把自己学过的或要学的书借给他看，还给他介绍了好多有关高考的好书，让他自己去寻找。

程才的家里也非常穷，爸爸妈妈都是出来打工的，家里还有爷爷奶奶领着自己的小妹妹，在家里留守着。一月的工资除了花费之外所剩无几。程才家里的生活都很差，一月也见不到肉食，除逢年过节外，很少吃到一顿比较像样的饭菜。

黄豆芽对程才非常感激，可自己一点也帮不了程才的忙，这次程才确诊是白血病，白血病就是血癌，听说治病要花好多好多的钱。虽然医疗费是国家报销部分，但就剩余的也不是小数目，何况，他得病后，爸妈就不能安心打工，家庭生活已无后续来源。因此，学校老师号召全校捐款来资助程才同学。"我们班的同学中，绝大部分都已捐了款，还有部分同学正在和家里商量，我是程才的好朋友，妈妈我该咋办呀？"

　　苗生香听了后，还是她那性格，立即表态："捐，别人捐，咱也捐。不过，咱家也不太宽裕，少捐些，给五十吧，你看少不？"黄豆芽听了，很不满意地说："别人还有一百多的呢，班主任老师都捐了。我又和程才好，那五十太少！""那就要给你爸说呢。"苗生香淡淡地说。

　　黄豆芽没再说什么，心里很不是滋味，"好同学才捐五十，叫人看不起不说，我怎么能对得起程才呢？为了我的学习，他考试的名次都下降了七八名呢，他遇到困难了，我就这样吝啬，真是的！要我给爸爸说，那不是难为人吗？明知道爸爸吝啬得很，这咋办啊？"他想到这，正在为难时，听到爸妈吵起来了。

　　原来，苗生香想了想，娃要的钱多，根据孩子的叙说，恐怕也得一二百吧？这个数字，就得给他爸说一说。谁知，当苗生香把事说了后，黄希成大发雷霆："让自己挣去吧，是你的同学，还是家里的同学啊？给几十块还可以商量，要那么多，不可能！""娃才变得好些，你又在刺激了，你不是难为孩子，你是在难为朱大叔。孩子这是真事，也是好事，让朱大叔咋给解释呢？"黄希成生气地说："一分也没有！不行，再说也不行！"

事情就这样僵持着，黄豆芽气得呼呼哧哧地哭，苗生香只得无奈地劝儿子，可黄豆芽怎么也劝不醒。只有朱仙成沉默着，不说给也不说不给。

晚上，朱爷爷对黄豆芽说："豆芽啊，你仔细想想给同学捐款，这是好事，既是同学友谊，又是高尚品德的体现，应该受到表扬。可是，你再想想，同学和你关系再好，究竟是你的同学啊，你的同学，是不是爸妈不一定要帮你啊，同学多了，今天这个同学有病了，明天，那个同学有困难了，那你爸妈还要管咱一家人生活呢？爷爷劝你，帮助同学，你可以尽力而为，力量不足，只能表表心意，心到了就行啦，不一定非要动用家庭不可呀，你想想看。"

黄豆芽沉默了会儿说："爷爷，你不知道，这同学和我太好了，总得有些表示吧，我爸一点都不给，我心里不好受啊！"

朱仙成停了会儿，把他自己仅有的五十元掏出来说："爷爷和你这么好，你的同学也就是爷爷的同学，你代表爷爷，但要以你的名义，把这点钱捐了，这就把心意表了，你看呢？"黄豆芽迟疑了会儿，说："谢谢爷爷！我代表同学谢谢爷爷！"

34

黄豆芽已进入高三，高考备战的紧张气氛，使全家都处在茫然和慌乱中，谁心里都像是放在油锅煎熬似的焦急。但这紧张气氛，又不知从哪里飞来的，充斥在老师、家长和学生的心境啊。

黄豆芽一走进班级，首先听到的是高昂的口号声："大战在即，勇士磨枪，看我优秀少年，豪情万丈，纵西风猎猎，战马嘶嚎，定能旗开得胜，前程光明锦绣！"三通口号过后，便各坐各位，凝神静气，目不旁顾，偌大教室内，四五十人，静悄悄的，仅能听到翻书那细微的窸窣声。

这紧张氛围竟从天而降，全社会对考生的重视程度，学校对高三的重视程度，迫使各科老师不得不把高考作为压倒一切的重担挑起来。每天的模拟测验题，铺天盖地而来，各科老师在堂课上，对高考的重视和强调使人毛骨悚然。课堂上高密度的知识传授，课下长时间看书、做题，不由得使考生们有一种大战在即的兴奋和焦虑，也增添了许多迎接未知的忐忑不安。大多数考生都会产生紧张、焦灼、恐慌等情绪，而这种精神上的压力很快会反映到身体上，吃不好、睡不好，每人消瘦何止十斤。好像每个人的头上都悬挂着达摩克利斯剑一样。

老师要求考生个人要制订学习计划和作息时间表，黄豆芽知道自己的底子，以前落得太多，和别的考生比较，自己压力更大，心里慌恐得不知如何是好。放学了，他一路想着自己的心事，万一不行，就再复习一年吧，对今年参考的信心实在是不足。

他慢悠悠地走着，想把自己的想法告诉朱爷爷，他走进他和爷爷的房里，发现朱爷爷已在床上睡着了。他轻脚轻步地走到自己的床边，放下自己的书包，发现桌子上放着纸和笔，纸上写着几行字，像是一首诗，他缓缓拿起来，看见是爷爷的笔迹，钢笔小楷，劲秀有力，他小声地读出来：

舒歇须臾有何难？

忧心未知事万端。

昼夜不弃苦心学，

银霜挂鬓总觉浅。

　　黄豆芽反复读了几遍，仔细理解每句诗的含义，心里不禁肃然起敬。"朱爷爷多大年纪了，还'总觉浅'还在'昼夜不弃苦心学'，我才多大年龄，还想打退堂鼓。呸！和爷爷比较，羞死了。"他在一阵羞愧之后，仰起头，将手握紧，用力敲在桌子上，桌子上发出"咚"的一声沉闷的响声。朱爷爷闻声坐了起来。

　　黄豆芽内疚地说："爷爷，我把你惊醒了。"朱仙成伸伸懒腰，坐正了身姿说："你回来了，赶快吃饭去吧。"黄豆芽饶有兴致地说："饭还没好。爷爷，您的诗写得太好了，对我鼓舞太大。您一把年纪了，还感到自己'未知'的事多，还要'苦心学'，您那么有学问，还'总觉浅'哩，那我呢？惭愧啊！"他说着把头低下了。

　　朱仙成将黄豆芽拉坐在自己怀里，用手抚摸着头，语重心长地说："不晚，不惭愧，任何时候都是新的起点，我孙子不是在用心学着吗？只要敢于赶超他人，不怕赶不上，超不过。"黄豆芽低着头说："我刚才回来时还想打退堂鼓呢，我觉得别的同学超我太多了。"朱仙成缓缓又不在意地说："其实，你不是他，也不理解他，他们都各有各的弱点和不足，现在，我孙子有目标、有热情，再加上点勇气、坚毅，一心一意，赶超他们有啥问题？今后啊，按你的时间表，不间断、不停歇，恒常恒志，咋能赶不上他们呢？你说呢？"黄豆芽咬咬牙，狠劲地说："好，爷爷，你监督我。"

　　从此后，黄豆芽坚持自己的时间表：下午7点睡觉，凌晨2点起床。七个小时的睡眠，从不违时。

　　朱仙成也一改以往的作息习惯，跟着黄豆芽一块起床，黄豆芽写作业看书，他也在看书。他只是在陪伴、鼓励，从不说黄豆芽一句。他观察到黄豆芽的心理变化，他及时写出鼓励短语，用以鼓舞。

白天，待黄豆芽上学了，他再补充不足的睡眠。

过了几天，他得到了黄希成两口子同意，专门拜访了黄豆芽的各科代课老师，并沟通说："黄豆芽原来底子薄，但现在积极性很好。他一方面要弥补以前的空缺，还要跟上老师的安排进度，我想提出一个建议，让老师谅解。那就是，能不能让他只做老师安排的作业中他不会、不懂的部分，其他就不做了，腾出时间去补以前的空缺呢？"

老师们都同意，并说："学生们进入高考复习，自主性很重要，考生们参差不一，学校要求，考生应按自己的学习计划，老师只是引领，这样做很好。但老师安排的，不做也得看看，了解考题的导向和从历届考题中多吸取教益才对呢。"朱仙成点头同意，礼貌地辞别各位老师，回到家里。

这样，黄豆芽就能腾出大量的时间复习旧课，并跟上进度了。

爷孙俩配合得非常默契，可是不久，问题又出来了。

35

随着时间的推移，黄豆芽心里更吃紧了。

对他最大的打击，是在一次周考时，黄豆芽竟然跌到班级倒数第二名，这个成绩像炸弹一样，在一家人心里都炸开了。

苗生香虽说不懂，但她担心得比谁都多。尽管，她每天做饭前都要考虑孩子的营养，肉蛋奶必不可少，肉，做成川味的，鱼香肉丝，不腻，酸甜适中可口，蛋白含量非常高；麻婆豆腐，就更不用说了，麻辣味浓，适口性好，营养自然是蛋白高；下来就是酸菜鱼，汤味不错，浓淡适口，醇厚而绵长，这些都是黄豆芽最爱吃的；蔬菜要挑营养最好的，多是吃菠菜、胡萝卜、韭菜、葱蒜之类的，柔嫩且辛辣，很适宜青少年口味；汤大多是糯米蜜枣汤，再加点儿糖，喝到口里甜丝丝的，蜜枣大补元气，自然不错。且一天三餐，适口变味，作为妈妈，最能了解儿子的口味习惯，绞尽脑汁，也要让儿子吃好吃饱，在紧张的学习气氛中，千万不要身体受损失。

就此，她还不太放心，不知儿子吃得感觉咋样？总想问问，但是几次都到门口了，马上就要敲门了，口都张开了，想问想说。但她又顿住了。她不能打扰儿子，她怕儿子分心，影响学习，这几天，儿子情绪越来越不好，问啥都不说，回来就和他朱爷爷混在一起了，甚少出来和他两人说话。听说考试成绩不太好，自己又无能为力啊，她忧心得经常偷偷落泪，咋办呀，唉！真是的。

黄希成更是揪不住，他认为："孩子的成绩下滑，并且下滑得特别严重，这不能说不是问题，这样还能参加高考吗？考也是白考，有什么希望呢？黄豆芽虽说不听话，那是以前的事，后来不是好了吗？人啊，总有一个认识过程、成长过程，认清了自然就好了嘛，前一段不是挺好的嘛。现在成绩突然下滑，不能对他没有刺激，在这个节骨眼上，他爸不主动为孩子鼓励鼓励，那还是他父亲吗？虽说有他朱爷爷哩，但是我很是不放心，即就是再有知识、再有学养，可他究竟年岁大了呀，和孩子间已是第三代人了，明显的隔代教育，这不是毁了孩子吗？不行！我一定要亲自和孩子谈谈，即就是他不爱听，我也要谈，这可真是关键时刻啊！不能让孩子再受损失。"想到这，他站起来，慢慢走到孩子的房间门口，他想推开门，他低头想想，又没进去。他心里又有了新的变化，唉，还是和他爷爷先谈谈再说吧。

午饭后，天空被大块乌云笼着罩着，看来有下雷阵雨的迹象。果然，一会儿工夫，沉闷的雷声从远处传来，紧接着，雷电夹着雨点接踵而至，大地也在咆哮着。

黄豆芽上学刚走，黄希成就跑到朱仙成的房间，脸上阴得很重，刚坐下就急急地问："大叔，黄豆芽这几天成绩咋样了？"朱仙成看了看，从容地回答："孩子退步了。"黄希成接着说："大叔，这是你自愿不让我管的啊！现在倒越管越回来了，你说，现在，是让我管还是不让我管？你要知道，这是我的孩子，我对他负有不可推卸的责任啊。现在倒好，我无权管了，全让您负责了，其结果呢？这我不用说了吧？如此下去，我的黄豆芽还有前途吗？哼！"朱仙成知道，解释是没有用的，他不争辩，也没必要争辩，只是淡淡地说："好，那你管管试试吧。"黄希成忽地站起来，讽喻地说："好，我遵命。"说着，扭身，气呼呼地走了。

晚上，黄豆芽上晚自习回来，刚坐在房间里，心里苦闷得很，这次，虽说是周考，但自己能跌到这程度吗，到底是什么原因，自己依然感到懵懂，这一段时间，自己用的功最大，却得到相反的结果，这样下去，还有什么希望呢？不如算了。自己以前总是落的课太多，用很短的时间要补起来，难如上青天，不如今年缓冲一年，明年再参加高考吧。可是，他又一想，不行，今年已经用最大的努力了，明年能下这么大的决心吗？绝对不可能，如果没有今年的决心大，明年肯定还不胜今年的呢，那还不如今年咬紧牙关拼一年，气可鼓，不可泄，拼了总不会后悔的。

黄豆芽刚想到这里，黄希成推门进来了，他缓缓坐下来，先问了黄豆芽的身体情况，再说，要吃好，身体好了就有精力去学习，

再下来就问了考试的情况。到此，黄豆芽一下子急了，他不耐烦地说："爸，你别问了，别管了好不好，我都多大了，学习是我的事，难道我不知道吗？再说了，还有朱爷爷呢，我不是早都说过了，让我自由自在地学，你要是来管，我就不学了。"说着就烦躁地哭出来。

黄希成只得无奈也无趣地站起来，长长地唉了一声，出门时随手使劲拉门，门"哐"的一声闭上了。

黄豆芽的心情，更是雪上加霜，坏透了。

36

黄豆芽心里处在极度焦灼中。

这次考试成绩，对他来说，才慢慢升温的心被浇了一瓢冷水，浇灭了他那才点燃的火苗儿。他真不想学了，这么难，在这一段时间里，他是多么用功，结果呢？结果出人预料，使人精神颓丧，就是自己再想恢复，自信心也很难回到从前的状态。他痛心地唉吁着，不停地摇着头。

苗生香只是流泪，她把饭做好了，盛上，端去时，早晨的饭一口也没动地蹾放着。她仅说了一声："吃点吧，身体要紧！"什么作用也没有，她只得默默地退了出来，泪眼婆娑。

黄希成更着急。但他又不敢进去了，他怕，他怕又打扰儿子的情绪，搞得更糟糕。以前不是自己太着急吗，搞到了那个局面。现在，打死自己也不敢贸然了，不能把儿子逼跑啊，那就是自己的过失了。他一会儿坐下，一会儿又站起来，一会儿在屋里转圈圈，一会儿又跑到院子里。他瘦了，妻子也瘦了，儿子，不用说瘦多了，这样不是常法，可又怎么办呢？自己想不出一点办法，一家人只得这样煎熬着、愁苦着。

朱仙成没多考虑，他知道病因，但他有意等着时机。一直到了第三天下午，朱仙成对黄豆芽说："咱爷儿俩出去走走吧？外边有的是风景，可以开心的。"黄豆芽顺从地点点头。

两人出了门，向南边的村落地带信步由脚漫游。这里已接近山原地带，路崎岖陡峭，路旁的庄稼绿波荡漾，水随路弯曲，水边的小花喷香吐蕊，稍远，密林挨着密林。他两人谁也没说话，各怀心事，不言不语，默然信步。顺着小路，穿过一片片庄稼地，来到一片山林旁，站住歇了会儿，便随意钻入密林地带。

这里，林密树高，是鸟的天堂，一进林子，便听到一片鸟语声：啾啾、叽喳、咕咕、唧啾、嘎哈嘎哈、吱喳吱喳，真是婉转悠扬、动听悦耳，优美得赛过丝竹弹奏，可黄豆芽充耳不闻。再看，林麻在密林中飞窜，小莺在林间低回，喜鹊在枝头跳跃，黄雀从高空俯冲，鹞子在空中盘旋，各种飞鸟，各展风姿，低飞高旋、追逐跳跃，欣喜非常。可黄豆芽却视而不见。林子里小鸟忙着捕捉小虫，提来一只肥胖胖的虫子，飞回来了，雏鸟们一个个排成队，都急不可待，张开了小嘴巴，等着爸爸、妈妈喂它。可是，爸爸或妈妈仅叼了一只小虫子，它心中有数，知道该给谁喂，最后只有一只得到了小虫子。这趣味无穷的鸟爱，黄豆芽只是淡淡地笑笑，一点都不感兴趣。于是，他俩一路抓树攀枝，继续前进，不多时，便来到林间的一座崖石上，这座山崖陡峭而高耸，上边却净洁平坦，坐在这上面，居高临下、视野开阔，可以远眺市景，近观林鸟跃飞，真是不错的所在。是时，黄豆芽正在旁观林景。突然，朱爷爷大喊：

155

"快，快看老鹰起飞！"黄豆芽急速顺着朱爷爷的指向看去，只见，一只雄鹰正要起飞。只见它伏缩一下身姿，然后展开翅翼，猛然跃起，几扇双翅之后，便飞向长空，在空中不停盘旋着，每盘旋一圈，将会上跃许多，就这样不停地盘旋着，等上升到一定高度，便展开翅翼，向自己预定方向，飞得无影无踪了。

黄豆芽痴痴地看完了，依然不把目光收回，愣愣地回味着，半晌，他突然大喊："爷爷，我想通了，也悟透了！是不是啊？"朱仙成有意问："悟透了什么？"黄豆芽欣喜地说："爷爷，是不是我的学习，要像雄鹰起飞一样，先要伏缩一下身姿，接着，展翅跳跃起飞，然后，在空中不停盘旋着，每一次盘旋都会有一定升腾，等升到了一定高度，便紧盯远点目标，舒展翅翼飞向无尽长空呢？"朱仙成静静听完黄豆芽的话，猛然拉住黄豆芽，两人紧紧地抱了起来，喜悦之下，两人都哭了，哭得流着泪却哈哈地大笑起来了。然后，朱仙成肯定地说："我孙子聪明，我孙子聪明啊！这个道理很普遍，不光鸟飞，拳头要打出前，也要先收缩蓄力，打出才有劲道。你说对吗？"

黄豆芽喜滋滋地并很坚定地说："爷爷，我不再丧气了，我这次成绩低些，就是起飞前的伏缩吧。"

朱仙成点点头，最后叮嘱："不过，要注意想去的方向，还要坚持啊，坚持那不停地'盘旋'哦！盘旋中必有递进升跃才行呀！"

37

黄豆芽自从看了雄鹰跃飞动态之后，始终记住老鹰盘旋升跃对他的提示，面对层层压力，他沉默不语但动劲叠加。

他先将复习计划再精细了一遍，把自己需要复习的内容和老师安排复习的内容所用的时间，做了很好调整，使之更加合理高效。他把学校老师的周考，当作老鹰盘旋升腾的动力，每次周考，他要自己的名次向前跃进三名至五名，达不到下一次必须补上。经过一段时间之后，他更踏实了，他把上学回家走路的活动量加大，每次都见他走路的身姿，好像在做球赛前的热身运动，吃饭和休息时间也都在挤压着。

看着他那消瘦的身形，苗生香看不下去了，但她不说什么，每次给娃送饭时，她都是以泪披面，等黄豆芽吃完了，她收拾碗筷默默离去，搞得黄豆芽心里很不舒服。

这时，朱仙成看见了，他给黄豆芽写了一段需要注意的话："豆芽啊，吃饭是为了身体，睡眠是为更好地学习，希注意适度！"黄豆芽看看，只是微微笑笑，便去干自己的事了。

黄希成这些天心里一直不舒坦，他每天都要在黄豆芽放学时，在窗口探望几次，看着儿子学习时那认真的神态，他心里高兴着呢。但他心里总感到无名的空虚，儿子，是自己的亲骨肉，可这么长时日了，和自己一句话都没说，好像把娃卖给了姓朱的了，这像啥话嘛，想起来，朱大叔也没有错，只是自己心里不舒服。于是，他只有将心事说给了自己妻子苗生香。

苗生香嗔怪道："你得是看咱娃已经好好学习了，可在想啥办法呢？老实对你说，父母就是为娃活着的。我小时候，我妈妈曾对我讲过蜘蛛的故事：蜘蛛的一生，是最可怜的一生。它一生只生育一次，母蜘蛛好不容易下了蛋，把蛋夹在两条后腿中间，还要跳动着生活呢，整天忙着捉小昆虫，捉呀捉的，希望自己吃得肥胖些。好

不容易养肥了，这时候，屁股上拉的蛋也成熟了，儿子们也长成了。它们咬破蛋壳钻出来，啊，成百上千个小蜘蛛，将老蜘蛛包裹了。这时候的老蜘蛛，一动也不动，等待着儿子们吃它。这成百上千的小家伙，围困着妈妈，吞噬着它的肌肤，不几天，老蜘蛛仅剩下几条小腿了，小蜘蛛也能自食其力了。"她顿了顿又说，"人啊，有蜘蛛贡献的多吗？"

黄希成静静地听完了，想了想说："你胡说，那是蜘蛛啊，咋能和人比呢？人是有道德的，要孝敬老人哩。不过，你说的也有些道理，我听了后，不会再那样去胡想了。"

一家人就这样，担忧着、煎熬着、猜疑着、期盼着、奋进着，把一家人的精力都耗尽了，终于才挨到了高考前。

高考前，朱仙成对黄豆芽说："别复习了，放松两天，走走逛逛。"到了临走前，朱仙成又说，"希你像平时周考一样，心情朗展，不要丝毫紧张，听爸妈的话，吃好饭，晚上睡好觉，按时到考场去。"

朱仙成一个人在家里看着门。

两天的紧张高考结束了，黄豆芽归来很不高兴，凭他的感觉虽然还不错，但估算的分数仅有 420 分。朱仙成脸上很平静，依然是他那老样子，乐哈哈的。苗生香好像不太关心成绩似的，急急忙忙地给儿子做好吃的，她摸摸儿子，心疼地说："看瘦成啥了，不补补哪行。"唯有黄希成对成绩期盼着，他不相信儿子的估算，他说："那么多试卷，你能估出来？等等再说。"

黄豆芽在等待的煎熬中熬过了沉默期，终于等到分数公布了。当得知总分是 436 分时，一家人紧绷的心都松弛了，无论咋样，已上三本线了。

尽管，黄豆芽的成绩不太好，但是，黄希成两口子依然高兴着，因为，他们的希望值本来就不高，三本就三本呗，只要是本，四本也行。

一家人处在对儿子成绩的庆贺中，喜悦着。

黄豆芽快上大学了。全家人都兴奋不已。

上学前，家庭开了欢送会，做了一桌丰盛的酒宴，四口人围坐在桌子上，一家三口都轮番给朱大叔敬酒。黄希成斟满酒，诚恳地说："我不会说客套话，娃上大学，是您的功劳，我先敬您一杯。"说着，和朱仙成碰了杯。苗生香给朱大叔斟满酒，端上她的饮料杯，说："大叔，我真心敬您一杯！没有您，哪有黄豆芽的今天啊！"朱仙成笑呵呵地喝了，什么也没说。

最后轮到黄豆芽敬酒了，黄豆芽先给全家都斟满酒，自己来到朱仙成面前，双膝跪倒，泪盈盈的，真诚地说："爷爷，您就是我的亲爷爷，我要上大学了，是您教导的结果。我今天连敬您三杯！"他一连敬了朱大爷三杯，最后也给爸妈敬了酒。然后，他哭了，哭得呼呼哧哧的，他断断续续地说："爷爷，我虽然是去上大学，但总不能在你身边，离开您我感到空虚啊！"

黄希成急忙说："别哭了，你爷爷不是挺好的嘛，以后啊，还要听你朱爷爷的话，爷爷知识多。"

最后，朱仙成说话了，他表情有点怪异，在这欢乐的气氛中，他却有点痛楚，语带沉重地说："豆芽啊，今后不要再听爷爷的啦，你上大学后，不像中学那样，学校老师、家庭爸妈都操心着，那里，自主性很强，完全由自己管着自己呢，要学会自我约束哦！要知道，

世界上最有本事的人，就是最有自我控制力的人，再下来，慢慢就走向社会啦，社会是啥样子，我很难晓得，但想来是很复杂的，辛酸苦辣都会有的。我在这里只说给你一句话，你可要记准哦：今后，在任何时候，在任何情况下，'要坚强啊！'"

黄豆芽点头说："我记住爷爷的话了。"

38

在一个空气清新的早晨，到处都能闻到浓浓的花香。

黄希成起床，就急急忙忙到市场卖豆芽去了。走了多远了，总感到心里不自在，好像丢了什么那样的失落。他放下车子，又拐了回来，在家里到处看看，又没发现什么，只得边走边回头地望着，慢悠悠地走了。

苗生香在家把饭做好了，她望见朱仙成已起床了。她在家里等了好长时间，不见朱大叔来洗脸吃饭。她想去后院看看，但想了想，朱大叔可能上厕所了，她就再等等。按照往天的时间惯例，朱大叔早该回前房了，怎么今天就没见人呢？倒好的洗脸水都快凉了啊，她又将洗脸水倒掉，换上热的。她坐在那里，左等右等，总不见大叔回来。

"咦，怎么还不回来呢？"她想去看，但有点不好意思。又等了一会儿，心里总觉得乱哄哄的，好像有什么事似的，可又细想，有什么事呢？大叔虽然年岁大些，但身体还算硬朗着，应该不会有啥问题吧？是自己想偏了啊！她又等了一大会儿，实在坐不住了，她突然想起，大叔老了，人老身体不由自己，万一有个三长两短……她不敢再想了，急急地跑到后院里一看，只见朱大叔静静地在后院的绿化带中间的园区内，一动也不动地站着呢。

苗生香亲切地叫着："大叔，吃饭了哦。"不见大叔理会。她急忙跑到跟前，仔细地看看，才发现不对劲：朱大叔的两只脚已插进泥土里了，像一棵倒插的树长在土里那样牢固，两只手臂向上扬着，十根指头叉开，像树的枝丫，指尖上已暴起壮实的芽苞，有的已绽开绿绿的苗叶，头发自然扭成一股一股地向上翘着，实像大树伐倒后，桩茬上又生发出的苗颖，脸上依然保持着他那固有的庄重，但呆滞、木讷，毫无表情。

苗生香惊呆了，木木地看了半晌，才喊出了"大叔"一声。可是，对方毫无反应。她急忙伸出手臂，摸摸大叔的脸，她的手像摸到树皮一样粗糙的感觉，这分明是一棵树嘛，哪里是人啊！她惊讶得不知咋办好，痴痴地呆立着，良久，才想起给丈夫打电话。最后，丈夫和儿子都回来了，都惊讶得目瞪口呆。

黄希成一家都跪在地上大哭了起来，像失去考妣似的痛哭着："呜呜呜——，呜呜呜——"，黄豆芽哭得特别伤心，在地上跪拜着："爷爷啊……爷爷，我舍不得你啊，你怎能丢下孙子呢，我的亲爷爷啊……"他失声痛哭着，号叫着，黄希成两口子都拉不起来。

悲痛的号啕声传遍远远近近！

苗生香哭了一阵，沉思会儿，脸上露出了阵阵惊喜，她急忙把儿子劝住说："别哭了，别哭了！你仔细想想，你朱爷爷并没死，他还活着呢。他一生为人厚道、正直善良，现在，上苍保佑，他已由一种生命转换成另一种生命啦，他永远活着呢！"

一家人抬头望望，树上的枝芽，已绽开新绿了。

就这样，一家人送走了朱爷爷……

39

黄豆芽经过漫长的大学生活，终于快毕业了。

按他现在所学的 C 大学，本来就不太好，是三本，学生们寻找工作依然像蒲公英头上飞出的小伞兵在空中飘悬着、忧愁着，何日才能找到归宿？只得利用在大学毕业前的逍遥期，四处寻找，很难快速找到结果。但所幸他学的是电子系的软件工程，按理说安排工作不是多大问题，但找了几个月了，依然没有结果。

黄豆芽的心里一直没有放弃。他认为，虽然自己上的学校不好，但这个系总是热门啊！这是高科技产业，电子就是机械产品的神经，要说当今什么行业发展最快和应用最广，那非电子行业莫属。从群众的日常生活到国家的国防工业，到处都可以看到电子产品的身影，认清电子行业的发展前景，看准未来行业的发展方向，对我们这些电子专业学生来说前途无量，今后无论是就业、创业，还是搞发明创造，都是有很大的机会和优势的。

他在担忧和奔波几个月后，终于和南方的一个企业签了合同，工资待遇还不错，不管怎么说，总算有了下落了。

黄豆芽心里有点高兴，在房内转了几圈，便拿起手机，心里想，先把这事告诉爸妈，让他俩也别担心了。电话通了，是妈妈接的，他急忙把签约的事说了。妈妈不懂，心里也高兴，说："好，签了好，有工作了，妈就不再操心你了。"黄豆芽要告诉爸爸，苗生香却说："你爸去市场了，回来我对他说就是了，你注意身体。"

谁也没料到，黄希成知道后，立即给黄豆芽打电话说："我已给你安排好了，你不要再胡折腾了。"黄豆芽问："啥工作？"黄希成爽快地回答："比你安排的好多了，最近回来吧，回来我会细细地对你说的。"这下，黄豆芽心里乱套了。

黄希成也是心疼孩子，他主要是对娃太爱。自从那回别扭过后，是朱大叔来才收了场，朱大叔确实对黄豆芽起了大作用，自己身上的担子才减轻了许多。但现在，他不在了，尽管黄豆芽也上了大学，但在人生大事面前，他作为父亲还是要管的，像报志愿、安排工作、婚事，这些大事都是自己的责任。孩子，终究是孩子，安排工作可是人生的十字路口啊！选择职业是人生的一场大事，不敢丝毫马虎。自己黄家，多少辈子也没有当官的，要为黄门光宗耀祖，还是到政府部门去好，去给祖先扬扬威，吐吐气。如能如愿，那将是多么光彩的事啊！想到这里，他站起来，在屋中踱着步子，转着想着，真没料想啊！每向前敲出一步，他都感到沉甸甸地有分量。唉，他长出一口气，赞许道，一代比一代强啊！真没料想，我们黄家到了我的下一代，竟能如此荣光呢！

记得高中分科时，黄豆芽给爸妈都说了。

苗生香不懂，给黄豆芽说："这事和你爸商量。"黄豆芽怯生生地问他爸："我报啥科？文科，还是理科？我总想报理科呢。因为，我的数理化都比较好。"黄希成连想也没想就说："报文科。文科工作不成问题，我已跟你姨父说了，到时候他会操心你的，到县政府当个官，也荣耀几天。"

黄豆芽听完，什么也没说就走了。现在，他大了，一般不跟爸妈执拗，有些事自己能拿主意的，给爸妈说说也就行了。

一直熬到了高考结束，黄豆芽考得还算行，超出三本线了，尽管不咋样，爸妈还是高兴，走路都是飘的，说话都带笑。特别是黄

希成，对妻子说："我黄希成不就是希望娃成功吗？这还有啥说的呢？"嘴说不向外张扬，能管住自己吗？亲朋好友都知道了，都夸黄豆芽有出息，夸娃就是夸他爸啊！他心里喜滋滋的，这多荣耀啊！

可是，到签报志愿了，第一志愿签啥？两人想法一致。于是就报了 C 校。至于报哪个科，黄豆芽早在上中学时就报了，黄希成根本不知道，他还以为报的是文科呢。一直到上大学，到毕业，全家人都处在欢笑中。

可大学毕业，安排工作时却出现与他爸的想法不一致。

40

毕业后的工作安排，黄希成早有准备。

原来，苗生香有个远房妹子，嫁给了外乡一个姓方的，名叫方国政。他在县政府办公室工作，是位副科长，能说会道，交往广泛，有一定的活动能力。

黄希成和他是一担挑，见了面，也不在乎他是什么官，每次逢年过节走丈人，两人谈得都很热和。黄希成为了提高自己的地位，经常把自己的收入扩大化，说得对方真的都眼红了，认为黄希成真的是有钱的人了。

后来，黄豆芽要安排工作了，黄希成就把娃安排工作的事给他姨父打了招呼。千叮咛，万嘱咐地说："你姨父，娃这事就拜托你了，我又不懂规矩你看着办吧。"

黄豆芽星期五就回来了，他不知道家里叫他有啥事呢。

晚上，黄希成把娃叫到跟前，和蔼地对黄豆芽说："爸给你谈一个事，现在我已和你姨父说定了，他已经把你安排到政府了。"

黄豆芽一听就烦了，焦急地说："我不去！我不是给你说了吗，工作已经定型了，那里我乐意，工作也对口，待遇还可以。那地方，如果发挥得好，前途也不错。再说了，我学的是电子软件专业，和政府工作对不上茬，那是要学文史系的人呢。爸，我也大了，你和我妈生我养我供我读书不容易，这我知道。但我也成人了，能够处理自己的事了，这些你就别操心了，外边的事你不太知道。"

黄希成静静地听着，听完后皱着眉说："这不行，你再大，也是我的儿子。况且，安排工作是大事，是人生的十字路口，你的生活小事我是不管了，但牵涉人生的大是大非，我咋能不管呢？我对你负有不可推卸的责任，何况，你才从学校毕业，无论从哪个方面去说，经历的都没我多，何况，你去那么远，连你妈都不习惯，我当然同样不习惯。"

黄希成顿了顿又说："现在，政府工作太吃香，谁见了不眼红？职业早已固化了，不打招呼谁能进去？要不是有你姨父，能进去吗？这事我已经定了，你姨父正在办呢，马上就好了。"

黄豆芽听了这些套话，马上就急了，急忙就辩解道："爸，你对政府了解吗？我个性强，实在不适宜这样的工作，请爸爸别再管我的事了啊！我自己完全有能力处理这件事情的。"

黄希成也火了："我说豆芽呀，你才几天就变成大人了，变成大人，难道就不是我儿子了？我是在和你商量呢，谁把你的事拿了？就是拿了，你爸也有权。生你、养你、供你读书，教你成人，容易吗？不行，再蹦也不行！"

黄豆芽非常生气了，把不该说的话都说了："爸，你哪一天把我当你的儿子了？从小到大，你完全把我当豆芽菜对待，从我的名字，

165

一直到后来的学习和生活，哪一件你不是用压的办法，我的身体成弯弓了，是谁造成的？现在我这么大了，你还要管，你要我去的地方，不是我愿去的地方。我走了，你愿意咋管就管去。"黄豆芽说着，就起身拿东西。

黄希成一看马上软了，忙对儿子说："你不想去政府也行，不过你不能走，把你的想法给你姨父说说，你爸也好下台阶，行吗?"

黄豆芽听了，只得勉强答应了。

方国政来了。带着威严，带着权势，带着势在必得的决心来了。

但他来之后，并没有发火，反而态度和蔼得异常。他来并没有说什么，他用自己的宝马将黄豆芽拉了出去。

豪华的宝马在马路上飞奔，坐在里面，对于从未入世的黄豆芽来说，像堕入云雾里飘游似的舒坦，一生哪有过如此的享受？方国政先把黄豆芽拉出去，先在全县唯一的产业开发区转了一大圈，领着黄豆芽到各企业都进去转转，各企业的领导人或值班干部都很礼貌地接待了他俩。中午，在一家企业领导人的陪同下吃饭，饭是在一家高档餐厅用的，饭局的丰盛和热情是黄豆芽从来没见过的。饭后，再到机器轰鸣的生产车间去参观了，企业领导人一个个都把他俩当天外来宾对待，这种待遇、这种感受、这种居高临下的姿态，黄豆芽从来也没感受过的气魄和荣光。

接着，方国政直接把他拉到县政府大院下了车。在方国政的陪同下，黄豆芽第一次来到这个豪华大院，他看到了，多少人对方国政频频地点头、问好，热情地握手。方国政一派官气地和他并排走着，从前院一直走到豪华的办公大楼，他看着上面那高悬的国徽，看到那巨大的大石头上雕刻着"为民造福"的警语，又从一楼看到六楼，无一处不是光洁亮丽、庄严肃穆的一派正气、舒适体面和庄重，一个个公务人员都穿戴整齐划一、举止无不高贵典雅。最后，又把他领到方国政的办公室，一个个公务人员都对方国政热情问候。来到方国政房间，一切陈设都整洁规范、一丝不乱。方国政示意他坐下。黄豆芽拘谨又机械地坐下来，方国政拿出名牌茶叶，给黄豆芽沏了一杯茶，他呷了一口，啊，一股香气通过鼻腔直透脑际，醇厚得久久难以散去。

稍作休息，方国政又领他去了全县最豪华的风景胜地"碧银湖公园"。下车后，展眼望去，一碧千顷的碧银湖碧波荡漾，微风过后，一湖的涟漪随风推送绽放，实像绿色的绸缎上绣出那晶莹碧亮的暗色花纹。周围山环水旋、茂林修竹，在夕阳的映照下、天水映衬、云白水亮，一派金黄殷红的秋景和那高空悬飞的雄鹰以及高山的岚雾，一齐映入湖中，形成一幅"山湖金秋图"，真乃气魄雄浑、美不胜收。

抬头细看山景，那殷红和金黄相映的秋色中，树叶随风飘零，像无线的风筝，带着枯黄和萧肃，飘忽在碧湖上空。一株枝叶尚绿的小树，也夹杂在黄红枯败的秋景中，给人一种惆怅感。

方国政要他在一个烧烤店坐下，要了烤鸭，同黄豆芽一同吃着。一只嫩鸭，撒上各种调料，几经慢火灼烘，被烤得酥黄透熟，飘出阵阵郁香，方名为烤鸭。两人吃着聊着，方国政看着黄豆芽手拿烤鸭口水馋流的吃相，笑着说："你也看了一天了，有啥感觉？"黄豆芽边嚼边说"好——好——"地点头。方国政心中有数，放慢声音，拉长声调，表情庄重地说："你可想好，企业再大，也都是政府管着，没有企业大过政府的，政府叫他怎么他就得怎么，这你该懂吗？

167

我马上就要升局长了，局长也不是我的目的，这我就不用再给你说了吧？这里全凭能力，你姨父给你说实话，这就是全县的政治、经济、文化中心，也是权力中心。有能力的人来到这里，就像坐电梯，一层一层就上去了，上到连自己也没想到的地方去了；没能力的人，我就不再说了，你说呢？"

黄豆芽信服地点点头，信任地说："全依仗姨父了，我听您的！"

方国政信誓旦旦："只要姨父在县上，你就放心吧！"

41

黄豆芽的工作定型后的当晚，苗生香心里感到很释然，一切不愉快的烦乱都过去了，叫人也清闲清闲。

可黄希成心里却沉甸甸的，他独自坐在床上一句话也不说，不停地喟叹着，好像还有什么大事要发生一样。

苗生香收拾完厨房的事，正准备上床，却发现丈夫的愁容，责怨地说："看你，咋咧，还有啥烦心事？咱豆芽安排了工作，也顺了你的心，还发啥闷气呢？睡吧！"

黄希成半晌才说："唉，孩子的工作是安排好了。我是在想，下一步咋办？得给娃攒一笔财产吧，当今，谁不这样去想呢。"他顿了顿又慢腾腾地说，"我想把豆芽生产扩大一下呢，你看行吗？"

苗生香静默会儿问："现在不是好着吗，又要胡思乱想了。"黄希成解释说："你想想，娃安排了工作，这才是花钱的开始，以后的事更多，花钱的路更宽。初到单位拿那点工资能干啥？给娃娶媳妇是做父母的责任，这不是，订婚的彩礼，结婚的花费，结婚要买车，在城里要买房，哪一样不是要花一大堆钱，加起来的数字吓死人，照我们现在的收入，杯水车薪哪，够啥呢？何况，我想给娃再攒些呢，就是将来都安排了工作，结婚了，都是年轻人，花费大手大脚的，根本烂不熟，还能有啥积存？所以，我想把咱现在的豆芽生意，再扩大一下，给娃多积攒一点，你说呢？"

苗生香沉默良久，缓缓问："那怎样扩大呢？就咱俩，还有啥办法呢？"黄希成解说道："我想和房东商量，把他那后院租给咱，在上边搭成棚，买一台自动生产豆芽机，成规模化生产，到时候，就不在市场上零卖了，全给各菜场批发，每天都用车送，生意准好，你说呢？"

苗生香担心地说："那要花多少钱呀，我们能行吗？"

"能行，大不了再雇几个人，我光搞销售，你领着人搞生产。等咱黄豆芽把婚订了，咱们也就有钱了，给娃办婚事时就不怕没钱花，这不用说，重点是想给娃攒些呢。"

苗生香犹疑地说："我看就算了，万一赔了，那咋办呢？"黄希成信誓旦旦："没事，有我呢，肯定不会错的。"他顿了顿又说，"这种豆芽机自动化程度高，加湿、调压、漂洗都不要人管，有大有小，有的一天能生产一两千斤，有的还更多，能生产上万斤，调试好了，还能生产芽苗菜呢。你说好不好？"

苗生香不懂，说："我就觉得咱没必要再折腾，娃有公职呢，我们赚点够花就行了。"

黄希成却兴致勃勃地说："那不行，你啊，咋能那样想呢？我们都年富力壮着，要干更大的事，赚更多的钱，为子孙积攒一份厚实的家业，一代一代传下去，让我们家也进入富人的行列，难道不好吗？你也不看看别人，有的家里办企业，资产已经过亿了，还嫌不

169

够，还在寻找新项目，好像要把天底下的钱都想搂回来似的。还有的……唉，不好说呀，总之，别人的心大得很呢，难道他自己能用完吗？还不是为孩子着想呢。"

苗生香听了听说："你心还这么大，钱要赚那么多，孩子长大干啥呀，他们难道没长手吗？"黄希成沉默半晌笑笑说："你也不看看网上咋说的，多少亿多少亿呢，他还不是这样想的，咱们搞这点算什么？"苗生香想想担心地说："赔了咋办呢？""不会！我早把市场看过了，需求量大着呢！"黄希成一副志在必得的样子说。苗生香只得说："我不懂，你看着办吧。"

于是，黄希成就张罗开了。他先把剩余的豆芽卖完，接着和房东商量好租场院的事，再就是买机械，进购原料豆，只搞了一个多月，人已搞得精疲力尽了，他坐下来休息，才发现钱不够用了。还有好多事要办呢，要拉电还没有运送豆芽的车，钱已不够用了。

这咋办？他坐在那里愣住了。苗生香当然知道，她也没钱的来源，又有啥办法呢？四个老人都年岁大了，更是没指望。那只有回家借点吧，回家肯定是能借来的，家乡的亲邻都是热心肠，个个都憨厚大方。但这不符合他的个性，在外边拼了这多年，还要回到家乡借钱，这多丢人？他低着头，默默地思量着，一点办法也没有。总不能停下来吧？可是，一分钱勒倒英雄汉呀，没钱就是没钱，有什么办法呢？他踌躇半天，寻思，这车权当暂时先雇别人的车，那这拉电的事咋办？没有电机器咋转？他一直低头不语。

苗生香说："还是我回家借点吧，总不能打住车呀。"黄希成摇摇头说："你别管，看我想得出办法来？"他一直处在沉默状态。苗生香知道他男人的做派，回家借钱怕丢人，只得不理他。

到了下午，黄希成出去了，一直到了天快黑的时候才摇摇晃晃地回来了。苗生香见他面色惨白、精神萎靡的样子，急忙问："咋了，身体不舒服？"见他低头不语。苗生香急忙把他扶到床上，倒了一杯水问："哪里不舒服，不行就到医院去看医生？"

黄希成勉强支撑着说："别怕，睡一觉就好了。"他喝了水，就睡去了。第二天早晨，他醒来才把实情说了。当苗生香知道他是卖血去了，便气得破口大骂："你不要命了，咱们家总比以前强多了吧，啥事还值得逼着你拼命？"

黄希成咬着牙说："没啥，为了咱娃，我拼上老命也值得！"

黄豆芽确实被安排了，但他很不满意。

因为，他被安置在本县山区一个偏僻的乡镇，当一个民政办公室里的一般工作人员。

可是，方国政却对他说："你懂吗？这是县上领导对你的照顾，不是我在那，你能有那个位子吗？现在，初来乍到的要到艰苦的地方去，因为，那是最锻炼人的，也是提拔最快的地方哦。况且，碧银湖公园就在那镇境内，那天你不是也去了嘛，那是风景胜地，谁不争抢呢！只要你肯干，我准会把你提起来的，赶快报到吧。"

黄豆芽心里很不舒服，姨父的话，给人一种受骗的感觉，但事到如今，也没有办法，只得随缘任运，违心地上班了。在办公室里搞接待，一天上班八小时，看来和群众很有亲和力，但依然是油水分离，中间被一条柜台隔着，冰冷的眼神洒向来往的热脸，办完事各分东西。

上班后，黄豆芽一直都表现得兢兢业业、踏踏实实、任劳任怨，任何事都抢在前头。但他慢慢发现，这里，既没有像父亲说的那样

舒适荣光。权倒是有的，只有为群众服务的权力，也没有姨父对他说的那样"有能力的人到这里，就像坐电梯一样，一层一层就上去了"的让人期盼的现实。繁忙，倒是这里的主要特点：既要接待上级领导，又要接待普通群众；既要干好本职工作，又要处理临时额外工作；既要干好经常性杂事，又要处理好突发性事件。真是"两眼一睁，忙到熄灯"。所以，人们把乡镇干部叫"三苦干部"，即生活清苦、条件艰苦、工作辛苦。但群众大多都不理解呢。

在这个权力机构里，乡镇干部想要体现自己人生价值的主要途径就是升迁，如果一个公务员不盼望升迁，那绝对是在说假话哩。

目前公务员实行的是职级工资，干部的职务升迁，不仅是对一个干部工作能力责任心的肯定，更关系到他的经济利益。但是黄豆芽无论怎样扎实工作，都感到前途渺茫，升迁无望。因为他看到，一是干部培养时间和提升年限形成反差，初来乍到不可能提拔你，等你条件基本够了，提升年限又在卡住你；二是干部职数有限，多为空投兵，由下跃起的寥寥无几。

唉，自己上当了啊！他只得把怨气撒在爸爸身上，自己都已签约了，总想方设法地要自己来到这地方，造成自己专业不对口，难以适应这里的工作，整天受气、受批评，实在气死人啊。他又想起了那个滑头姨父，是他利用自己涉世太浅，欺哄了自己。他心里骂道，什么姨父，明显是一个政治骗子。最后只有把气撒向自己，抱怨自己无能了。

真也是奇怪，自己以前多睿智、多聪颖，不管什么事情，只要想一想，很快会想出办法来，别说日常事务，就是发明创造，自己也敢跃跃欲试。现在不知是怎么啦，是专业不对口呢，还是自己的才气被磨秃了，一点办法都想不出来，领导安排的正常工作，也要问这问那，几次工作出错，都受到了严厉批评，真是让自己颜面扫地啊。一整天坐在那里愣愣的，有人来问几句话，才猛然醒悟，好像是装出的威严气势，别说是想写别的文章，就是写个工作计划，或是工作总结，都吃力得拿不出来，只得在网上搜，勉强凑合着应付工作。现在想来，别说自己没有机会，就是真有个机会，被提升了，自己还真不敢相信自己呢！这到底是咋了呢？真没用了啊！

更要命的是自己的婚姻。这乡政府里男多女少，未婚女子根本就没有，再加上自己整天坐在办公室里，仰着一颗大脑袋，弯弓着腰，脊背一个大包，像一棵弯曲又变形的树，蹲在那里。政府职员都讲究仪表形象，自己真有些煞风景。在这里一蹲已快六年了，自己的婚事依然未能解决，以前，有人介绍了两位，都是农村的代理教师，尽管对方的条件也不好，但依然对自己一脸的蔑视。眼看年龄一天天在增长，唉，真是没办法。要不是家里气走了郝苗苗，早成家了。

黄豆芽越想越气，怨喷越大，好像自己是一个被不停充气的皮球，脑子越来越涨，也许很快就会"啪"的一声，炸得粉碎了呢。

42

在一个鲜花盛开的时节，领导突然让黄豆芽去汉城出差了。

他痛快地接受了任务，去了。在机关里实在是蹲够了，到外边走走，确实是一件心情愉悦的享受，谁能说不愿去呢？

待他在汉城把事办完，天就很晚了，当晚只好就住在汉城里。傍晚无事，他顺着宽敞的街心马路自由散步。一路上，两边的商店

货物琳琅满目，楼房上的霓虹灯五颜六色，加上一串串珍珠般的路灯，把马路两旁的人行道照得如同白昼。他毫无目的地缓慢游荡，不断地欣赏着这恍如梦境的街景，观望着两边行色匆匆的行人，心情很是舒畅。

突然，一个熟悉的身影在眼前恍惚闪过，开始他不在意地想，是自己眼睛看走眼了吧？在这相去百里的陌生县城里，哪来的熟人呢？不会的，绝对不会的，他有几次在街上因鲁莽把人认错，造成很难堪的局面，使人尴尬多时。继而，他觉得不对，好像这人很熟悉，似乎在他心目中还确有分量。于是，他折转身，紧追几步，越过了那个熟悉女人的身影，回身细眺，禁不住地喊出了声："啊，苗苗！你怎么在这里呀？"对方愣了愣，然后仔细地看了他一眼，才惊喜地喊："豆哥啊，啥风把你吹这来了呀？太幸运了啊！"接着，他急忙拉住苗苗的手哭了，郝苗苗也泣不成声。

两个盼久重逢的幼年朋友，今日欣喜相逢，有说不完的话，诉不完的衷肠。两人便来到黄豆芽的旅社，他仔仔细细地看着她，久久目不离开，赞美道："好啊，太美了。"郝苗苗现在确实俊美，短发齐耳，刘海儿笼额，凤眼上的弯眉，月牙似的俊俏，小嘴镶嵌在白皙的瓜子脸上，是那样的匀称和秀雅，没有半点粉饰和做作，纯粹是天然偶成。浑身上下匀称，协调自然，真有画上明星的风采。他欣慰地笑了笑说："你现在太俊了，我都不敢认你了啊！"

郝苗苗微微笑笑，没表示什么异样。

少顷，两人便叙说了分开后各自的相思之苦，回忆着、叙说着、哭泣着，说到激动处，两个旧爱新欢、情投意合的年轻人抱在一起了。

当得知两人都是单身后，两个久别的恋人，不管不顾地住在了一起，心里都觉得欣喜，是缘分吧？

第二天，两人去了郝长发家，郝长发两口子只得都顺着女儿，不敢再有半点疏忽，更不敢提什么条件，女儿也不小了，以前的事使两人都有了教训。下午，即让郝苗苗随黄豆芽去单位了。

43

自从郝苗苗和家人闹翻之后，快一年了，依然窝在家里，有一天，崔艳艳来看表姐了，才知道这情况。她开始也很生气，认为父母做得太过分，可后来，她很快就转过弯来了。崔艳艳虽说人长得不如郝苗苗漂亮，可她很聪明，能说会道，开通得很，很快就把郝苗苗及其父母说服了。

她在这里和郝苗苗睡了几个晚上，她对郝苗苗说："姐姐啊，你想错了吧，姑父姑母上一次，也是为你好啊！你没念完高中就和豆哥有情感了，异性之间，长期相好能会没问题吗？到那时只得结婚，两人都没念够书，结婚了怎么生活？现当今，哪里有没文化的人生活的地方，那就是打工，和父母一样去打工，脏、累、差的下贱活儿都是你的，永远也逃不出底层社会的磨难，挣扎得好点儿，最大也只是个体户，那就注定一辈子受苦了，你能熬下去吗？所以，姑父姑母都是为了你啊！你试想想，谁错了？"

郝苗苗沉吟半晌，猛然搓了崔艳艳一把，毫无活力的脸上绽出了一丝笑容，责骂道："死丫头，咋不早来呢？姐姐钻进牛角尖里，你知道多难熬啊！"

也确实，郝苗苗这一年来，精神被折磨坏了，整天把自己锁在

小房子里，大门不出。唉声叹气的，让情感左右了她。她痛苦着、煎熬着。怨妈妈，不该和豆哥他爹妈吵架了，专门惹爸爸生了气；怨爸爸，不该搬离那座城市，让她和豆哥哥脱离了；又怨豆哥父母，为什么要来闹事呢，造成了这个难堪结局。她更忘情地怨豆哥哥，"是把我忘了啊，不发短信，不打电话，也不来看看我啊。老天啊，你怎么也不关照一下这可怜人呀，唉，我不想活了啊！"

她整天沉于思念里，处在自言自语里："豆哥啊，你知道吗，在当时，我死的心都有。每天醒来时，总要查看手机，看一看有没有你发来的短信或未接的电话。总期盼着有你一个短信，哪怕是仅发了一个字的短信，也能使我期待的心得到星点安慰，可等啊等，不知等了多久，依然在无望中沉默着。我一次次地点开你的朋友圈，沉浸在过往的回忆里，那暖人心扉的问候，那催人泪下的关怀，渗透在过往的字里行间里，我久久地观望着，不愿删去。我怕漏掉了你的电话，特意将你的来电调成唯一的铃音，只要一响，我自然就知道是你的，心里期盼着这种特设的铃音，能清脆地响起来，哪怕是一声也罢，我的心将得到无限的安慰，可是没有听到啊！

"春天，风光旖旎，我伏在窗前，看着那百花盛开，又落花成泪，千朵万朵的花瓣啊，被泪水冲向渠沟，在泪河中慢慢游移，在漩涡里翘首回望中，我看见你那带泪的眼神，浮现出期盼和怨艾交织的心呀，那是你吧？豆哥啊！

"夏天，我向窗外望去，在万顷碧涛中，有虫叫的声响，柔柔的，细细的，听，似在呼朋引伴地盼鸣，那一声声哀唤，像细针刺在我的心房，此时此刻的心啊，像撕破了揉碎了的花瓣，四处飘落在无尽的沟壑。豆哥！你可知道啊？

"秋天，我向南望去，一群大雁向南飞，我急了，喊呀喊，大雁啊，给我捎封信吧，大雁回头看看，又展翅飞走了。这期盼的心啊，又气又急，想变成一个个小伞兵，轻轻地飞到豆哥你身旁。豆哥啊，你在哪里呢？

　　"冬天到了，北风呼呼，雪花飘飘，到处是一片冷气飕飕，我想借着雪花捎封信去，飘向遥远，飘向你的身边。可我不能啊，我的心已变冷了，难以腾空飞翔。豆哥啊，你在哪里，你在哪里，你在哪里呀？

　　"我知道，你只是一般的朋友、哥哥，但在我的心里把你当成了唯一，当成了所有，当成了不离不弃的终身伴侣。豆哥啊！我当时真想飞奔到你那里去，看看你的微笑，看看你的样貌，更想看看你那关怀的眼神和高贵的血性刚气，哪怕你的家人不容我，你我一同出去谋生，再苦再累只要我俩能在一起，那就是我最大的幸福。

　　"我等呀等，不知等了多久，昏昏乎乎、懵懵懂懂，不知时令，不知日历，更不知白昼和黑夜。老天啊，你就这样的不公，你就这样的无情吗？每天里，清晨，我发现，枕头湿了一大片，两眼的泪依然像吊线，这泪啊，不知何日能流干？可我的心啊，就像掉进了冰窟一样的冷。一整天，在煎熬中挨时挨分挨到夕阳西下，只有用手机来打发时光，才算稍安。可是，和你往昔的通信录中，就那不太多的一些话，读了一遍又一遍，每读一遍，总要在字里行间寻找你的浓情重义，心才稍安。一到夜晚，对着孤灯，重复着唉吁长叹，半宿无眠，我陷入不可名状的思念之中。站在窗前想你，用手在台面上写着你的名字，使你潜入我的心畔；步入庭院，冒着如丝细雨，细听着你的声音，似乎有心音传感；又复回卧室，躺在床上，在梦

177

中与你相会，期盼的心啊，总算稍安。豆哥啊，你知道我的心多苦吗，像一个没有灵魂的躯壳，艰难地生存着，等待着，期盼着，一天，一月，一年……

"豆哥啊，我已彻底失望了，在这茫茫人海里，何能找到你啊！就是找到了，你由父母管着，如何能够如愿成双？所以，我只得死心了。我心里说，豆哥已忘掉我了啊！再期盼谁能知道？别傻了啊，在现今社会里，哪有我这样痴傻之人？还是死了心吧。

"可是，嘴说着，心依然期盼着！"

是妹妹崔艳艳把她从幻梦中唤醒，但她依然泪水汪汪。良久，良久，她才缓缓清醒过来。将妹妹拉坐在自己跟前，一下子抱得紧紧的，泣不成声，泪眼汪汪。

崔艳艳急忙掏出卫生纸，替姐姐擦干了眼泪，说："姐，这下听我的，只要你彻底从相思的幻梦中清醒过来，那就好了。对于豆哥，你也要理解他，他肯定是被家人阻拦住了，或者将手机收掉了，他没有条件和你取得联系，但我相信，他依然在上学呢。如果他上了大学，或者他进一步考研了，你还是一位高中肄业生，就是将来配在一起了，说不到一起，也是不会幸福的，对吗？为了你和他的将来，我想你必须读书。立志赶上他才对。"

郝苗苗沉默半晌，深深地点点头。

崔艳艳说服了苗苗姐，只得又去劝说他姑父和姑母了。

晚上，郝长发回来了，他现在早不生豆芽了，因为他来到这个小县城里，生豆芽的人太多，但市场不如大城市好，生意惨淡得很，于是，就放弃了生豆芽，在几家社区当保洁员——拉垃圾。一天的工作又臭又脏，忙得团团转，才能赚得些微薄工资，养家糊口。崔红霞见丈夫养不住家，只得在外边给人家擦皮鞋，一天好一天坏的，也赚不了多少工资，两人总比一人强，添补些，凑合着过呗。

晚上，两个大人回来了，崔艳艳把想让郝苗苗同她一块上学的想法，给姑父姑母说了，两人都没意见。崔红霞说："劝了多少次，她都不听话，不是不让她去。"郝长发粗着声说："我看就算了，家里也负担不起，你看这个家。"崔红霞说："难是难，再难，也要让娃上学去呢，太小，在家能干啥吗？"郝长发不再说话了。

于是，崔艳艳把郝苗苗叫来了，她红着脸给爸妈回话了，于是一家人都高兴，决定第二天就报名。

44

在崔艳艳的劝说下，郝苗苗上学了。

她在高中里，发挥自己思维独到的优长，在同一个问题上，她都有超人的想象力。每周每月常规测试，她的成绩都在全班前五名徘徊，方老师对她非常器重。

可是，就在高二刚结束后的暑假里，由于生活压力大，且生活无规律，崔红霞患上了糖尿病。当时是她感到身体不适，就一个人去医院检查了。当她得知自己病情后，心里没在乎。

病情一天天加重，一段时间后，多尿、口干、多饮，慢慢地形成腿肿、腹胀。身体实在撑不下去了，才和丈夫一同去检查，郝长发才知道妻子已是肾脏病。到了这时，又有什么办法呢？继而，腹水、浑身乏力等症状都上了身。

这可咋办呢？首先是郝苗苗正在上学，明年就参加高考，如果弃学，这可是孩子一生的事啊！可不让孩子弃学又咋办呢？崔红霞

首先得住院，当然是他自己伺候，可这是慢性病，长期能行吗？如果雇人伺候，那要钱啊，按当时的工资水平，雇人每月就得三四千元，就等于郝长发一月工资的全部，其他不说，全家人吃啥喝啥？崔红霞的病用啥去看？最后只得忍痛割爱，让郝苗苗休学回家，照顾妈妈了。

现在，一切都扑在崔红霞身上了，孩子休学，丈夫停业，一点外来收入都没有，钱从哪里来？这要吃要喝，住院费、老人生活费都是急需的事。还有房钱呢，这房钱月结费可怎么办呀？崔长发绞尽脑汁也想不出办法来。这是他两口子出来，苦苦地熬了这多年，去年才把房子算是买了。因为只交了首付，八十多万元的房子，只交了12万，每月交三百多，加上利息，接近20年才能还清账，装修房子的钱还不知在哪里呢。崔红霞没得病前，日子都绷得像鼓一样紧，何况现在，远处的事不说，眼前的疙瘩也解不开呀。

买房时，首付交了以后，两人都高兴，也自我安慰说，买了房，这下就好了，我们在城里有了房子，我们不说自己了，到了孩子手里，总能跳出这该死的底层吧？这下呀，当下都解不开交了，还说下一代呢。

郝苗苗终于休学回家了。

她回家不久，方老师就来看她了，给她拿了好多学习辅导资料。对郝苗苗的家庭遭遇非常同情和怜悯，对郝苗苗关怀地说："苗苗，你是位特殊的学生，可你的家庭又是个特殊的困难家庭。别的，老师也关心不上你，在学习上，老师可以特别照顾你，只要你还想学，能做到的老师尽量做到。不除名，有资格参加高考，所有的学习资料，都包在老师的身上吧。"

崔红霞被感动得热泪盈眶，她说："方老师，我不知咋样感谢您才好，您太关心苗苗了。"方老师又说："老师知道你回家以后事多，能挤多少时间就挤多少，能学到什么程度就学到什么程度，老师只希望你，将来有个职业干，有口饭吃就行了，这是我做老师的一点心，也没有过多的奢望啊！"

在后来的时间里，方老师说到做到，一切都是方老师在关心着、辅导着。当然，郝苗苗也精心，在做饭、给妈妈打胰岛素和其他家务外，就去学习，一直坚持着。

郝苗苗尽管也用功了，但究竟比不得其他同学，高考结束后，根据郝苗苗的成绩，被一所大专学校录取。对此，郝长发兴趣低落，一方面是经济问题，主要的还是觉得娃考得太差，念出来还不是个打工的，不如早早打工算了，何必要白白浪费那些钱呢？可郝苗苗要上，崔红霞也积极支持。郝长发长叹一声："唉，只有勒紧裤腰带了。"

果然，两年出来后，就业确实成了大问题，企业招人，首先要看能力、看素质。郝苗苗在考试结束后，顺利到了面试，爸妈心里都放松了，别的不说，就凭郝苗苗那秀美的面容和匀称的身材，不会有任何问题的。想来也是，哪个单位也不会拒绝一位漂亮女郎吧？可结果，问题就出在面容上，她那正气凛然的品格，在这里却成了她的短板，她被打下来了。相反，她的表妹崔艳艳却顺利地过关了。

在送别表妹的宴会上，表妹崔艳艳一语中的："苗苗姐，你太死板了啊，当下社会是不适用那种人的！"郝苗苗微微摇头，感慨地说："我宁愿永远留在底层，也不愿做那苟且之事。再说了，底层咋了，底层人虽然钱不如人，物质都比较穷困，但精神比谁都富裕，

论道德、论人品、论高尚和善良，哪个层级能比得上？你说呢？"崔艳艳被问得哑口无言，只是摇头叹息了。

从此，她看不惯崔艳艳，不愿再理她表妹了。

45

郝苗苗对自己心爱的人深情地说："自从招工失利后，我又陷入了想你的困惑中。日复一日地想啊想，把自己的肝肠都想断了啊，可是，再思再想，一切都是枉然，慢慢地，我在思念的情感与理智中挣扎着。

"于是，我一会儿想得心慌，一会儿又无奈地冷静思考，豆哥忘了我了啊！我还这样傻傻地等着啊。慢慢地，慢慢地，我也振作了，我也要活下去呀。在痛苦之余，有人给我介绍了一份工作。

"这工作也不是多好的工作，在一个偌大的金字塔式的奇异建筑体的最下层工作，这个建筑体结构比较奇异，容积非常庞大，庞大到无限伸延得无边无际，不管是崇山峻岭、江海湖泊，还是广袤的原野、城镇乡村均纳入它的筑体之内。可那么高耸的建筑体内，仅分三层空间。我当然被分在最底层里了。

"一进门就发现，一条条流水线，一排排女工，头戴一顶淡蓝色的拢发帽，全部发毛不留一丝，薄薄的蓝色口罩系挂在双耳上，双眼紧盯着流水线的运行，双手在不停地拨弄着流动的产品。从旁边一眼望去，头上的蓝帽并列着伸向远方，像一串串吊兰，高矮近似一致地吊挂在机器旁晃动着。我也加入在这吊兰中，成了他们的一员，忙碌依旧，辛劳依旧，困乏更依旧。

"到换班时我才发现，在四面八方的巷道中、广场里或山川湖泊中，出进游走拥挤的人群，像林丛、像蚁众、像潮水涌动，不，像暴雨涌流时泛起的水泡，尽管也有破灭，但挨挨挤挤、满满当当、铺天盖地，四处拥挤蠕动游走，像海潮似的澎湃、汹涌。"

郝苗苗说到这里，痛苦地搂住黄豆芽，哭得更凶了，摇晃着黄豆芽深情地又说：

"唉，最近，最讨厌也最头疼的是我的婚事。

"父母缠得太凶，非要给我找对象不可，可我立志终身不嫁。在多次吵架之后，我已改变了方法：父母每次叫人给我介绍的对象，我都见面，但都婉言谢绝了。现在我已谢绝了七八位来访者了。后来，父母逼得我连跳井的心都有，万一不行，我只好出家当尼姑去。我的决心已下，非你不嫁。不是自己心上人，那有什么意思呢？

"豆哥啊，现在老天终于睁眼了，是上苍保佑我们又破镜重圆了，现在就是你家里人再反对，只要你不嫌弃我，我就跟定你了，你干啥我干啥，同生同死，永世相依。"

听了苗苗的叙说，黄豆芽更是泪眼婆娑、感动不已，他将她搂得紧紧的，好像一放开，又会飞走了似的。

46

黄希成接到儿子打来的电话，说自己已找到对象了。黄希成和苗生香都非常高兴。苗生香含着眼泪说："这下好了呀，人悬在空中的心终于落地了！"黄希成在高兴之余，却特意叮嘱："这礼拜六把媳妇领回来，让你妈也看看。"

黄豆芽在电话中爽快地答应了，并风趣地叮嘱："那您可要把见面礼准备好啊！"

　　黄希成两口子一下子心热了，当下就忙开了，把屋子里的脏乱差的局面收拾干净，把黄豆芽原来住的房子装扮了一下，把豆芽间也拾掇得整齐有序，黄希成要给娃把床铺好，苗生香说："行了，又不是结婚。"黄希成却说："现在的娃娃，结不结婚有啥两样吗？早住一起了，不像你我那样封建，非要等结婚不可，把新被褥给铺上。"苗生香却喜滋滋地骂道："滚！滚！胡说些啥呀！"然后，两人商量明天的吃的，苗生香要出去买菜，黄希成却说："算了，咱干脆去食堂吧，这是体面事，食堂里想吃啥吃啥，别在家里搞得窝窝囊囊的。"接下来，两人要包红包了，苗生香说想包两千，说这标志着成双成对，黄希成嘻嘻地说："不行，要象征六六大顺呢，得六千六，看你吝啬的，这家当迟早都是娃的。"最后，黄希成提出："不一定给她，看眼色，说不给都不给。"苗生香却说："叫爸叫妈就得给，能叫娃空手吗？"

　　一切也都准备好了，黄希成才去卖豆芽，一边走一边不成词调地哼哼唧唧唱着："人逢喜事精神爽。"这声音让苗生香听见后，心里总感到咋的不舒服，哑声哑气的，既像破锣，杀猪一样难听。

　　黄豆芽和郝苗苗回家时，给家里打了电话。黄希成两口子都在门外迎接。

　　黄豆芽早对郝苗苗说了，回家后要叫爸叫妈。郝苗苗有点羞怯地说："我不太习惯啊！"黄豆芽瞪了一眼又扑哧一笑说："现在不叫还等啥时才叫？"郝苗苗说："还没结婚呢。"黄豆芽更笑："没结婚为啥在一起了？"两人说着逗着乐着。这条巷子一拐弯就到他家了，郝苗苗有些心怯，她提着包走在后边。

　　他们家住在一个小十字的一侧，一条小巷一直通向十字，一拐弯走不了几步，就到他家了。当两人拐过弯时，黄希成、苗生香正在门口迎接呢。

苗生香急忙上前，就听到一声脆生生很熟悉的叫妈声，没来得及看就急乎乎地应了一声："哦，原来是苗苗啊！"急忙从怀中取出备好的红包，塞进苗苗的口袋里。苗苗推让着说："妈，别给了，有呢。"苗生香拉着苗苗的白嫩手笑让："傻丫头，这是本分，拿着。"接着仰起脸说，"好啊，咱们家现在已三个苗了，太好了。"

这时已走到黄希成跟前，郝苗苗急忙喊："爸呀！"黄希成没应声。苗生香急忙叮嘱："娃叫你呢！"郝苗苗又喊了一声："爸爸，您好？"黄希成用鼻子勉强哼了一声，转身就回去了。

一直到晚上，两次吃饭，黄希成都借故没参加聚餐。但从他的表情上看，好像有好多话要对黄豆芽说似的。可黄豆芽早已看出爸爸的心事，一直到晚上，他都和苗苗在一起，有说有笑，毫不在意爸爸在想什么。黄希成也就找不到机会说话，但脸上依然阴着，叫一声哼一声。但他心里很不自在，两种思想碰撞着，使他在煎熬中挣扎："这小豆芽啊，人大了，对自己的话一点都不听了。你是什么人，她是什么人啊？一位正儿八经的大学生，一位有地位有正式工作的政府官员，和一个高中还没毕业的女孩结婚，这不叫丢人叫啥？又是近视眼，那么大的近视度，是有遗传的，后代都成了近视眼，我能对得起列祖列宗吗？再说了，叫乡邻都笑臭了，我怎么回乡下去？可现在啊，儿子已和她混在一起了，我怎么去分开，那又不是有人在笑我落后吗？况且，自己的老婆已经和他们搅在一起了，这不是把我一个人孤立起来了吗？真是的。"他心里暗暗地生气着、矛盾着、煎熬着，却无可奈何。

晚上，郝苗苗偷偷地附在黄豆芽的耳边，愧疚地说："咱爸对我不满意。是我配不上你，你是大学生，又在政府里当着官，多威风、多气派啊！我呢，才大专，眼睛又不好，不是他心中要的人，你说呢？"黄豆芽吻了一口，安慰地说："别管那些，这是我和你的事，只要咱两人满意就行。婚姻讲的是爱，不是交易市场，以质论价，优贵劣贱，他说得再好，我看不上顶啥。万一不行，咱就住在政府，看他还能咋着？"

郝苗苗不再作声了，两人抱着啃着，干自己的事去了。

47

晚上，苗生香趁娃睡了，就劝丈夫："好了，好了，一辈人一辈福，咱豆芽满意就行，给孩子娶媳妇嘛，咱何必自寻烦恼呢？"

"不行，差太远了！我娃是响当当的大学生，又在政府里当着官，哪一样比人差？不是上等人，起码也是中等人吧？现在虽说还没有人送钱，每月工资几千块到时候就来了吧？一个人从底层跃到中层容易吗？我娃现在，最不行也得找个大专吧，怎能去找一位初中学生呢？何况，近视眼，看着她那眼镜片，度数挺大的。你知道吗？那遗传着呀！一代媳妇三代人，我不能让代代都成了近视眼，我成了黄家的罪人啊！你以为这是小事呢？"

苗生香也不气馁，她气哼哼地说："谁说是初中生来着，明显是大专了，又是在大公司干着，有什么挑剔的呢？那你娃好吗？你看不见腰弓着吗，工作都快六年了，你咋不给他找呢？现在男多女少，一旦孩子没媳妇，你说咋办呢？何况，他俩小时候就好，那次被分开，你还不记得有多可怕。现在，都在一起了，难道你想把他俩分开不成？这事我管定了，不准你再插手。"停了一会儿，苗生香感到还不放心似的又开始唠叨，"你今后再插手，我就和你拼，你走着瞧。"她睁眼瞅瞅丈夫，见没反应，才不再说了。

黄希成不爱听娘儿们唠唠叨叨，只轻轻哼了一声，便翻身向背睡去了。

黄豆芽和郝苗苗从家里走的那天早上，是苗生香送的。

苗生香将儿子和儿媳送了一程又一程。郝苗苗在前边走，有意和他娘儿俩拉开距离。娘儿俩走着聊着，慢悠悠的。黄豆芽对妈妈说："我看我爸爸对这门亲事好像不满意。妈，你回去劝劝我爸，我都这么大了，工作在那山沟里，实在也是找不到，我也想找个大学生呢，可上哪儿找呢？"

苗生香看着儿子笑着说："不管他，他能咋样？你放心吧，有我呢，妈妈不会让你俩受委屈的，你听妈妈的就是了。"

黄豆芽忧伤地唉了一声，切心地对妈妈说："要说嘛，苗苗也可怜，是一个苦命的女孩，和我一样，眼睛不好，还不是家里给整的。她心好，对我也好，娶媳妇是要过一辈子的，我俩性格投合、三观一致，我觉得很满意的。她人品正直，我们说好啦，以后对你俩要孝敬，这是她优先提出来的。她说啦，咱妈人好。咱爸，人虽脾气大些，但心肠好，她以后决心要孝敬您二老呢，我见她说得恳切，说到激动处还流了泪，不像有假。妈，你放心吧。"

"妈放心，妈放心！我儿子，我儿媳，哪个是外人嘛！"说着，苗生香激动又幸福地落泪了，她掏出手帕擦擦，脸上充满了阳光。

这时，郝苗苗也走在一起了，三个人走着说着，亲昵地不忍分开。

还是黄豆芽先开口说："妈呀，别送了，儿子去工作呀，我俩会很快回来的，等您给爸爸说好了，我俩回来，咱一家人好团圆。"郝苗苗也说："我们会很快回来的。"

苗生香扬扬手说："好，你俩走吧，我在家里等你们回来！"

儿子和儿媳招招手，转身走了。她依旧站在那里，望着，心里不知哪来的不自在，那样酸楚着、空虚着、失落着，不知那种感觉，时隐时现着，忽上忽下地翻腾着，她感到心中有说不出的慌乱。她向前瞅瞅，两个孩子正在向前走着，她不自觉地喊出："等等。"两个孩子停住了脚步，她急急地走到跟前，却不说什么，对视了半天，她又招招手说："你们走吧。"如此反复了几次，最后两个孩子走了。她依依地站在那里一动不动，但心里依然打着鼓似的惶悚不安着。

两个孩子走得也不舒服，苗苗沉默半晌问："咱妈咋了？"黄豆芽没出声，鼻子一阵酸楚，只是摇摇头，慢悠悠地走着。

48

黄希成这几天心里也不舒服，他干事儿失魂落魄的。他将豆芽箱打开，准备洗豆芽，可他并没洗，在屋子里转了几个圈，低着头，沉默着，一会儿又摇摇头，皱着眉头，长吁短叹一阵子，在屋外站站，复又拐回来，把豆芽箱又盖上，上边压上石头后，心里才明白了，没洗豆芽。他用手击打额头，站在豆芽室内发愣，半晌，复又盖上豆芽箱了。如此反复几遍，他气得骂自己没魂了，怎么能成这样儿？

实际上，他是被黄豆芽的婚事折腾得心神不宁。他心里怨恨，"这娃太不像话，生你养你，为了你的上学，我费尽了心，为了你的工作，家里把多年的积蓄全用上了，到处求人，那滋味好受吗？说是你姨父，屁，心里狠得很呢，收钱，像是狐狸见了鸡，贪死了。后来见了面，还甩那臭架子，不理不睬的，好像是欠他的一样，真不是人。可是这些，爸都咽到肚子里了，为了娃，爸不再计较这些。可是，你现在一点也不理解，不听话了。你现在还小，不懂，可到后来明白了，那时后悔就连不上了。你想不到的，爸早给你把心操到了，我一定要想办法，把这女人欺走，我们后代不要近视眼，我们一家还要回乡呢，我一家要体体面面地回家，要荣耀光鲜地回家，对我们的列祖列宗也有个体面的交代才对。"

他计虑良久，毅然做了决定，就这么办，他深深地点了点头。

第二天清晨，他起得特别早就去卖豆芽了，他从市场回来，把车子推回家放在院内，未对苗生香打招呼，转身就走了。他坐上公交，直接来到黄豆芽的单位里。下车后，他没有惊动儿子，径直去了乡长的办公室。推开房门，见里边沙发上坐着一位戴眼镜的人，举动像当官的，他猜测是乡长。但他并不太拘谨，上一次，他不是到县上都去了吗，也不过如此。于是他大着胆子问："您是乡长吗？我有事想求求您。"

乡长并不认识他，将近视眼镜扶了扶，还以为本乡的农民想求他办事呢，问："有事吗？"他急忙把准备好的那条香烟送上，乡长把烟推在一旁说："拿这干啥呢？有事说事吧。"

黄希成做了自我介绍，然后，把娃的婚事向乡长一一说了，他最后说："我是一位农民，可我娃在官场啊！两人的差距太大了。我本来不想麻烦您，知道您事多，可这是单位的人啊！请您帮帮这个傻东西吧。趁没结婚，散就散了吧，啊！"

乡长冷冷地听完，淡淡地笑了笑说："老黄啊，虽然，我不认识你，但黄豆芽是单位里的人。他在乡里干得还可以，工作上还行。但是，你说的这事我不能管，这是婚姻大事啊！婚姻是个人的事，别说我是一乡之长，就是你这个做父亲的，也无权管孩子的婚事，这是他再正常不过的恋爱啊！他完全有权自主。请你回去吧，不要这样了。我马上就要开会了，啊！"

黄希成没辙了，他来时兴冲冲的，没料想乡长是这态度，只得不情愿地辞别乡长，走出房间。

他不想就此回家，想去看看黄豆芽，但站在外边大院子里的墙角边，东瞅西瞅的，思谋着，犹豫着。去了怕见到郝苗苗，见了，他一肚子气只有泼出来，那就把事搞大了。如果这样，这门亲事不就会全完了？当然是好事，但对黄豆芽不太好，最好还是不见孩子的好。

他站在那里正在迟疑，突然听到："爸，您咋在这里？"他抬头一看，原来是郝苗苗，他的一肚子气马上冲上头顶，脑子一下子涨得快要爆炸，脑袋一歪骂道："你是什么东西！也不把你掂量一下，你能给我当儿媳妇吗？也不看看你是什么样子！赖着我儿子不丢开，还要脸不要脸？呸！你真不要脸。我娃是啥人，你也不尿泡尿照照自己，配不配？……"

郝苗苗站在那里，用手捂着脸，呜呜地哭着，一句也不反驳。这时，乡政府大院里人很多，大多是来乡政府办事的群众，呼啦一下围成一大圈，乡政府的工作人员，也闻声围上来，整个场面像是开大会，把他两人包围在其中，想出来也出不来。这时，黄豆芽也出来了，听说是他爸和他媳妇吵架，一下子气得快爆炸了。可他没出面，他实在没脸出面，只得回房子去了，坐在那里喘着粗气，脸都青了，心里却一阵阵责怨。

还是乡长出面了，让两个民警将黄希成推出大门外，这下总算收场了吧。

可黄希成不服气，在门外一边跳着一边骂个不停。看着他那狼狈的扮相，外边行路的群众，还以为是政府欺负群众引发的群众闹事，一个个停下来看热闹，把乡政府的大门围得水泄不通。这下乡政府可好啦，里边外边全像唱大戏，热闹极了。

49

当天午后，天气阴沉沉的，雾霾笼罩着大地，远近的楼房都弥漫在烟雾中，小雨淅沥淅沥地下着，远近模糊一片。

苗生香正坐在屋里，想着如何给娃办结婚的事，欣喜中带有惶恐，似乎有一种难言的恍惚，说不准的忧烦阵阵袭来。她责怪自己，让鬼给缠住了吗？惯常没有的事啊！接着心里一阵凄沉，恍恍惚惚的，实在坐不住了，只得在屋内左左右右转着圈。

黄希成刚卖完豆芽回来，心里非常悸动，尽管也在洗豆芽，但心神不安得厉害，一阵阵忧惧。一阵阵颤嗦，神智错乱不知自己在干什么，手和心的分离，使他实在没法干了，只得站起身来想静一静。正在这时，手机响了。黄希成赶快去接，原来电话是区公安局打来的，说是在碧银湖里捞出了两具尸体。"根据身份认证，是你的儿子黄豆芽和他的女朋友郝苗苗。希望你马上到碧银湖公园认尸，并处理相关事宜。"

接完电话，黄希成"哎呀！"的一声，就不说话了，像一根木头

被钉在那里一样。苗生香急问，咋了咋了？黄希成双眼怔怔地望着妻子，两股泪缓缓地在脸上流下来，声音低沉地说："唉，唉，儿子死了！"

听了这话，苗生香不相信似的回道："你胡说，在咒骂我儿子啊。"她接着看见黄希成的举动，她相信了，一时间如五雷轰顶，"啊"地喊了一声，两眼一黑，"扑通"一声跌倒在地上，昏死过去了。黄希成缓缓将她扶坐起来，把她的头靠在自己的肩上，心里像打碎了五味瓶，酸甜苦辣咸一起涌上心头："儿子死了，老婆也昏死了，这家已完全败毁，这世事就这样的不公，一切都是冲着自己来的。这，这到底咋了呀！老天啊！我该怎么办呀！"

他知道，妻子是一时昏厥，一会儿就会醒来。他急忙放下妻子，雇了辆车，将妻子拉上，急急忙忙向碧银湖方向开去。

原来那天，黄希成去黄豆芽单位里闹事后，黄豆芽接受不了这次打击，坐在自己的房子里闷闷不乐，心里憋屈得长吁短叹。郝苗苗关切地劝说："算了，别和老人较劲了，是自己家的老人啊，那有什么办法呢？要不，咱俩离了算了，你另找一个吧。"

黄豆芽生气地说："这哪里是老人，分明和我是对头。我这么大了，什么事都要他管。我这次偏不听他的，就是死，咱两人也要死在一起，你别管，我想想再说。"

他躺在床上，双眼发直，一动不动地躺着，脸色变得铁青，脸上死一样的平静，可内心却在剧烈地活动着："唉，再生气也是自己的爸爸呀，小时候他对我充满了爱，一有空就领我出去玩，买许多好吃的。其他孩子跑来争抢，我被打哭了，他立刻将我抱在怀里，将脸贴在我的脸上，心疼得快要哭了。可是，对打我的小孩，他气汹汹地扬起手，做出要打的姿势，把那个小孩都吓哭了，哭着喊着跑回家去了。他总是我的亲爸爸啊，我怎能恨他呢？"可他转念一想，"我在小时候他不是也经常打我吗，把我按倒，用他那大手，狠狠地抽我的屁股，好痛噢，把我当豆芽菜，压得我喘不过气来。我的脊背不是他怎会成这个样子的，我变成这个样子完全怨他；再一想，我不懂事时跑了几次，都是他和妈妈，半夜三更去找我，一找一个晚上，找到了当然生气，打我的屁股，可是每次打完了，他总要坐在床上流眼泪，悔恨得打自己。为我的工作，尽管他做得不对，但总能舍得将多年的积蓄拿出来为我换工作，为我他操碎了心呀！唉，谁能没有错呢？"他反过来又想，"这样做本来就不对，我的工作我说过了不要他管，他总要管，他千不该万不该，不该管我的婚事，就是要管，在我跟前说说就是了，为啥要到单位来，影响多大、多坏啊，我在这里怎么工作？别人对我怎么看待，我以后还要不要前途？我都多大的人了，你这样做事，我自己在哪里啊？这样活下去，还有什么意思哩？倒不如死了的好！唉，唉。"

黄豆芽正在想他的心事，越想越生气。正在这时，和他在一起工作的尚三来了，他是一个说话不管前后的人。领导让他把黄豆芽叫叫或劝劝，他进了房子却说："黄豆芽，起来干事吧！"他见黄豆芽不吭声，便说，"黄豆芽啊，我看你就是一个没用的货。是我啊，早和他拼了。死了都比让人侮辱强，太没用了。"他见黄豆芽没动，又说，"你不去啊，不去我就去交差了。"说着就"咚咚咚"地走了。

当然，这几天，黄豆芽在单位里也没少受气。那是在前几天的一个下午，刚上班不久，一个老头来到柜台，说是把身份证弄丢了，

他要办老年证呢。黄豆芽看了一眼那老头，一脸皱巴，走路颤颤巍巍的样子。他回答，那要在派出所办呢，没在这地方。老头子说他找不见。当然，黄豆芽也想出去走走，整天蹲在这里闷得慌，就顺便把老头领到了派出所，并对派出所的人叮嘱了几句，他就急急地走开了。谁知，后来才知，那个老头竟昏倒在派出所了，老头是心脏病，没等送到医院，就归天了。

家属闹得不行，最后，派出所赔了钱，波及政府，黄豆芽受到了严厉批评，同事们都埋怨黄豆芽多管闲事。黄豆芽生了一肚子闷气。谁料想，第二天，父亲又来闹事了，这样，只能使黄豆芽气上加气了。

到了下午，黄豆芽去乡长那里，说想用一下政府的车，他说："我用一下车，我是有偿的，我给你二百元吧，不让别人说你。"乡长看了看黄豆芽，知道他还在生气，就和蔼地说："你从来没用过车，去到财务室，象征性地交一点就是了。不管到哪里去？要早点回来噢。"

才中午 12 点刚过，黄豆芽就领着自己的爱人，把车开走了。

天气像要下雨了，碧银湖笼罩在大雾中，水和雾已分不清边际，近处的景区建筑已笼在朦胧中。

一辆白色公务车从山道上的路口冲出来，在湖旁的弯道上拐了个弯，加快车速，直挺挺地向湖面冲去，冲断湖边的防护栏杆，向湖心飞飘十多米，在清静的湖面激起一波白色大浪，像船似的，向前漂移多远，不一会儿，就慢慢沉入水底，湖面依旧恢复以往的平静……

当苗生香见到儿子和儿媳的尸体，在那直直地挺着，用白布蒙遮着，她慢慢揭开，看见儿子那悲戚的残容，眼睛圆睁着，口也张着，她慢慢地为儿子捋了捋眼皮，心里一阵凄灭，活显显的人啊！可……她静了静，依然心疼地说："孩子，哭吧！"接着，给郝苗苗也揉揉嘴巴。她慢慢站起，一滴泪也没滴，微微地摇摇头，叨念着什么，傻傻地站了半晌，蹒跚地扭回身，猛然跃起，一头撞在湖边的水泥护栏上了，殷红的血弯曲地流入湖中。远处传来猫头鹰那恐怖吓人的嚣叫声，碧银湖至此萧条了，死灭一样的静。

从此后，在这碧银湖周围的乡里，四处可以看到，一位衣衫破烂、疯疯癫癫摇晃着身子的流浪汉的身影，无家无屋，四野飘游散荡！嘴里却不停叨念着含糊不清的话："孩子，咕（哭）吧！孩子，咕（哭）吧！"

50

当公安人员把郝苗苗的死讯告诉郝长发两口子时，他两人正坐在沙发上休息。

崔红霞听到女儿的死讯，坐在那里像死人一样的静。可脸上的颜色，慢慢地由红变白，脸上的表情，慢慢由悲伤变成平静，两行热泪，慢慢从脸上流滴。良久之后，突然张开嘴，发出刺耳的怪笑："哈哈，哈哈，哈哈哈哈哈哈！"郝长发也笑，但他笑的声音却是："嘿嘿，嘿嘿，嘿嘿嘿嘿嘿嘿！"

接着："哈，哈哈，哈哈哈哈！"

"嘿，嘿嘿，嘿嘿嘿嘿！"

两人失态地反复狂笑不止，脸上没有一丝表情。最后，懵懂了，不知哭不知笑，不知饥不知饱，忘记了郝苗苗，也忘记了一切世事，成隐性植物人了。

尾声

在合葬了黄豆芽夫妇尸体之后，乡政府的工作人员，在清理黄豆芽的遗物时，发现了他生前写给爸妈的一封信，工作人员急忙将它交给了乡长。

乡长接过信展开，长叹了一声，接着读道：

敬爱的爸爸、妈妈：

您对儿子我的爱，已非常到位了，这是天下父母的同心共爱吧？爱，是人间极品，永远不会有错的。可是，恕儿子不敬，您这种无知的爱、极端的爱、偏执的爱，已到了误导、征服、控制的地步，恕儿子实难接受。

作为儿子，我最能体会我需要什么样的爱。小时候，当儿子还没有生活能力的时候，让他吃饱、穿暖、不生病，和其他孩子一样，把他看淡看轻就行了，不要娇惯，不要纵容，不要满足他的不必要的需求，要让他始终有一颗希望的心，去自我追求；长大些，要让他自己的事自己办，有时还要帮帮爸妈去干点事，让他知道东西来得都不是那么容易，尽量不向大人去伸手；大人是孩子的老师呀，言传身教始终是父母的责任，大人好多举止，会影响到孩子一生成长，大人的好多秘密尽量不让孩子知晓，大人在孩子心目中的地位不容偏移。儿子大了，他的事尽量让他做主，让他在处理事务过程中不断成长、成熟，包办是会伤害孩子自尊心的，更别说压制了。

敬爱的爸爸妈妈，我的人生才起头，我真不想离开这个世界。可是，我无奈，不得不做出决绝。说实在的，我真接受不了您的这种"爱"。我走了，当您看到这封信的时候，我已在另一个世界里，也许是极乐世界吧，希您别惦念。

　　不说再见！

不孝儿：黄豆芽

×月×日

　　当乡长看完这封信时，也动容了，眼睛里似有泪花闪现，他沉默良久，当机立断：让手下工作人员，将这封带血的信以及黄豆芽事件的全部经过整理成材料，发在网上，以启迪来者。

　　不几天，这消息已在网上发酵了，点击如云、叹息连连。

完稿时间：2019 年 2 月 4 日

小说

劝　架

（此文刊登在陕西社会科学院《文谈》杂志2017年3月）

外边闪光夹着闷雷从空宇中闯下来，一股打旋的风裹着雨也随即而至。

我急忙从门外闪进屋，关上门，坐在桌旁抽着烟，心里却惊悸得慌。一看到电光的曲线从窗孔闪进，一听到打雷的轰鸣，我的心就缩成一团，浑身抖个不停。

我刚坐不久，就听见东西邻居的吵闹声，像打雷，一声胜似一声，我竖耳侧听，心更缩紧了。

"大眼睛李，你为啥要把我的麦子偷割了?"这声音是从西边传来的。

"硬脖王，你硬着脖子说瞎话，犁沟渠里的麦子难道是你的?"

"当然是我的，这是我的麦种子溜进沟里的。"

"胡说，我上肥料时，将肥料撒进了犁沟里，咋能说是你的?"

"你再说一句是你的!"

"是我的，是我的，是我的! 我不但说了，我还要麦子呢，你不给，我就到你家里拿现成的!"

"你敢!"

"我试试，看你还敢把老子咬了。"

接着，电光连着电光，就听见西隔壁噼里啪啦的声音也连在一起。

我仰起头，心里一下子明白了。

原来，我们组上原先分地是按住户的顺序挨户分的，硬脖王住在我的东边，他的地也分在我的东边；大眼睛李住在我的西边，他的地也分在我的西边，两家人都喜欢外侵。硬脖王每年种地时，总喜欢向我这边犁几犁，接着，得寸进尺了。我向他理论。不料，他硬着脖子冲向我，怒气冲冲地逼问："是你的吗？你的难道就不是我的？别说了！我替你种着，啊！"看他那样子，我再说一句就会挨揍，我只得蔫了。

没承想，西边的大眼睛李也是这人，他不是蚕食，而是鲸吞，一次就犁掉我两米，我去理论，他大眼睁着冲向我："犁了咋咧？再说一句我揍你。"说着，一只拳头在我面前晃悠着，我只好不说了。这样，左右夹击，我那六米宽的一块地，被他两家瓜分了。这不是，他两家又为地界打起来了，我阴笑着。

听到他叮咚噼啪的响声，我又好笑又好气。管他呢，打去吧。

我静静地坐在沙发上，听着那打和骂交织的声响，从西邻居追到东邻居，一阵大似一阵。我有点坐不住了，终究是邻居，抬头不见低头见，再说了，东邻人硬个头小，不经打。虽说，邻家高打墙，如果打出人命咋办呢？我不能见死不救啊！一阵电光过后，闷雷接着闷雷，风声携带着雨点更硬了。这时，"呼啪"一声，好像破门的声音，传进了我的耳膜。不行！我得把他们两人拉开！

我要做好事了，激动的心都快要跳出来。急急乎乎地扑到门口，两只手正要开门，可心却咯噔了一下，我下意识地感到不妙，不能

去！那是是非之地。何况，我合理合法的地被他俩瓜分去了，他们还不知足，这怪谁呢？就是打死人，与我何干？想到这，我慢慢地将手放开，又退坐在沙发上了。

我坐下不久，又是一阵咣当声，好像是门被推倒的声音，接着是家伙碰撞的声音。很可能是大眼睛李推倒了硬脖王的门，两人又打开了。"叮咚，叮咚！"的声音不绝于耳。管他呢，打死一个少一个，这世上不缺少这自私鬼，死去吧！

正在这时，我仿佛听到叫我的声音："狗熊……狗熊！快来……救我啊，我快让人打……打死了！"我侧耳细听，好像是硬脖王的声音，"狗……熊，你……你死了吗？"

人都把我叫狗熊，我长得也和狗熊差不多，又笨又怕事，见事躲。

听到硬脖王的呼救声，我坐不住了。记得有一次，我妻子和人有外遇被我抓了个现行。我被第三者打倒了，妻子愣着不插手，我被摁在地上，连气都出不来。我无奈，只得呼救。是硬脖王闯了进来，救了我一命。想到这，我"扑棱"一声站起身，血液快要沸腾了，几乎扑向了前门口。这时，外面风呼呼地响，雨更大了，电光连着电光，雷在耳边炸响。当我拉开了一扇门时，"咣当"一声，我头上挨了一棒，眼都花了。我回身一看，原来是一把用旧了的锄头，常年不用被靠在门后，一开门自己倒下来了，正好打在我的头上，打得我蹲在地上双眼冒星。我歇了一会儿，站起，恶狠狠地将锄头抓住，用力甩出去。

我静了一下，立即恢复了理智，我不能去。如果我去了，肯定要和他们其中的一个结仇的，我怎么能去做这亲者痛仇者快的事呢？

他两人的事与我何干？尽管硬脖王向我求救，我说没听见不就完了，有谁还来作证呢？于是，我又回到沙发上了。好大工夫没听到动静了，我以为战争结束了。我静静地在想，人啊，冲动是有限度的，一段时间后，就会清醒的。这点小事，值得杀人吗？我庆幸自己判断无误。

又过了好大工夫，还是没有动静，两人正在打得电光石火时，突然的静谧是好兆头吗？我有点慌乱，不敢再想。良心催得我坐不住了，前院是没动静了，我要到后院探听虚实。我急忙找了把伞，出了后门，外边的风夹着雨呈旋涡状，一阵强烈的闪光过后，便是一声炸响，我被震倒在地，跌在雨水中了。等我仰起头时，院墙东边的一棵大白杨被雷拦腰劈断，主干和枝带叶趴在我的后墙上了。

我弯腰爬起，正欲偷听东邻动静，身后传来一声断喝："狗熊！硬脖王已被我杀了，是他先到我家闹事的，希你做个证。"

我被惊呆了，像根木头立在那里。对方又甩出一句："你别怕，有事我担着，报警了！"

我看着他那全身血肉模糊的样子，吓得一句话也说不出来。

2018 年 8 月 8 日

小说

贴春联

1

除夕下午，天大雾蒙蒙、阴沉沉的，柳絮似的雪花零零星星地飘着，寒风冷飕飕地迎面吹来。远处传来稀疏而低沉的鞭炮声，年气没有以前那样浓郁。街道上没有年轻人走动，只有些老汉老婆在张罗着贴对联。

我一个人艰难地贴完对联，急忙站在院外的街道上，一边端详着刚贴的对联，一边时不时地向大路远处张望。一阵心酸涌上来，眼眶内充满期盼而酸楚的泪。

我记得很清，今天，我已是第 17 次在这里向外张望了。唉！他们回不来了，别盼了，收了这伤透了的心吧！尽管这样说，头依然不听使唤地朝外边凝视着。路上一个人影也没有，泪水在眼眶里打着转，鼻子里酸得像吃了芥末似的难受。

我失望地扭回头，挤干了眼眶内那不争气的泪水，直起弯弓一样的腰，仔细端详着新贴的对联。

在尘垢锁面的大木门边，贴上了新对联，新旧反衬，红白相映，倒显得焕然一新，有了些新年的气息。

我仔细端详着对联，贴得还可以，基本适中。上联内容是："窗前孤影逗人语",下联:"画上月辉惹鸟鸣",横批是:"人生之趣"。是自己编的,也是自己写的,字迹歪歪扭扭不成体,管他呢。"我"字体,又没人看,自我感觉好就行了,话是这样说,自豪满足之情,还是依稀挂在脸上。

2

这副对联的内容,是自己在一个风轻月明的晚上编写的。夜深人静,失眠的我坐在窗前的小凳子上。想儿子、想儿媳,更想那宝贝疙瘩孙女、孙子:英英、文文、若若,那蹦跳的身影、可掬的笑脸,始终在脑际心畔飘乎着、晃悠着,不请自来,挥之不去。

他们走了两年多了,儿子两口子在深圳打工,孙子们都在那儿读书,去年就因车上拥堵回不来。两年来的孤寂生活,把自己过怕了,特别是想孙子,那熟悉的笑脸常在自己眼前萦绕。每当梦中,三个孩子幼嫩的身影一齐围拢上来,争着抢着投入怀中,亲热的拥抱,甜甜的呼唤,我笑眯着双眼,一股欢愉从心中腾起,甜丝丝的,幸福啊!这是天伦之乐,人生最大的乐趣啊!一旦梦醒,失落得就像丢了珍珠一样的痛心。

唉!没出息啊!这社会,经济大潮嘛!小伙、姑娘、媳妇们都出外赚钱去了,不去又有啥办法呢?在家孤独的老人难道是自己一个吗?是自己想孙子想疯了啊!留守老人哦!能不孤独吗?该怨谁呢?

门突然响了一下,我忽的一下站起身,惊喜地打开门,外边,除了皎洁的月色像霜一样洒在地上,就是调皮的风扑面而来,我心知,是风在逗我玩呢!

　　我关上门，看看表，凌晨2点多了，我却一点睡意也没有，熄灭灯，复又坐在窗前。明亮的月光从窗缝中挤进来，笑嘻嘻地扑在我身上。我看看窗外，明明的、静静的。又扭回头，"哈哈"，你也在笑，笑啥呢？我逗趣地问起了自己铺在地上的影子，它学着我的样子，不停地逗着我，我在动，它也在动；我静坐着，它也静坐着；我站起身，它立刻站了起来。我想摆脱它去上厕所了，归来时，它依然如故地跟着，怪呀！你咋和我过不去呢？跟着我不离不弃的，儿子、孙子咋不这样呢？

　　我生气地骂起来，跟屁虫！看着它的嘴也在动，好像也在骂我跟屁虫，我问它，你是我的孙子吗？是，我也不爱你！它也好像在说同样的话。它发出的声音，我听不见，好像没有声音，我闭上眼睛细听，有声，细微得似有似无，"哐哐哐"的，像虫子叫。我总摆脱不了它，它是我的伙伴、朋友、家人哦！家人如果能像它一样多好啊！毕竟，它不是，它不是家人，是自己的影子，跟屁虫。

　　我生气了，不理它。猛抬头，看见壁画了：一束皎洁月辉正好照在画面的鸟身上，圆圆的、亮亮的，把小鸟全显亮了。小鸟身上，花羽毛漂亮死了。我仔仔细细地看：微风从窗缝中挤进来，手一样地拍拍画面，鸟尾巴在动，嘴巴张着，仿佛在对我说话，对月光还是对我呀？肯定是对我说的吧："别哭、不孤单，还有我呢！"我心里说，我想儿子、孙子，不爱你。它好像在轻蔑地笑，冷冷地说，别盼了，他们过年不回来！这声音仿佛那样悲凉和战栗，像掐断揉碎似的，一节一块忽闪着飞过来，断断续续地进入我的耳膜。怪呀！你咋咧？我惊奇地起身走到画前，借着月色，仔仔细细地看：嗷——，你也孤寂啊！原来画上仅画了一只鸟。

扭回头，我突然灵机一动，好在腹中还有点文字，就写下了这副春联，表达下我内心的真切感受。

从此后，我天天都在期盼和煎熬中度过。

3

到了 27 日，我去买菜，办年货。来到市场我心作难了，买多少呢？万一他们回来了，假如是到除夕下午才回家，本来一家热热火火地过年，那时买，就来不及了呀！还是买多些好，万一他们不回来，冬天不是也坏不了嘛。

市场啥都有，菜买了、肉买了、各种调味品全买了。想来想去，总还缺点什么，对，给孙子应该买啥呢？小食品！记得那时候，文文在他姑妈家养着呢，幼嫩得像只小猫，扎着小羊角辫，秀气得疼死人。我伸手去抱，哭着、闹着、掀着，我强勉抱到商店，买了一大堆小儿食品，她抱着，不哭闹了，还"咯咯咯"地笑。这笑声，像虫子一样，"倏"的一下子钻进我的记忆里，现在还在耳边回响着呢！

想他们了不是！泪水一串串又掉下来，像撒落的珍珠，鼻涕也一条线地吊在鼻尖上。集市上，人这么多，伤感和羞怯一齐涌来，我强去忍，嘴扭得像裂开的豆荚，胡须微微抖动着，也没忍得住这雨幕一样的泪。

想成这样，他们今天肯定能回来！我思谋着、盼望着、哭泣着。我很自信，因为以前，每当我想他们时，他们准回来，这次咋就不应了呢？不会的，我急急忙忙地赶回家，却失望了！

晚上又失眠了，外边有一点响动，就匆匆跑出去看看。把门整

夜开得吱吱响，门休息不好，都有意见了。在静夜里，越开，它声越大，"咯吱咯吱""哐当哐当"。惊得隔壁他二叔起来看我了，他以为我身体有啥毛病，问得我不好意思，含混地说，"我出去小解"。

4

28日上午，天气依然阴沉，水缸的水结成厚厚一层冰，捂住了里边的热气，空气也像冻住了，一丝风也没有。

我在厨房煮肉，火苗儿旺旺的，碰撞在锅底上，委屈得向四面分开，那边分得多，这边只分了一溜儿烟火。肉在锅里，被熬煎得呻吟着、跳动着，咕嘟嘟地响。

我的心涌动得待不住，去前院路上不停地张望，次数已记不清了。

煮完肉，我又想炒菜，菜切好，把油倒在锅里，拧燃火。

正在这时，一阵阵思念和期盼涌上心来，酥痒难耐，推得人稳不住身，全身本能地打着噤颤，一秒也待不住。不行，我得去看看！于是，弯弓着腰，像被赶着似的，一蹦子扑到门前路上，急促地向前张望着。

昏花的眼睛模模糊糊看见，远处，像是有几个人向这边走来，手里提着什么？我惊诧而又期盼地看着，看样子像是他们。我一阵惊喜和酸楚同时涌上心来，心跳明显加快了，脸上的愁容一下子绽开来，像一朵开败的菊花，盈满双眶的泪水，珍珠般地洒落下来。我知道，这是激动的泪，啥时候就等着它流呢！

近了，又近了，再近了！昏花而噙泪的眼睛，总分辨不清，是他们！提着兜，摇晃着身影，走路的姿势全像他们！内心里涌动的惊喜使我几乎要喊出来！我要迎上去了，脚抬了几抬，欲张开双臂，想扑上去抱住他们，哪怕是把泪流干！

不足50步，30步了，啊！他们突然拐弯朝邻居家走了，又失望了。滚烫而急促跳动的心，"咕咚"一下子沉入万丈深渊，面容呆痴，泪依然充盈着，腿一软，"咚"的一声，跌坐在地上。

良久，我从地上爬起来，慢慢恢复了理智，不想了、不盼了，一切都是空的，四大皆空啊！

啊！油，锅里的油！我立刻颠颠撞撞扑回厨房。糟糕！厨房里浓烟滚滚，一条火柱携烟带雾冲向屋顶，我迎着浓烟重雾和刺鼻的油焦味。疯了似的冲进去，拧灭火，一把将炒锅摔到院子里，烟火依然猛烈冲向天空，炒锅已成红炉里亟待锤打的铸料。

看着这一切，我扑嗒坐在地上，注视着这熊熊燃烧的冲天烈火，我怪眼圆睁，一动不动，喷出的气比这火焰还高……

5

一阵零零星星的鞭炮声，打断了我的回忆。我揉了揉眼睛，抬头望着对联上歪歪扭扭的字，恍惚中看见字在动，一个个咧开嘴在笑我，好像在说："一把年纪了，没出息！没出息！真没出息！"

晚上，我知道也没什么指望了，心灰意冷地坐在房中。外边那凌乱而单调的炮声响了起来，知道人家在敬祖先了。管他呢，儿孙都不管先人，我为啥要敬他呢？我还活着，他们早已经不在这个世界上了！我躺在冰冷的土炕上，冰冷的心比这土炕更冰冷。

完稿时间：2013 年 11 月 1 日

临时工老侯

老王介绍老侯当单位炊事工。

老王是单位的领导，单位的大事小事老王一锤定音，人事更是。看他一天到晚很少言语，但言必成规。他哥哥在单位里搞收发，就是他建议的，结果，没人敢说二字。

这次，老侯想进单位当临时工，是老王慧眼识珠，一进来大家都满意，当然最满意的还是老王。

自老侯当了厨师后，饭菜的质量提高了一个档次，很少有人对灶夫有异议。每一顿饭都做得菜香味浓，不可挑剔。可就是老侯好像把老王当成恩人了。

自从临时工老侯进来后，老王再也没进过厨房。每天早晨，当老王起床前的 2 分钟，洗脸水、刷牙水都摆放得整齐有序、多少适用、热冷适度；接着电壶水也打来了，又将一杯香喷喷的热茶放在茶几上；在老王洗刷的同时，被子折叠得齐齐整整，床单铺得平平展展；房间里的地板、桌椅板凳擦拭得明光闪亮，就连老王平时看的书，也按老王的习惯和嗜好整理得不差分毫。当人们走进老王的房间，无不夸赞一番。

每当开饭前，不用老王费心，饭菜不动声色地放在老王的茶几上。不用问，都是老王最爱吃的——一盘香辣春笋、一盘油泼扁豆、一盘尖椒肉丝、一盘油泼香莲、一碗鲜鱼汤。四菜一汤，荤素搭配，绿白相衬、四季皆全，有时还随时换样，总之，要让老王满意为止。

老王脱下的衣服，往往都是不翼而飞。开始老王还诧异，结果，傍晚你就会发现，一沓被洗涤得净洁、折叠的整齐的衣物，放在老王的床头。

所有这一切，都是在无声中进行着、坚持着，年复一年。

老王心里知道，但不去理会，人家是知恩当报的人嘛。心知就是，何必在意呢，心里甜甜的、暖暖的，不再去想别人的意思。

老侯是一个人见人爱的人，走路风风火火，像一股风，见人老是笑，从来没见过他变过脸色，见男人笑，见女人笑，见孩子也笑。笑，好像是他的唯一表情。有时人们只是见到他笑得有点勉强，但总还是笑，白天笑着，那到底晚上还笑不笑？大家都在背后议论着、猜测着。有一次，他病了，他老婆去外地看儿子了，单位只得派人去伺候。归来的人说："老侯晚上也笑，有时半夜笑得嘴都合不拢，只是笑声中带着哭腔。"大家都感到奇怪，这人是不是天生的笑模样呢？

他忙，忙到晚上12点了，还能听到厨房的响动。但听不到他半声怨气，好像他偷偷忍着，可人们怎么能发现得了？他见人永远都是笑。他是个小人物，临时工啊，临时工就是临时工，临时工的饭碗是泥捏的，一见水饭碗就会化成泥团，尽管你笑颜不歇，领导的意图就是你的饭碗。

大家都对他好，但也不在意他，一个临时工啊，重视又有什么用呢？当然，背后也有人议论，说老侯是献媚取宠，添尻子把屎都

添出来了。但立即就有人反对：你想管啊？人家老侯误了大伙的饭菜了吗？没有！对呀，他早起晚睡，牺牲自己休息时间，他碍着谁了？再说了，你不看他还"临时"着吗？临时，就意味着有丢饭碗的可能，你懂吗？谁不愿端铁的，能端上吗？

老侯当然也有碰钉子的时候。有一次，老王几天不见了，别人都各干各的事，无人过问。老侯不行，他得问问，他这么多年给老王服务已习惯了，离开老王他自己心里就虚慌，就好像自己丢了饭碗似的不安。今天，他去了老王房子几次了，可都吃了闭门羹。老侯转了几个圈儿想问一下，但问谁呢？作为他这样的身份、这样的地位，这几年，大家对他的印象，对谁都不好问。没有人笑脸对他的，大都见面冷冰冰的，好像从来没见过面似的。他在这个单位也有好多个年头了，依然像狗一样地活着，他心里知道，是依然"临时"着的缘故，心里恐慌着、下贱着，何时是个头？

哦！问老王他哥去。他惊喜地想起来了，他激动着，心急火燎地去了收发室。他见大老王独自一人坐在收发室里的沙发上，懒洋洋的。

"老王哥啊，我老王叔去哪儿了？"老侯怯生生地问

只见老王眉心皱成一个结，眼睛轻蔑地瞪了老侯一眼，气呼呼地说：

"你老王叔没在单位。"

"去哪啦？"老侯期待地问。

"去日添尻子他娘去了！"

老王他哥说完，轻蔑地看也没看老侯一眼，闭着眼睛再不理他了。

老侯站在那里，好像没意识到自己把话说错了似的，一动也不动，有些无奈地哀号，但脸上依旧笑着，心里却骂着，与你屁事？狗逮老鼠！

老王要退休的事，怎么也让老侯知道了。他开始时，还以为谁又在耍笑自己，后来几个人都说了，他断定是真的。听了这个消息，他一下急了，他进单位这么多年，转正的名额一茬接一茬，领导的亲戚都转了，大老王也转了，就是没有他的。又一次，单位一次就下来十多个名额，他很高兴也很激动。这几天，他照顾完老王的生活后，他不走了，站在老王面前咯咯笑，每天都这样做。他想，他的条件要比其他人好得多，多年来，他尽管家里也困难，他都不请一天假，家里的事全让老伴儿干了，每次回家，老伴儿都嘟嘟囔囔、骂骂咧咧的，他装作听不见，老伴儿只得嘟囔一阵就过去了。这么多年，自己兢兢业业、踏踏实实地工作，还不是想去掉那个"临时"吗？自己把老王伺候得那样好，老王却没把自己放在心上啊！

可是，他哪里知道，老王身体美着，心里甜着，一直将老侯的"临时"当筹码，永远也不想为老侯解决这问题。老王再有五天就离开这个单位了，老侯知道自己再也没有去掉"临时"的指望了，一气之下，他停止了对老王的服务。他心里想着："你只剩五天了，看你能把我咋样？"

结果，在老王临走的那天上午，老侯接到了一张通知书，书上这样写着：

老侯同志：这几年你的工作好，单位很满意。但现在上级

211

已调来了经过专业技术培训的人才，希你接通知后，即刻离职，不得延误。

×××办公室

×年×月×日

老侯手捏着这张通知，身子机械得像个机器人，一句话也说不出来。

他终于走了，孤零零地走了！

鸟语林中百鸟喑

1

一个冬天未落半星雪花，可冷依旧，一直顽强冷到三月。在晨光隔着薄雾模糊的流淌中，寒却一波波地泅入。一辆浑身蒙尘的车在雾中谨慎行进，迎面的流雾一股一股地向车扑来，车像是在棉絮中挣扎蠕动着的小虫，缓慢爬行。

这是文友们组织的去动物园旅游活动。一辆旧车里塞满了人，把有限的空间挤得满满当当，虽然天气冷，里边依然透不过气。

我上了车，挨着０坐在后排。车内拥挤，人像是捆绑着似的。雾霾棉团似的铺满道路，前方白茫茫一片。我扭头透过沾满尘垢的后窗玻璃望去，车后是飞尘和雾霾卷起的一长溜巨涛，追逐着车前行。我心里总感到一种隐忧，蜷缩的心像铅似的沉重，担忧着会因雾霾而撞车。但车依然慢悠悠行进。

０年逾花甲，身体依然魁梧，方盆大脸上是那略微谢顶的额头，耳大而竖，自顾可见其轮。他聪颖过人，常常想法出奇夺异：他上山喜欢上到极境，游湖要穷尽其阔，无论再深的道理，再复杂的事物，总能吹糠见米地悟出质地来。他稳重，不多言谈，但言必有物；喜欢静，喜欢那种不寻常的安静。从不愿显山露水，是叫人不经意

间便会忘掉的那种人。

车一直沿着山麓公路前行，直至蜿蜒百里之外的两条秦岭主脉尽处。这时，太阳洒下金色的光，雾霾已消失很多，这里景色实在不寻常。山翠得滴水，水清得照人，我四处顾盼，到处都是使人不忍离去的人造景观。

这时，车沿着景区道路又拐了几个弯，越过了险峻奇绝的峡谷秀景，抛去了滔滔涌流发出的震耳回响的碧水。停车，下车，被领进一个所在。

在两边红色巨石耸立之间，是一电动开闭的滚动大门，右边的巨石上雕着五个鎏金行书大字："秦岭动物园"，苍劲、醒目。我们一行买票后穿门而过。进园后，我和0沿途茫然四顾，生怕漏掉满目的微碧细翠。

接下来是坐车绕行园区，这里的"老年证"纯属无效，等车误时都不必计费，但坐车是有偿的。

等了好久，才坐上车绕行猛兽区，大家都很担惊，尽管车门关得很严实，但不由得心已缩卷成团。一个个脸上挂着忧惧，大人把孩子搂得很紧，孩子也不再狂叫和嬉戏了。

谁知，在猛兽区里，进出都是两道铁门轮换关闭，将虎豹狼狮熊等猛兽，都分别限定在一定的区块内。我们坐在车上，隔着厚厚的安全玻璃，看着这些有坐有卧有站有走的猛兽，并没有想象得那么凶猛。一只只形同泥塑木雕的静物，也许它们对这园中禁闭式生活已经习以为常了，也许是对这种禁锢生活消极对抗吧。总之，人感到它好像不是活物那样有灵性。

0发出他的惊人评判："名为动物园，实在是动物监狱。"引得大家一阵苦笑，笑中带泪，实际上并非笑，实在是哭，是对动物怜悯的那种非笑非哭的笑。

2

接下来我们看了限行兽、池中鱼、囚禁猴、无动大象、饿狼戏鸡和老虎表演等后，便遇上了一位"黑"向导。

这里所谓的"黑"向导很多，他们四处寻找着生意。我们刚出来，就被一位向导截住了，要领我们去看"鸟语林"。向导是当地人，女的，能言善语、漂亮时尚。她一来就融入人堆中，边聊边走，小鸟似的叽叽喳喳，说起游历之事她妙语连珠，看得出是导游里手。

0装出庄重，一脸肃然。可大伙儿见是异性，都有留客之意，0只得最后表了态。问了价，向导扫视了一下人数，说："一百六。"最后一百四成交，每人二十，大伙都满意。也许是鲇鱼效应吧，一路上和向导谈天说地，嬉笑之声不绝于耳。

一行来到一山凹处，眼前出现悬挂在空中的"鸟语林"三个鼓形大字。大门依山就势修建在山洼口，外观气魄雄浑，看来这里确非一般所在。从外向内里望去，在这偌大的山坳里，在才泛绿意的密林顶端，浮飘着一层网状白纱。远远望去，是那样阴冷、森煞、寒气逼人，给人一种鬼魅妖邪般的畏惧感。

望着这一切，我浑身一阵寒噤，微颤的心里怯生生的，有不想进去的感觉。结果一问，大家均有同感。

这时，向导已看出了大家的心思，立即发挥了她那职业本能的诱说能力，她一反方才的嬉笑，正容说道："我能哄你们吗，你看我像哄人的人吗？"

大家依然不语，有的摇头。都心里知道，哄人和不哄人之间，从外表上怎么辨认，有什么标准？大家当然心中无数。

向导接着说："都到门口了，不进去，回家后对家人咋叙说？不信你听听：里边有喜鹊喳喳，小莺呖呖，大雁嘎嘎，斑鸠咕咕，画眉鸣鸣，啄木鸟嘟嘟。"说着她顺便学着鸟叫，一阵小鸟鸣叫口技，把大家的心引向了鸟林。好几位老文友都在四处寻找着飞鸟行迹。她接着音色一变，侧耳屏息，仿佛她已听到了鸟叫似的："你听，你听啊！像银铃、像琴弦、像口技大师在表演。你进了林子听到的比我学得更脆、更响、更动听呢！"她又说，"这里是百鸟荟萃的地方，方圆几百里难以寻觅，就是你上到了深山老林里，也休想见到这么多种类的鸟。有的飞、有的跳、有的追、有的跃，有的肥滚滚、有的胖乎乎、有的灵巧巧、有的笨豆豆，有的蓬松松、有的毛茸茸、有的黑漆漆、有的灰亮亮、有的叫喳喳、有的哼唧唧、有的吱吱叫、有的鸣鸣鸣，有的展翅高飞、有的绕树低回、有的飘然起舞、有的昂首奋飞。总之，它们迎风展翅、秀姿飘逸、声如丝竹合奏，形似群鱼跃水，不去遗憾啊！"

一席话把老文友说得心痒意愿，脸上扑闪着笑，一个个大嘴张得像张衡地震仪上那接珠子的蛤蟆嘴。这时 0 先喊了一声："去，都去！"

当然又要买门票了，没拿证的 65 岁以上的老文友不算是老人，照样要买门票。

大家兴高采烈地鱼贯而入。

3

进去后才知道，这是一个瓢形密林地带。林中无路，人在林间陌阡中任意穿行。

向导领着我们向前走了一程，林中的鸟都像是躲着游人，不鸣也不叫。

我们知道上了当，质问向导："鸟呢，鸟语林里咋不见鸟叫？" 0也气呼呼地问："鸟呢，鸟呢！你还想要钱吗？"

向导，似在拿捏着什么，不语。顿了半晌，才慢悠悠地说："这里有一个有趣的有关鸟的故事，听比看更有趣，谁不听可以走，不给我钱也罢。"

能不听吗？门票早买了，向导资才20块，一个走了，不怕让人笑你小气嘛？只得坚持着听，不过，大伙的情绪都不好。

向导清了清嗓门，开始讲鸟的故事。

她用手一指说："鸟一个也没跑，全都在。你们看，前边那棵树上。"

大家顺着她手指的方向望去，只见在一棵枝叶招摇的大树上，落着一只雄鹰，半展着翅翼悬在枝头上。它身旁不远的树枝上，一左一右地落着一只大雁和一只天鹅，亲昵地陪伴在雄鹰的身旁，依偎着、挨挤着，十分亲近的样子。

向导果断地说："死鹰！"这时，大家被她撩拨得兴趣大增，围着她细听。接着她说出了死鹰的来历：

原来，这林子是一位客商承包的，他在游动物园时，无意中相中了这块山林，认为这是一个好项目，稳赚。它旁依动物园人脉优势而亦属动物类，可一览关中平原壮观秀景令人神怡心旷，附着秦岭支脉而又不过分纵深，林园走势又是养鸟的天然宝地。这种地势如建一座"鸟语林"得天独厚、一本万利。于是回家进城说给了哥

小说

哥，兄弟俩一拍即合，由哥哥出资，弟弟承办，两人对半分成。

通过一段运作，即取得了林地使用权。然后修道路、修大门、布大网，装潢得气派雄浑，"鸟语林"三字是专请国家级书法名人写的，老远看来非常醒目。

一切完工后，轮到进鸟了，这可不容易。要安排人去深山捕捉，去外地购买，甚至还要到外国去讨购。历时近一年光景，林中鸟的种类多达数百，这时就要开张了。这可是大事哟，要搞轰动效应。于是，唱大戏、叫歌舞、电台直播、报纸刊登、网上传播、请领导剪彩，一切现代宣传手段都用上了。开业当天，这里人山人海，光门票就收得盆满钵满。把主人喜得都合不拢嘴巴呢。

但这天过后就凉了许多，因为园内缺名贵鸟，如鹦鹉、孔雀、雄鹰等，特别是雄鹰难觅，通过托人四处打听，最后在一深山里人家中找到了一只雄鹰。

这是只雏鹰。是这家人在山上拾了两只鸟蛋，椭圆，特别大，周身有麻斑。他不知是啥鸟蛋？于是就和鸡蛋一起放在母鸡腹下暖，想看个究竟。等了三七二十一天，小鸡都全出来了，还不见鸟蛋有啥动静。又等了些日子，只出来了一只，麻黑色，小嘴有点弯钩，和小鸡混在一起，好看极了，像一只小绒球在地上滚动，叫声也和小鸡没多大差别。过了些日子，已能看出在习惯上有些细微差别了。小鸡们都叽叽叽地低着头觅食吃，它却经常高昂着头，愣愣地看着远方的天空，好像它有很多很多心事似的，又过了好些日子，已能看出和小鸡有明显区别。小鸡依然是低头、鸣叫、双脚并用找食吃，它却从母鸡腹下跳出来，扑棱几下翅膀就跳到墙头上、房檐上，有时还飞到树梢上。

母鸡看不下去了，咕咕咕地忙叫着："别向上跳了，只要你刨，地上什么吃的都有。"正说着，一个冷不防，小家伙扑棱棱一声，又飞到另一棵大树顶上了。公鸡也惊得"咯嗒咯嗒"地叫起来，好像在说："下来下来，小心主人看见打你。"

主人果然看见了，也警惕了，看着它那野心勃勃的样子，担心养不家它咋办？整天为这只"鸡"发愁，有想卖掉它的意思。

消息传开后，很快让这园主人知道了。他立即亲自去看，一看就相中了。他心里已知道这是什么鸟了，但依然还装着不愿要的样子。主人要了100元，他说顶多值80元，最后主人怕这小家伙飞跑了，只得依了他，80元成交，双方都高兴。

逮回家，他喜得心快要从胸口跳出来，老远就对妻子喊："快来看啊，这是只真正的雄鹰，几万块都买不到呀！"

4

林子大了，确实什么鸟都有。各种鸟聚在一起，热闹极了。走的走，跳的跳，飞的飞，跃的跃，"叽叽！喳喳！咕咕！吱吱……"老远细听，像林中在唱戏，又像是歌舞厅内连跳带蹦的演员，还像是管弦乐器在合奏，自然、杂糅、美妙诱人，其音之妙，其行之巧，就是语言大师也难以说清道明。

来看的人像蜂群、像蚁众。拥拥挤挤、络绎不绝。门票多得难以计数，一捆捆现钞流向银行。把主人喜得眉毛都在笑，一直笑了多日，最后笑容一直收敛不住了，搞得他昼不能食、夜不能寐。他妻子见了，心疼得泪眼婆娑，两个悲喜相对的脸凑在一起，真是令人啼笑皆非。无奈，只得到医院检查，查后方知，这是精神激越过

度造成的"面瘫"。在治疗中，遇到的医生是一个精神病专家，说这精神病要用精神疗法。医生开了大包小包的药，既不给他打针又不让他吃药，把药悬挂在半空中，让他用眼睛经常看着，每天换一次药。半月过去了，把他急得突然发了怒，结果笑容马上收敛，病全好了。这次看病花费，合作医疗报不上，他气得弹脚。其结果，让医院赚了不少的钱。他好心疼哦，从此倒落下常犯的心疼病了。

可是，好景不长，鸟儿都想冲出这阴森可怖的大网呢。先是些冬候鸟——鸿雁和野鸭，每逢春前就要迁徙。还有家燕和杜鹃，它们是夏候鸟，每到秋天也要迁移。现在让这该死的网笼着罩着，咋能出得去。还有那些小莺、林麻，它们也不愿在这小圈子里转悠，要到四处去玩、去飞、去找虫吃，更为心急的是那些远飞鸟，如大雁、天鹅、白鹭之类的，更是心急如火。它们习惯远走高飞，现在聚在这小圈子里，咋能习惯？不是有句老话叫"天高任鸟飞"嘛，怎么就没有自由呢？于是，群鸟就组团结伙，一齐向外飞。只见，一只只大大小小的鸟，奋力向网上撞去，又立即被那该死的大网挡了回来。鸟们翻来覆去地撞，一次次都撞得晕头转向，经过一段时间后，大伙儿都累得筋疲力尽，扑扑嗒嗒地掉在地上，再也无力撞网了。

但是，这回撞网雄鹰没有参加，它望着群鸟的举动，心里也急。但它只是无奈地摇头、叹气、拍翅膀。有时也在林中转着圈儿练飞翔，飞累了，又悄悄地回到原地。有时，它会冷冷地望着大网发呆，看着同伴们落泪，但只是摇摇头，不动声色。它练飞的时间，一天比一天加多，一次比一次延长，到了后来，它几乎不休息了。群鸟也能看出它的心思，不断地摇头和落泪。

一天中午，天空中的白色浓雾和这白色大网混糅在一起，很难分辨上面是网是雾，阳光已被从中隔断。鸟们的一切向往都只得无奈搁置。

这时，雄鹰用锐利的目光不屑地向上望望，又怜悯地看看同伴们，然后，在林中飞转了几个圈儿，又回到原地，望着天空，目中射出电一样的光。然后，但见它，后退了几大步，展开巨大的翅膀，狠劲地在地上拍了几下，鼓足劲猛扑向高空，用它那弯钩似的嘴勾住网孔，奋力向下撕扯。只见一阵网破鸟颤的挣扎，一番草靡树倒的厮杀，一声撕裂天幕发出的巨响之后，那白色充满妖气的大网，从顶到底分成两半。一眼就能望见一线裂开的蓝色天幕，天空中的大雾也让雄鹰的翅翼扇得迅疾退去。

这时，群鸟们惊疑了一阵后，便蜂拥似的从大裂缝中飞了出去，畅快地在高空中盘旋了几圈后，它们又向下望望，一齐向网内——雄鹰跌落的地方飞去，黑压压围了一大圈儿。怜悯地看着因用力过猛已软瘫在地上的雄鹰。这时的雄鹰连睁眼看同伴的力气都没有了。

聚成一团的群鸟把雄鹰包裹起来，在它身边挨挤着、呼唤着，心疼地掉着泪，亲昵、爱怜和痛愁纠结着鸟群。

正在这时，主人突然进园了。他向上看看大网，又看看群鸟，大步向鸟群扑去。群鸟急忙躲开。主人快步如飞，恶狠狠地伸出弯钩一样的手，一只手用力将浑身软瘫、战栗的雄鹰按住，一只手抓住雄鹰的双翼，狠毒地喊："我叫你飞！我叫你飞！飞啊，怎么不飞？"他叫人拿来尖刀，很快把雄鹰杀害了。把雄鹰的皮剥下来，把肉炒吃了，又在鹰腹中塞满了干草，把刀口缝起来，把它挂在了最显眼的大树顶端，用以威吓群鸟。从此，满林的鸟不飞也不叫了。

因为，那物质的网虽让雄鹰撕破了，可这妖邪、威权、恐怖的精神网，好像是悬在鸟头顶上的达摩克利斯剑，时刻笼着罩着群鸟的心。从此，鸟儿们整天沉默、战栗，躲避着游人也躲避着主人，不敢飞也不敢叫，过上沉默、无聊、平庸的生活。没有目标，没有希望，没有奋进，更没有生活气息，永远沉默……大雁和天鹅，还依然爱怜地陪伴在雄鹰的尸体旁，不飞也不叫，与雄鹰尸体无异。从此，全林哑然。真是："鸟语林中百鸟暗"啊。故事讲完了，大家沉浸在沉痛和悲悯中，也和这"鸟语林"中的鸟一样，一个个好似晒蔫了的草，不吭也不动。半晌，向导才仰起头，好像脸上也挂着泪花，缓缓对大伙说："走吧，再去看看那可怜的不鸣鸟吧！"

随着向导，大伙儿来到这山梁上的网地相交之处。在浓雾弥漫中，可怜的小鸟，见到了我们都偷偷地从这棵树跳到那棵树上，不声不响地躲了起来。我们没听见一声鸟叫，仅看到一点儿鸟影。

上车了，0 奇怪地问："这就怪了，网被雄鹰已经撕破了，鸟儿为啥不飞呢？"大家都没有作答，悄默着。

这时，我笑了，笑得是那样悲悯和勉强。

真　佛

川游，暮宿大佛市，头人问曰："有真佛否？"众见各异。

翌晨，开车欲往大佛，愁不知途。一老者至，秃顶笑面阔腹，形似佛。问头曰："往大佛否？"头顾其半晌，答曰："去，正忧毋识途。"老者笑展倾目，进言曰："吾知，能否携吾同往哉？"头视良久，未及言。老者面盈得色道："同往停车免费。"头视良久方颔首。

同车，老者言谈颇丰，笑语云："吾地佛人皆佛心，视物如土，视客犹亲，物皆赠之也，停车免费，住宿免费，食饮免费，送往孝佛亦免费。以佛之慈尽染天下心，让佛之灵光庇护天下生灵，望天下同吾佛人，乃吾佛地之风矣。"车众听而笑之，默然无语。正言间，已至佛山下，置车大院，主人笑迎送，吾等感慨，此地非他地也。

吾等欲上山，闻须购票，迟疑间只得去山门。见信士诚然依次购票，人付八十方进山门。吾等亦如是。

山径曲幽，沿阶缓上，道旁一童佛，体长盈尺，捧腹笑对行人。吾向曰："真佛否？"头曰："非也，此无佛心，虽笑，缺心何烦恼？"复行，见洞中佛，凿山而成，依然鼓腹含笑，群皆拜之。吾亦问之，此真佛？头亦笑曰："非也，亦无慈心者也。"

223

　　至大佛上，观者若云，极难见佛面，及至侧斜里，方见大佛面。急观之，见大佛凿山成体，身与山齐，面三江而依佛山，腹鼓而面亦笑。众信士齐呼："真佛，真佛！"头亦摇首曰："非也！佛者，非自然之神，亦非静物所造，佛乃人之修为也，智慧化身、德行楷范、慈悲成就者也。他宽容豁达、心胸坦荡、无私无畏、无拘无束、无尘无杂者君子风也。"我闻之顿悟，但亦疑：真佛何在乎？

　　复行寺院，见众僧经于大厅中，神态肃穆真诚声若洪钟，沉闷悠扬、荡谷低回。众见之，低云耳："真佛，真佛！"正议间，一乞妇提篮至，旧衣垢面，瘦容凄苦盈羞，躬身待乞状，默然久恭于僧旁。须臾，经歇僧散，僧众拂袖而归，无一人顾乞者哉。吾见怜之，置钱于篮内，众随之。妇得钱不语，满面憨态，跛足而往。吾故问头人云："此僧人虔诚诵经，何为不真佛？"头叹曰："五欲六尘、贪嗔痴慢，满口经文、不怜一妇，妄为僧人矣。"吾心闪亮。至峰脊，尽赏秀山阔江，兴尽思归，忽见归途数条，难择适途。正惑间，乞妇至，跛足近前曰："此地道杂，特领道也。"言罢，扶杖摇身前行，一路尽力指引，领至车前方休。吾等取车前往，不意一童一叟阻于道中曰："缴费可去。"头辩曰："贵处如佛老者寄前有约，车无费！"童问曰："老者何在？"头四顾无人，方知是诈，只得付常费数倍方出。行里许，见乞妇道前吃力行，身摇似拂柳。头令停车道旁，以十币赠妇曰："适才领路未曾付费，省时汝已去，因谢之。"乞妇闻之，正色摇首曰："君赠我币者善也，吾以身相赠者，亦善也，乃均效佛，何必言谢。"言罢，夺路而往。众愕然，头人叹息曰："佛人乃慈心，皆出困者也！"

2016 年 8 月 29 日

一包茶叶和一顶草帽

我一天到晚都在书房里敲键盘，整天和书跟电脑打交道，像淑女，整日不出闺房，耐着寂寞孤独。这是我的习惯，一天到晚乐呵呵。

最近的一段时间里，却增添了一位新朋友：邻居的一位小男孩。他才上幼儿班，长得矮墩墩、胖乎乎的，一对大眼睛忽闪忽闪，看人贼精贼精，倒是挺逗人爱的。每当周六周日，经常来我家玩，尽管我心里不想让他打扰，但禁不住他的诱惑，不想赶他走。一听到他那"爷爷，爷爷!"脆生生、甜滋滋的呼唤，我心里就一阵舒坦。我经常取些好吃的东西给他，他也不拒，给多拿多，全收尽纳，可叫得更甜了。时间一长，他在我家里熟悉了，成了我唯一的客人。我很爱他，经常央求他唱儿歌，他不推辞，很庄重地立正了，大眼睛向前瞅着，头向上扬扬，便唱开了。发出的童音是那样清脆、嘹亮又非常刺耳，我听着、忍着、笑着，心里乐啊！这是祖国的下一代，希望啊！

回想起来，他爷爷也是在我手上长大的，现在的年龄还不到50岁呢，他的下下一代人却这么大了，真快啊！现在呀，一代人比一代人聪明。那时候，他爷爷是全组最伶俐的孩子，但哪比得上这小子。人啊，真是"母胜草"，一代胜过一代。

时光已过半年了，我们俩的忘年之交关系依旧，往来不断。有时我外出了，还专门为他买些好吃的，唯恐他来了，我囊中羞涩，无物招待他。

有一天，他在我房中正玩呢，我去上厕所了。我还没走到厕所，就被老伴儿喊回来了。老伴儿指了指门外正向外跑的小蜗说："你瞧，这小子把你的什么东西拿走了。"我急急走出门，只看见他的背影，慌慌张张地钻进他家门里了。我急忙进房内查看，可不是，我昨天才打开的一包茶叶不见了。这包茶叶，是我给朋友帮了忙，朋友送的"铁观音"，听说价值上千元呢。我一直舍不得用它，昨天来了贵客，我才将它取出来，泡了两杯：朋友抿了一口，嘴弹得像敲梆子，赞口不绝：好茶，好茶！我也呷了一口，满嘴清香，悄然通过喉咙，直入心扉，我心里一阵得意！现在叫这小子偷去了，我真想去他家要回来。可老伴儿摇首说算了，哪有大人和孩子斗的，他家也有大人，说不定一会儿就会送回来的。我也想，再贪的大人，也不会纵容孩子做坏事吧？

我站在那里，心里像一团麻，意境很快拉回到往年的一幕，那是在 1974 年夏忙前的一天：为了迎接热火朝天的夏收，我去了马召镇，买了夏收的一应物资，包括一顶新草帽。我将那顶新草帽扣在旧草帽上边，戴在头顶，骑上自行车，风风火火地往回赶。因为，第二天就要进入火热的夏收，我骑得很快。当我离开马召镇约十里之遥时，隐隐听到后面有喊声。我没理，我心知这里没熟人，不可能有人喊我。我再向前骑了一会儿，后边的喊声又隐隐传来，我没停车，扭头向后瞟了一眼，隐约看见后边有一个人，急急地向这边飞跑，我寻思，可能是想让我带他呢，我这破烂车子，根本带不动两个人，管他呢。我又向前骑了一阵。不巧的是，车子掉链了，我只得下车，安好车链。刚起身准备上车，猛听到后边喊："叔叔，您的草帽！"童音中带着急急的喘息声，断续地从后边传来。我刹住车，用手摸摸，草帽仍戴着，我又准备上车时，他已经靠近了，大声喊："叔叔，您将草帽丢了！"

我停住车，伸手将头上的草帽卸下来，才发现，自己才买的草帽不见了。只见来人是位十一二岁的少年，瘦高个，留着偏分头，人已累得上气不接下气了，走到我跟前，人已经站不稳了。我急忙迎上去，感动得不知说什么好，只是满口的"谢谢"！只见那少年，憨厚的脸上露出了喜悦。他将草帽交给我，喘了几口粗气，又准备返回。这时，我急了，忙问："你叫什么名字？住在哪里？"只见那少年边跑边喊："我是学生，住在小李！"接着，加快了速度，向回跑去。我呆呆地站在那里，心里一阵温暖，一阵高兴，一阵懊悔。怎么不留住他呢？多好的孩子啊！这是我们的下一代呀，想到这，心里充满了信心和希望！

等了八九天，小蜗的爷爷果然来了，我以为是送茶叶，结果不是，要我给他看看摄像头，说摄像头不显像了。因为，我家安那玩意儿早，我略懂一二，现在啊，不安不行，时时都感到不安稳。

碍于面子，我只得去了。结果发现那摄像头是插口松动了，一摁就好，我真的侥幸成了修理工。我试开着，一下子翻到七八天前的录像上了。把小蜗拿回茶叶的图像显现出来：孩子拿回茶叶时，她婆婆接了。孙子要放到茶几上，他婆婆却要放到柜子里，哄孙子说："给你藏着。"他爷爷在一旁坐着，却插嘴说："让我尝尝。"下来是泡茶、品茶的经过。他爷爷品着，摸着孙子的头，一脸的得意，

227

对孙子说："你也尝尝，真香！"孙子喝了一口，全吐了出来，嘴咧开，难受的样子，嘴里嘟囔着：苦死人了！

我看到这里，心说，难怪小孩偷东西？听到后边有响动，急忙扭回头，小蜗和他爷爷、婆婆都不见人影了，屋子里空荡荡的。我心知，可能是内疚吧，也有难堪。

我只得向回走，心里沉重得很！

第二天一早，我就去打听那位曾经送草帽的少年。

小李村是个大村，是六千多人口聚在一起的自然村落。要找一个不知姓名，只知道干过那一件小事的人，简直像海里捞针。何况时光已过40个年头，人的面貌和处境都会发生很大的变化，找到找不到都十分可能。但我一定要找到那位曾经的少年，看看那位活雷锋现在是什么样子？

我用了一个月的时间挨门挨户地排查，如果谁家主要人不在我就等。当整个小李查完了，也没有查到我要查的人。我失望了、灰心了，我痛苦地坐在村外的石板上，低着头想办法。当时他说是小李的，看他表情不会有错，况那人就不是说谎的人，是不是碰见了，我不认得他了，他有意不给我说？算来那人现在也接近50岁了，他肯定活着，像他那种人是不会死的。他肯定不只做那一件好事，周围人肯定对他有印象，他肯定在这村里，我要再查再问，哪怕看一眼我就心甘了。

我正在纳闷着，迎面走来一位和我年纪一般的老头子，眼袋肿大，满嘴没有牙齿，走路一瘸一拐的。我热情地迎上去，还没等我张嘴，对方就迎上来说："你是找那位程诚的吧？"我茫然，我惊讶，我只得等他把话说完。"你找的人叫程诚，你在村里打听一个多月了，大伙都知道你。昨天晚上，大伙儿在一起闲聊，提到你要找的人，我说那是程诚嘛，咋不跟他说呢？大伙说，想不起来啊！我就找你来了。"

"他现在在哪儿？"我期盼地问。

老头不说话了，我抬头一看，他泪水充满了眼眶，脸上的表情已扭曲得难以言说。半天才慢慢地说："他死了！太傻，对人做的好事数不清，就是忘了自己啊！"我说："老哥，咱们坐下慢慢说。"我俩坐在石板上，老头擦了一把泪说："他曾把别人遗弃的老头子收养过，给把病治好；把一位断腿的乞丐，医好腿并送回老家；村里的小伙儿大多都是他给找的对象，可他却一直是单身；他40多岁的时候，在街上见到小偷偷老人的钱，他和小偷打起来，把老头的钱夺回来。多年来，他帮的人无数，村里人的困难，只要他有能力，他都会慷慨解囊的。村里人多嘴杂，说什么的都有。有人说他好，也有人说他傻，现在的人都现实得很，女人跟他怕受穷啊！所以一直单身着。他快到50岁的时候，生病了，他没钱看，他把钱都照顾别人了。看他可怜兮兮地在街上走，没人过问，不久死在家里了，多日才被人发现，都臭了。"讲到这，我两人都流泪了。半晌，我才把我找程诚的原因说了。老头说："他不是傻，他聪明着哩！集体化的时候，他还当过队长。他是心好，现在不兴这种人了。经济大潮后，分开了，大伙儿都心急火燎地过自己的日子，大伙儿都富了，可他还是个单身穷人啊！谁能看上他那个只想着别人的穷光蛋，快50的人了，秉性不改，最后那条路是他自选的。唉，可怜啊！"老者说完，泪又下来了。

我听了，沉默了，一直沉默着，最后，我淡淡地对老头说："这

时代，好人难活啊！"

小蜗的爷爷，自从得了这包茶叶以后，越喝越香、越喝越馋，一发不可收拾。

只要敲进门，第一个想到的是泡茶，接着，未等茶浓就吱吱地品尝起来，边尝边喝，津津有味。后来，他不再叫茶叶，称它"香茗"！他妻子反感，"茶就是茶，叫什么香茗，不嫌人笑话？看把你香疯了，不是我孙子，你凭什么喝？"可他不管不顾，依然故我，心里甜着：那是孙子孝敬爷爷的。

他不但自己喝，还邀儿子喝。儿子本不喝茶的，说茶有什么好喝，还不是一股苦涩味？他骂儿子："不准你瞎说，茶和茶不一样，你一尝就知道。"儿子耐不住诱惑，只得尝尝看。他第一次呷了一丝丝，感到有些油鲜味；第二次却喝了一大口，在口中慢慢咽下，嘴嚅嗫个不停，睁大眼睛，慢慢地品，连话也不说，接着，端起茶壶，"咕咚咕咚"地一口气喝干了，然后，加水，再喝。最后，将茶叶包也一起拿到他的房中去了。他妈在旁实看不下去了，说："看你，给你爸也留些嘛。"他才不得不给他爸倒了少许，其余全归他了。

小蜗在一旁看着，双眼睁得又圆又大，看着爸爸和爷爷争抢自己偷来的茶，一脸的得意，心说，"下次我再拿回来，不给你们了。"

过了几天，两人的茶叶都喝光了，还想喝，却不知是在哪儿买的。想去问对门大叔，心里想想，觉得又不好问。好在茶叶包还在，拿到商店一打听，才知道，要去城里买。小蜗他爷爷想了想说："明天我去城里买。"又看了看小蜗，于是将小蜗拉过来，在耳朵上悄悄说："你再去对门爷爷家看看。"孙子诡秘地笑笑走了。可一会儿就跑回来了。因为，这次被拒在门外了。

还没等小蜗他爷爷去城里买茶叶，那天晚上就不正常了，睡在床上哭，开始呼呼哧哧，接着哼哼唧唧，最后竟放声大哭了。他妻子被惊醒，关心地问："咋了，哭什么？"妻子还以为他想喝茶了，说，"大人家哭个什么，不怕让新媳妇听见笑话。"可是，她怎么也劝不住。只得下床，隔着房子门喊儿子："还有没茶叶？给你爸倒点。"她喊了半天，只听见儿子在笑。她自语："狗东西，笑什么笑，你爸等着呢，都哭了！"里头再也没人应了。

她哪里知道，儿媳妇心里更难受：她的丈夫，从才黑就大笑不止，现在还是笑不止。

清晨，娘儿俩都包不住了。两个男人，一个哭，一个笑，这边"呜呜呜"，那边"咯咯咯"，不停不歇。他们不敢开门，怕外边人知道了笑话。幼儿园的车来了，他家的门叫不开，只得空车走了。娘儿俩发愁，这是什么病啊，明显有怪处，哭笑无常，这明显不是病。于是，把巫婆请来了，摆弄了半天，哭笑依旧，无奈只得去医院。经医院检查，这是精神分裂症，病因与茶叶无关。

住院多日，两人都止住了哭和笑，慢慢恢复了。出院回到家里，不几天，又在胡言乱语了。小蜗他爷爷说：他在夜里看见死去多年的老父亲了，依然穿着当年的破旧衣衫，见他怒气冲冲，骂他不该对小孩任意娇惯，纵容拿别人的东西，惯坏了一代人。他反驳说："你说的是过去，现在不一样了。"于是他父亲怒气更大，推了他一把，于是就哭起来了。

小蜗他爸爸也说：他也看见了。他看见爷爷教训父亲，他就高兴得大笑不止，谁要他经常教训自己呢。

2016 年 11 月 22 日

给生活加蜜

1

丈夫是位公职人员，我也被调去在一个科里敲键盘。

说起我俩的婚事，还真有些趣谈。当时，他上边有点关系，中文系刚毕业，就像坐电梯那样，分到县政府里，不久就提为一个小头目。当时谁不眼红？婚事易如反掌，单位的同事介绍，领导亲自做媒，才分来的大学生争抢，可他一概拒绝，最后确定下了我这位大学将近毕业的就读生——八零后新一代。待毕业后，他通过人事，七拐八拐，才给我安排了工作，当然是在同单位里。

他这样安排，是有一定道理的。同村的，两家人世交，我俩从小青梅竹马。两家人早就约法三章，加之我两人上大学时就来往甚密，他再难也得去办。

婚后两人甜甜美美，信任有加。但有一件：各人的私事不许过问。他是搞行政的，经常搞些接待应酬的事，工作无定律，正班之外还有副班，一天总是搞得昏天黑地。每当下班前，总会接到他的电话："回不来了"或"今晚迟归"的短信。到了更深夜半，才像做贼似的，悄悄开门而入，一股酒气扑满卧室，常常疲乏得像才解套的牛，倒下去就呼呼大睡，鼾声在屋壁上乱撞。

我气得背身而卧，蒙住头，寻思着：是不是有外遇了啊？外边到处都有花花草草，田头路边眼睛都不停地眨呀眨的，哪里还有不吃腥的猫？尽管，这是我俩以前有条约，但我总是他妻子，法律上也有管理权，我怀疑他是正理。谁知，和他在一起工作的同事都说："一天到晚都忙工作，就是有那心，也没时间，别冤枉人了。"我也信，多年的婚史已能证明他的忠诚。可是，有时在一起，他就那两下子，没有刺激、没有激情、没有持久，更没有新鲜感，像是吃剩饭，再加盐加醋也没味。就这样，我俩不冷不热、不咸不淡地过着。

　　我的工作也比较清闲，上班了也没多少事。正事之余，除了和同事聊天就是和网友聊天，离开电脑就是手机，不聊干啥？无边空虚和寂寥仅此才能度过。现代电子工具，给人带来了方便，也带来了乐趣。它打破了时空阻隔，也拉近了人的距离，十里百里亦可喜笑颜开，吐心吐肺。白天，坐在办公室里有电脑陪着，晚上，躺在床上有手机陪着。这现代电子宝贝的引力已超过丈夫，好像丈夫就是一个借宿者，手机好像已和我结了婚，形影不离、无话不说。

　　聊天，在我的生活中占统治地位。我细细想过，银子不缺，衣食无忧，生活没有一点期盼感，除去聊天，就是枯燥无味的工作，单调呆板的三顿饭和后半夜如雷般丈夫的鼾声。我有意给饭里加重调料，依然就是早晚的稀饭馒头，中午的面条，感到清淡、乏味、没鲜美的味道。我有时猜测，难道生活就这么单调吗？乏味得像一杯矿泉水，但人还要掏钱买着喝？

　　我把自己的精力专注在虚拟生活中，好在我打字功夫娴熟，同时和五六个人聊天依然感到轻松。在这对空喊话中，太使人痛快，不知性别，不知真实姓名，见不到面容，不清楚年龄和住址，不了

解阅历和性格。话说错了，也不怕有什么影响，基本是对空喊话。每当对方回帖，都要发出脆响，像空谷回音，山鸟低鸣或银铃摇动般悦耳。自由提问，哄骗应对，那么轻松、随意、潇洒自如、无拘无束、无碍无怨，不假思索地聊，自由自在地谈。谈生活感受，谈人情冷暖，谈爱情浓淡，谈网友情谊，谈人生感言，谈性爱奇遇，当然也谈文化指向……大家不遮不掩、毫无忌讳，尽言尽放、天高海阔。

有人说，这是一种无聊消费，是现代性对传统观念的奸污，是一种商业诱骗。我却认为，即是欺骗，我也要受骗。因为我知道，这是现实生活和虚拟生活的交织互动，是现代性对现代人的友谊融合。出入自由、进退无碍，唯现代人方配融入，除自愿上当外，像我们本代人的智商，谁还骗得了？

就这样，我应付地工作着、生活着，贪婪幸福地在手机上聊着天。

现代年轻人，自由，浪漫。

2

我的网友多得数不清，是男是女是老是少也说不准。

最能和我聊得来的，是一位叫"老朽无能"的网友。虽他自称是年过花甲的一位男性，就住在这奇幻县城内，是退休职工，但总不愿说出具体住址。

虽说他年已花甲，但从他的言谈上看，语言现代，用词文雅、谈吐不俗、口若悬河。再则，从他点字神速和反应敏捷上看，完全是同龄人的做派，如果我没猜错的话，他一定是个搞文字的。后来我也作自我介绍，叫"四季花香"，58岁，与他住同一县城，退休独居。

下来，两人闲聊会儿，便把主题引向人生。

说起人生，我便敲出，"人生像一杯矿泉水，清亮、没有细菌，但总感到清淡无味"。

他回复："说得对，人生就是淡，像矿泉水。这淡，是本质的淡，在苦甜相接处，就是淡淡的味，正是人生的味。这多醇厚、这多绵长、这多本真，当你渴了，坐下来，喝着品着，多有一番美的滋味。"

"但当你久远地喝那淡味，就有一种期盼浓烈、希望甜美的心态，哪能说这不应该？"

"那就需要给生活加点蜜呀！让它浓烈一次、甜蜜一次吧，慢慢又淡了，再加点，这样就张弛有度、浓淡相宜了。亲人、朋友皆如是，情感永远不会在浓烈中度过，淡淡情意才是真、才纯净、才久远。每当你需要帮助的时候，伸出援手的多是家人或淡淡的朋友。"

我沉默，我幽思，良久思谋着：此语充满哲思，像暗夜的灯光，给人以启迪，给人以敞亮。但加蜜，并非一方的事，也不是想加就能加得了的，像我那家庭，长时间的清淡，总想有一点什么期待。但当你最需要的时候，他却无蜜可加，这能有什么办法呢？想到此，我便敲出："加蜜，是要有条件的。或者，你根本就无蜜可加，那不是永远喝那淡淡的矿泉水吗？一辈子喝下去，那还叫生活吗？"

对方立即敲出："人生很难，不要为难自己，洒脱些好。在没有条件时，最好的办法是自强。不一定只有太阳发光，自己也可以做一个发光体，自己发光，不要总当月亮，光想借光，借着光照人，

235

尽管风格高尚，但总是被动的。"

我又沉默了，这简直就是哲人。多深刻啊！他肯定是社会哲学系的，要么就是高端智者，又停了良久我打出："深刻、透彻，我领教了。"

听到清脆的呼伴声，我急观，对话框里现出："幸福是自给的，心里永远有满足感才对，就是遇到些不顺心，也要自我消化，你就活得硬气，活得充实，活得乐观，永远是幸福的。"

我打出："敢问您家庭生活安排，我想取经。"

他打出了一个笑脸，后边跟着："淡多甜少，不停调试。"

我不便再问，敬仰着，爱慕着，也有淡淡的嫉妒之心。

3

我一边做着晚饭，一边还在思谋着"老朽无能"的话："给生活加蜜""自我发光"。多深刻啊！这种男人我见得不多，不管他年岁多大，能和他在一起多自豪、多光耀。既是床友又是师长，即就是别人知道也感光彩。想到这，脸上一阵发烧，心也怦怦一阵狂跳，羞怯地低下了头。想到这，我即刻掏出手机，又和他开始聊着，时隔不久，丈夫回来了。随着他的归来，对方的聊天戛然而止。我白了丈夫一眼，没说什么。他笑着走到我的身旁，用奇异的眼睛瞅着我，良久，扑哧地笑了，笑得有点怪异。我也没用正眼瞧他，做着饭，淡淡地应付着。

晚上，他意外地贴我而眠，一切的引逗我都感到乏味。在交欢中，尽管他一反常态，表现得很激奋、冲动，我却没感到一点快感，像干柴棍一样枯燥。草草完事后，他欲搂我而眠，看像是动真情了。但停了半会儿，却长长唉了一声。我不在乎他怎么，依然背他而眠，也气哼哼的，心里责怪，不是有事吗，回来干啥？但我没有说出来，继而便想着网友——老朽无能了，人家是咋样的男人，多懂事、多疼人、多关爱，循循善诱、情意绵绵。唉，我命苦呀，若能见他一面，也不枉活此生。或许他根本就没有60，蒙人呢。在网上，谁来真的，那种虚拟世界，骗诈横行，但他不一样，无论从语言、从气质、从心理、从诚信，没有一丝一毫骗意，可以看出是一个了不起的人。或许他是一位与我年龄相当又情投意合的人，或许就是一位相貌堂堂、气质绝佳、睿智绝顶的人。

想着想着，我依然带着甜美进入了梦乡。

4

这是一个星期天，丈夫忙他的事去了。

我刚吃完早饭，手机又传来了熟悉的信息声。不看都知道是谁的。

我急忙打开，短信写道："你好，四季花香，忙否？"

我急回道："同好，我正忙着聊天呢。"

他回了一个微笑，又一个握手。

我回道："你非虚幻世界中的网友，已成我真实生活中的良师。你的话发人深思，回味无尽，像深夜里的一道闪光。使人惊诧，使人惋叹，使人震聋发聩。你已成我的良师。"

"那么，今天谈什么？"他问。

"谈家庭和工作吧！我对家庭很迷惘，工作也是。"我说。

"那好，你说吧。"他央求。

小说

　　我将思绪整了整，打出："人都说，家，甜蜜的家。天下最美好的莫过于家。有一个稳定美好的工作更使人向往。可我八小时困在无聊的工作中，丈夫常夜不归家，白天工作忙，晚上接待忙，一天到晚总是忙，忙，忙。我疑虑、我困惑，我苦闷无聊、度日如年。天知道，我曾打听的人可能就是他的小蜜。你看他身边那群小燕子、小孔雀，簇拥着、挨挤着，一只只都抖动着美丽的翅翼，献媚献宠呢。白天混在一起，晚上，说不定都泡在一起呢。对我只是用工作忙应付着，实际只冷落了我啊！唉，一位优秀的男人，无论走到哪里，小草中都有无数的野花，眼睛眨呀眨的，野花不种处处有啊！"

　　对方只"哦"了一声，然后打出："没有那么严重吧？是不是你猜疑过了呢？你要多向好处想想吧，你我不也是异性吗，同处一个县城，又是网友，又很谈得来，难道……"

　　我打出："我们行为很磊落，心里有想法。"

　　"这就对了。男女在一起，没有想法不可能。有人说：'风光的背后，不是沧桑就是肮脏。'这话也对也错。人生，身前有阴影，身后必有阳光。他有工作，就是端上了别人的碗，虽是铁的，但也有碰损磨坏的时候，不一定都敢大意失荆州，万事还是要向好处去想才对。"

　　"工作，工作，工作顶啥呢？他辛辛苦苦多年，最后还不是让别人一捆钞票挤掉了。"我气哼哼地敲出这些，对方沉默了。

　　"工作还是要搞好的，那是基础，基础不好盖起来的房子，不久就会倒下来的。不为上级工作，也要对得起那些工资。人啊，走走没人走过的路，才能留下印痕。奋斗人生，永远才是光彩人生。"他又讲出了一篇大道理。

这时，我敲出了一个笑脸。

他又说："我看你对丈夫依然是大爱，不爱就不在乎。你心里窝着气，但依然爱护着他。有人说得好：'什么是夫妻？相爱一辈子，怨恨一辈子，忍耐一辈子，这就是夫妻。'"

"我只服你，我有事，再见！"

对方打出一个笑脸。

5

说也奇怪，丈夫这几日回家早了。

我心里倒有些生怨，他一回来，我和"老朽无能"的网恋只得中断。几天都没腾出时间来，等我刚腾出手，打开电脑，电脑已黑屏。肯定是中病毒了，我急忙去拿手机，谁知，手机也坏了，一点信号也没有。我愣住了，咋可能一块坏？这真蹊跷。我急得弹脚，四处转悠。这可能是我和他缘分已尽了吧？不可能啊！两人互没谋面，但在隔空喊话中，已够心心相印了啊！我一刻也离不开他，一个女人一生，能遇到这样的男人，那是八辈子修来的。我和他已是情有独钟了，一刻也离不开他。这情、这爱，虽然都没说出来，但我完全感到他的温暖和关怀。那短信中、字里行间都带着体温，带着关怀，带着浓浓的情与爱，带着兄长般的教诲和爱意。他的话，像黑夜里的闪光，道出了人生哲理，是我从来没听过的，我打心眼里爱戴他、敬仰他。但我知道，这是思想抛锚，行为失检。管他呢，丈夫整天都泡在婚外情里，难道就只让州官放火，就不叫百姓点灯吗？

我心慌意乱，我心急如焚，但我当然也怕，怕失控、怕出轨、怕遭到别人议论，最怕的还是丈夫。一旦知道我有外遇，他在外边

的事就失去心理管束，就会肆无忌惮，就像冲破堤岸山洪，横冲直撞，一发不可收拾。那我辛苦经营多年的家，岂不是毁于一旦……想到这，我的心立即悬在虚空里，随时有跌落尘崖摔成碎片的可能。

唉，我的心，完全被虚拟的网络世界捆绑了，是反手五花大绑吧？自己用最大的力气也挣脱不出来。现实生活就在眼前，我的脚依然站立在大地上，看来踏实着哩，但我的心已飞跃在半空中了。在太空里摇摆，完全失去了重心，自身没有动力，也没有外力，别想把它拉回来。工作勉强应付，丈夫被甩在一边，就连自己的女儿小花，也放不到心上。她假日回来说这说那、要这要那，真把人烦死了，好不容易送走她，我心里才轻松些。

想到这，我心急火燎地去修电脑和手机。

6

几天来，我毫无心思工作，自己的分内事落下不少。

今天，因我的手机坏了。一进办公室，就埋头进入工作状态。我是位统计人员，多少报表都积压在那里，许多材料等待打印。我的心，好像在外游荡了多日的小鸟，一下子被关进了笼子里，不再想外边的事了，一心把积沉下来的工作干完。等手机修好了，就一心一意地去聊天。这时，我不管别人干啥，自己坐在电脑前，自觉地进入无人境地。

我敲键盘，不知敲了多少时间，忽听身后有人说话："好认真啊！"声音不高，但惊悚，像闷雷，惊得人发颤。我一看见科长背着手，脸阴得像即将下雨的云，威严地站在那里，目光像手电光一样逼向办公室内一个个臣民，眼皮不眨一下。

这时，其他正在玩手机游戏的人，包括我们办公室主任在内，眼中泛出茫然、惊悚和慌恐的神色，好像才从梦中醒来时的状态，对正在玩的手机画面不忍又不敢不放弃。最后，还是慌乱地将手机装入兜内，各人急忙坐在自己的位置上，胡乱地打开电脑，低着头一语不发。

科长再没说什么，无声胜有声地走了。我吐吐舌，庆幸自己运气好，要不是手机坏了，也得同样挨批。科长肯定不得完结，肯定要在会上狠批，要么就取消奖金，或者降职。降职，除了办公室主任外，其他人都不怕降，因为没职可降。

果然，在周一的例会上，除我外，一个个都得到了点名"关照"。办公室主任的官职丢了，我却意外地取而代之了。大家都用不服气的眼神盯着我，眼神在空中一闪一闪，里边裹着气愤、嫉妒和责骂。看着这些，我也生气，我又不是争的，怪我什么？我当下就提出："我干不了！"领导窝了我一眼，没说什么。

科长停了一会儿说："从工作出发，我是要批评你们的。你们在工作期间都去游戏，那工作怎么搞，如果大伙儿都一样，那政府工作不就瘫痪了吗？从现代性的角度讲，你们又是受害者，你们痴迷的游戏，都是动漫公司特意设计的造影，是电子网络中的虚拟世界。我的女儿就在动漫公司工作呢，以能吸引人为最佳标准。这是现代鸦片、是迷魂药，更是无药治愈的瘟疫。它先对青少年身心摧残严重，孩子们昏倒在网吧里已不为鲜见，听说有一位 12 岁的小学生，在网吧泡了三天三夜，饿了喝口水，困了伏在电脑桌上打个盹，简直到了通宵达旦、乐此不疲，甚至舍生忘死的程度。最后，当家人找到时，已气息奄奄、几近死亡了。可见，网络游戏对孩子们的吸引已到了癫狂的程度。最近，随着手机网络化的兴起，这种电子瘟

疫已蔓延到中年女性身上，正在向中年男性延展，利用它聊天、游戏、购物，什么都做。这种现代化方便了人们，同时也给人们带来了伤害。听说有的家庭，为了利用中午这段时间打游戏，竟然中午不吃饭。可见它已影响到人们正常的学习、工作、生活，已危及人的身体健康了。还有，在聊天中，有的上当受骗，有的发生婚外情，直接危及婚姻和家庭。因此，我奉劝大家，适度调节、正确对待现代电子工业的发展，利用其精华，唾弃其糟粕，回到正常的生活轨道上来。"

科长讲完了，大家默然。

会散了，大家来到办公室，一个个蔫得像霜打了的草，打不起精神。原办公室主任，见我耍脸色，气哼哼地对她旁座说："难怪啊，有人早就想当了，我还被蒙在鼓里呢！"

我听了气愤，力争："你这是什么话？你丢了官却把罪撒在我身上，我今天若不是手机坏了，想将落下的事干完，等手机修好了，腾出整块时间去玩，那也同样遭到批评。难道我想抢你的主任？你的话我担不起。"

她看了我一眼，见我一脸的怒气和真诚，才破怒为笑地说："我是说气话，你做得本来就对。谁都不怪，只怪那该死的手机，没有它，谁能成这样子？"

我说："你说对了。我本来就是个手机狂，咋能当成这主任呢？我最近贪上聊天了，上班也在偷着玩，你还是当你的主任吧，我没有一点抢的意思。"

她摇头拒绝说："我确实也当不成了，迷得太深了。你不知道，几次坐车过站，吃饭将饭喂进鼻孔里，过马路几次几乎出危险。家人或亲友和我说话时，我目光看着手机荧屏，目无旁顾、待理不理。说句丢人话，晚上和丈夫做爱都没时间，实在不行，就随着他。他做他的爱，我依然目光看着手机屏。我真怀疑这工作能否干下去，游戏聊天成为我的全部，为此经常走神。这死手机，我恨死它又爱死它，我茫然，我无奈，我不知所措，我欲死不能。这设计的人，搞得太神了，像无常一样，将我的魂魄全摄走了，有人说这分明是商业玩弄，我已完全成了它的俘虏。请你千万别多心，我是在说气话呢。"

我点头："我理解，我和你没有区别，我已被手机缠住了，我游戏少，主要是聊天。网友中有一个人，简直就是神，我已神魂颠倒，我已神不守舍。我一时离开他都不行，我恐怕要行为出轨，我不敢再往下想，我不知道别人的真实体会，我也不敢向别人吐真言。那天是我的手机坏了，今天就修好了，我现在都急着想取呢，我哪有心思当什么主任呢，就是当上，也是和你一样两天半，不信你看看。"

两人都理解地点着头。

下班时间到了，我急匆匆地向手机修理部跑去。

7

手机都修好了，我的心快蹦跳出来。

但我明白，要抑制住自己的冲动，不要对方看轻自己。打开手机时，我咬住了嘴唇，冷静了半晌，才缓缓地打开对方的对话框，正在准备敲字，对方的求伴声响起——清脆、熟悉、亲切。对话框中出现："怎么搞的，多日不见了。"我笑笑，急忙敲出："哦，对不起，手机出问题了，才修好。"

不大一会儿，便有回帖："哦，原来如此。手机何必修，如能见，我给你买'苹果'。"

我抿嘴一笑，打出："不敢当！君乃鸿雁，我乃小燕。大雁金秋行千里，小燕春暖亦北迁。千里搏击宏图展，北迁追友苦亦甜。小燕欲随大雁飞，想易行难。"

顿了一会儿，对方敲出："非也！君乃青丝，我已白发，青丝正朝晖，白发近黄昏。朝晖勃发万丈红，白发几近一片黑。忘年唯恐负君意，希君深思。"

我知道对方在拿捏，但我已激情迸发，难控难抑，急切敲出："君乃一青松，层林独称雄。历经风雨霜，沧桑永翠青。"

对方很快敲出："君乃雪中梅，枝头独占美。'不摇香已乱，无风红自飞。'但求一见！"

我打出："细细思来不是梦，细想仍在春梦中。春梦未了尘缘在，不知何日脱梦境？"

他急速敲出："网上交友本非梦，虚幻之中有真情。明日哪有今日近，愿在今晚见君容。"

我询问："何时何地？"

"今晚9时半，无影楼三十三号，我等你，不见不散。"

"酷！一言为定！"

我不觉已到家门，一眼瞧见丈夫正躺在床上打字，见我进来，对我诡秘地一笑，立即将手机装于兜内。即时，我回睋自己的手机，荧屏未见反应。我当即心里忐忑不安，自己今晚有约，不巧今晚丈夫在家，丈夫常不在家，谁料今晚回来啊！我正要对对方回复，不料丈夫站起来正色说："我要走了，今晚有接待。"我听了，心里庆幸，但我理也没理他，径自进入房中，但心里在打着鼓。

但他临走时却兴致地说："宝贝，再见！"说完，扬长而去。

我疑虑，怪啊！丈夫今晚心情这么好？从未有过啊！顿了一会儿，不去想他。今晚太好了，这是天作之合，想起我马上要面对陌生人——我的网友，按捺不住的心，怦怦跳个不停。我有意岔开他，化妆了。可心里的激动怎么也按捺不住，在房里转出转进不知自己在干啥。我笑了，真没出息，一个老头子，竟把人撩拨成这个样子了。也许是哄我呢，老头子能这么骚情，那么雅致，那么诗如泉涌，那么激情洋溢？我口心相问，自问自答，一会儿肯定，一会儿否定，都无法得出答案。最后偏执地想，绝对不是老头，说不定比我还年轻呢。

我开始化妆了，我自己说，淡点，别搞得太浓了，让人说我骚情。我拿起口红，回想起上次丈夫讽刺我的话，扑哧又笑了。那是在一次舞会归来时，他将我盯了半晌，笑了笑说："有个故事这样说，一个春天里，一只黑狗发情了，心里撩拨得难受，但总觉得自己的脸难看。于是，就对自己化起妆来。它先在白灰堆上蹭蹭脸，然后，正要去水渠照镜子。不料发现一只老鼠，它急忙扑上去，将老鼠咬死后，才去水边照照，发现它白脸又施口红，美丽极了，最后满意地走了。"

我看看表，还早。我急得在屋内踱着步，一阵激情涌起，不由得人想高喊几声。我觉得脸上发烧，忙在镜子上照，啊，脸上成了红柿子。我羞得低下了头，和丈夫那新婚之夜，也没有这样紧张过。

时间快到了，我锁上门，急急地走了。

8

无影楼不远，我步行着，很快隐没在红绿相间的夜幕中。

　　心里蹦跳依旧，我一手按住怦怦的心，一只手按在发烫的额头，心里想着见面后的情景，会不会戏弄我呀？过十字路口了，过了这就不远了。我给自己叮咛着："小心，小心车！"可是，人总是恍恍惚惚的，身子依然晃晃悠悠。我穿过南行车道，越过路心隔线，正往前走，只听见"咯吱"一声急刹车，一辆黑色小轿车贴在我腿上了。司机吓坏了，急下车要扶我去医院。我回答："没事！"司机愤愤地钻进车里，眼睛直瞪着我，嘴里嘟囔着什么。我顾不上听他的，急忙越过马路，向无影楼走去。我刚来到楼下，正好是 9 时 29 分。这时手机响了，问："到哪了？"我回："已到楼下了。"他回："三楼向东。"这时，我心已蹦开了，怦怦怦，跳个不停，脸上像火灼一样烫，好像全身的血都涌上头顶了，我从来没这样过呀！我来不急等电梯，便从安全通道，"噔噔噔"地向上跑，高跟鞋碰撞发出清脆的声音，在楼梯间回响，上下的人都用异样的目光盯着我。我哪里管这些，依然固我。上了三楼，我刚走到 32 号门前，突然断电了。顿时，满楼漆黑。我心里不快，只得摸索前进，心知前边就是 33 号了。我摸摸，门开着，我在黑暗中敲进房门。我已被两只大手搂入怀中，我正想说话，一只大嘴盖住了我的小口，很快移到床前，没说一句话便进入了狂欢。两人那激愤、那冲动，已把一切忘掉。几次缠绵之后，感觉是那样新奇、那样刺激、那样有陌生感，我想坠入云里雾里，只有发出嗷嗷的淫声。

　　只听他一进入高潮，喘气声像牛似的，粗壮的气流喷在我的脸上。我正想问话，电来了，拉开的灯突然亮了，满屋一片雪白。我两人对视，都发出"啊"的喊声！

　　原来，和我做爱的正是我的丈夫！

散文

谈智慧

智慧，这个并不陌生的词语却令世人依然陌生着。

说它陌生，是因为至今它依然停留在未知领域里。

世人经常把它挂在嘴边，可真正知道智慧内涵和生成过程的人却很少：有人认为它与"聪明"并列；有人认为聪明看局部，智慧看整体；还有人认为聪明是一种生存能力，智慧是一种生存境界；等等。到底谁说得比较准确？至今下定论依然过早。因为，智慧是不好界定的，要界定也绝非三言两语就能说清。因此，我想谈谈自己的一点浅薄看法，同大家商榷，纠偏纠错，以求形成客观共识。

一、从词义本身上理解智慧

我们先从字面本身的含义去理解智慧，也能给我们对智慧含义的理解增添些依据：把"智"字分开来即"知日"。日，古人认为它代表天地万物、人世百态。知日，即天地万物、人间诸事都能知道。可见，一位智慧者的知识储存量渊博到何等丰盈程度；再把"慧"字分开即"彗心"，彗者，扫帚也，彗心，即扫除心灵杂尘，就是净化心灵的意思。要净化心灵当然与道德有关，即牵涉到人格和人品问题。人格又和境界配合构成了格局。从而得知，智慧本身含义就是聪明和格局的总汇。可见，我们的祖先在造字组词方面的

异禀天赋。

从以上得知：智慧是聪明与格局的总和。聪明是它的先天成分，格局是它的后天成分，二者缺一不成智慧。

二、从智慧的形成上探讨智慧

既然，智慧包含聪明和格局，先说说什么是聪明？

什么是聪明呢？

聪明是先天性的，是人的大脑器官释放出的精神结晶，不但发达好用，而且对问题记得牢、看得清、认得准、反应快、感悟早、思维独到准确，对人和事的认知都先于他人。简单地说，聪明是大脑善于发挥本体的机敏，是智慧的发源地。它内藏着人的显意识和潜意识二者的总和，潜意识的出现，证明此人特别聪明。因为，潜意识在大脑处于非常清醒、聪敏时段，才能迸发出来。假如你当时的大脑处于一种混沌状态，一是，它酝酿的灵性感应成果慢慢不得成熟；二是，即使已经成熟了，也难以释放出来。

聪明的人，具有超强的注意力、观察力、思维力、记忆力和想象力。你头脑中具备的能力越多越强，你就越聪明，甚至很卓绝。所以，智慧需要超强的、顶尖的聪明。也就是说，你要达到智慧的标准，你的感悟能力必须达到惊人程度。实践证明：聪明的人，潜意识才能迸发；很聪明的人，潜意识超常迸发；非常聪明的人，潜意识随时迸发。但要知道，没有格局导入的诱发条件，潜意识不会迸发。当你的格局导入条件越重大、越优异、越急迫，将会迫使显意识退出脑屏，让潜意识越迅速迸发出来。

虽然，你已经具备这些能力了。但你自身后天的格局很小，你会受到它的因素制约，会使你的聪明程度降色降彩，致使你难以成为一位大智慧的人，这就牵涉到了格局。

什么是格局呢？

格局，是后天磨炼而成的，也是人成为智慧人的关键要素。格，即人格，当然包括人品在内。人格是人的气质、能力、性格等特征的总和，人品是人的品德、品质、品行等素质在人身上的综合体现，二者合起来才是道德的全部和一切；局，是边界、范围，是一个人对周围事物认知的疆界，也叫境界。境界包括人的眼界、心胸、气度和胆识。心胸越大包容就越多，眼界就越宽广，人有一定的气派和风度，自然格局就大多了，看问题眼界就开阔了。胆量是人的生命灵性发挥的推动要素，没有胆量的人连想都不敢去想，何谈大境界？

人的人格、人品越好，人的私心就越少，人的境界就越高远，看问题就越有高度、广度和深度；反之则看得近、看得小、看得浅。我们经常说的"小人"，他与"大人"的分野，实际上就是格局的大小之分。它是相对的，变化的，而非绝对。因为格局的大小各不相同，在这个范围内你比他的格局大，你是大人物，可到了另一个环境，你可能不如他人，你可能就是小人了。你现在格局小，在他人眼中你是小人，但你经过学习，经过道德修养，你的境界提高了，你的格局自然变大了，你在相同的场合你就是大人了。格局是决定一个人的人生能走多远的关键要素，所以，我们要放大自己的格局才对。

实际上，人的格局的磨炼就是个人的品德磨炼，品德越高格局就越大，二者是相关联的，要达到智慧标准就必须解决格局问题。

譬如围着"我"画圈吧，有人可能先画"我的县"，接着"我的乡""我的村"，然后画"我的家"，最后落脚到画"我"。因为，自私会让你所画的范围越画越小，最后脱离不了本我。相反，大公无私的人就越画越大："国家—人类—超人类等"。因为，要懂得"公者永恒"的道理，这是自然法则，并非人为强加。

因此，放大格局是通往智慧的必经途径，它直接影响一个极端聪明的人距离智慧的间距。

既然，聪明包蕴着显意识和潜意识，显意识又产生思维困惑，潜意识又产生思维聪敏，我们现在就谈谈这些问题吧：

什么是显意识，什么是显意识的思维困惑？

显意识是人们苏醒时的生活常意识。譬如：我们要吃饭、走路、工作、玩耍等都是显意识在起作用。离开了显意识，我们就不知道干这些事了。它虽然是先天性的，但它随着人参与了后天的生活阅历，蕴藏着对社会认知的经验和困惑。

但在一般的日常中，显意识能够处理和解决的问题不叫思维困惑。人们在日常生活中碰到又通过思考难以解决的问题，才叫思维困惑。

思维困惑的来源又与各人的生活范围相关联，你的生活范围当然离不开你从事的职业，职业又决定你的认知境界的大小，你的境界又与你的人格紧密相连相接，人格与境界相加等于格局。自然，你遇到问题的范围、性质和类别，会与你的格局大小密不可分。你遇到的是怎样的思维困惑，它与潜意识思维聪敏相融后，就将会迸发出怎样的智慧灵感，绝不会有一丝一毫的差错。

可见，思维困惑是思维聪敏的引导者，或者说，思维困惑是思维聪敏的载体或介质。没有思维困惑的引导思维聪敏就无处落脚。你这几天想的是什么，自然会产生相应的思维结果。所以，你的思维范围越大，所显现的思维困惑就越大，可见，思维成果的大小与你的思维疆界的大小是密不可分的。所以说，一位国家领导人所产生的思维困惑，与我们底层老百姓的思维困惑是大不一样的，所产生的思维成果更是大相径庭。可想而知，境界对一个人将会有多重要？

再下来，我们谈谈潜意识和思维聪敏吧。

什么是潜意识，什么是潜意识的思维聪敏？

潜意识是先天性的，属于人的聪明范畴。潜藏在大脑的较深层面而不经常显现的意识叫潜意识。它之所以不经常显现，是因为人在苏醒时，人的脑屏就被显意识霸道地占据着。它要显现只有两个途径：一是在人的显意识处在休眠状态时，腾空了脑屏后出现，那就是在人处于休眠状态的初期、中前期或者苏醒前的朦胧状态时段涌现；二是在显意识思维的旺盛期强行涌现，逼迫显意识退让出一定空间让它迸发出来。这叫假休眠状态，即走神了。

由于这样的涌现方式不用人去费心思考，所以又称"无意识"。它的出现使人感到非常震惊，像久处在幽室里突然打开了一扇窗，阳光和空气一起从窗口里挤了进来，人感到一阵惊喜和舒爽。那绝妙程度又给人以惊雷般的震撼。

由于它的出现是为了解决显意识的思维困惑，因此它所想出的办法正确、巧妙、奇特和卓绝，使人感到新鲜和惊喜。若不是头脑聪敏到一定程度，潜意识难以释放和迸发，任何显意识都想不出这样惊人的办法来。这种潜意识，是文学家、科学家、哲学家、经济

学家，甚至政治家发明创造的神奇物质，是"脑白金"。有了它，我们不怕想不出高明的办法来。

三、用词的情感色彩来界定聪明和智慧

聪明与智慧之别，并非只是程度之差，而完全是质的不同。因为，聪明是头脑灵活，它缺乏道德的融入，可以被用在所有的聪明人身上。有时是通往智慧的坦途，有时却是自私的助推器，有时是和奸佞、狡猾同生共长的毒草。

这是因为，聪明是一个中性词，它和公心结合，再经过一番灵性的加工过程后，组成的是智慧；同私心结合就变成了狡猾和奸佞；又同贪婪结合，就变成了凶狠和邪祟了。所以，聪明可变性非常大。

智慧绝对是褒义词。因为，没有道德的参与，境界自然放不大，就无法组成格局，更不能启发出智慧灵感，哪来的智慧？

可以这样去说：人的显意识反映的精神成果叫聪明；人的潜意识产出的精神成果才叫智慧。因为，潜意识的出现是要格局导入的，你用大格局导入就是大智慧，用小格局导入就是小智慧，又因为，格局包蕴着人格和境界，所以智慧是褒义词。

从以上得知，智慧与自我无缘，智慧的感情色彩是褒义的、静态的、去私的。为自我而谋的精神成果不叫智慧，而叫奸佞、狡猾和狠毒。

四、到底什么是智慧

当人的想象力达到一定聪敏程度，又接触到了显意识的思维困惑后，便会产生一种思维感悟。这种感悟再经过一段融汇、酝酿和灵变的过程，便擦出灵异的火花。这种火花，好像是我们站在远处观看焰火：那飞艳流红喷射四溅的花絮，十分秀丽美妙，会使人惊诧得窒息。这就是潜意识的思维聪敏与显意识的思维困惑汇融灵变后，又冲破显意识的思维屏障，在脑屏上迸发出灵感火花的全部过程，人们便把它形成的灵性感应成果叫智慧。

可见，智慧是先天聪明与后天格局相加的总汇。先天的聪明是生来自带的，是每个人都无法改变的，而后天的格局则是要自己在人生的实践中去体悟、去陶冶、去锤炼、去修为、去生成。这后天修为的欠缺，不知砍去了多少聪明才秀难以步入智慧殿堂，所以大智者苏格拉底才自我发出"用智慧的要求，自己是无知的"的感叹。

从以上得知：人大脑的显意识遇到的思维困惑与大脑潜意识的思维聪敏有机融汇后，所迸发出的震撼性的生命灵性感应叫智慧。也可以说，智慧是一小部分绝顶聪明的人大脑本体创造出来的精神结晶。

看来简单，但一个人走向智慧的道路确实不易，特别是格局放大程度，是衡量智慧者的标尺。在你的聪明足够的前提下，格局放大不到为全人类着想的程度，你就别想成为大智慧者。这个条件成为多少个聪明才俊难成为智慧者的障碍。不过，一切都由自我主观决定，自己要决心攀上智慧尖峰，通过努力也并非难事。各种因素迫使一位聪明绝顶者，在前往智慧的道路上中途而返者，只能是意志使然。

这就是说，之所以世间能到达大智慧远点的人少之又少，都是自己的自我修为不够造成的。因为，通往智慧的路上，设障的只有自己，绝不可能有任何外来因素。但是，智慧也不是一刀切齐，有大智慧也有小智慧。小智慧的标准也并不都非常高，较为聪明的人

经过努力也可以达到。下边是智慧示意图：

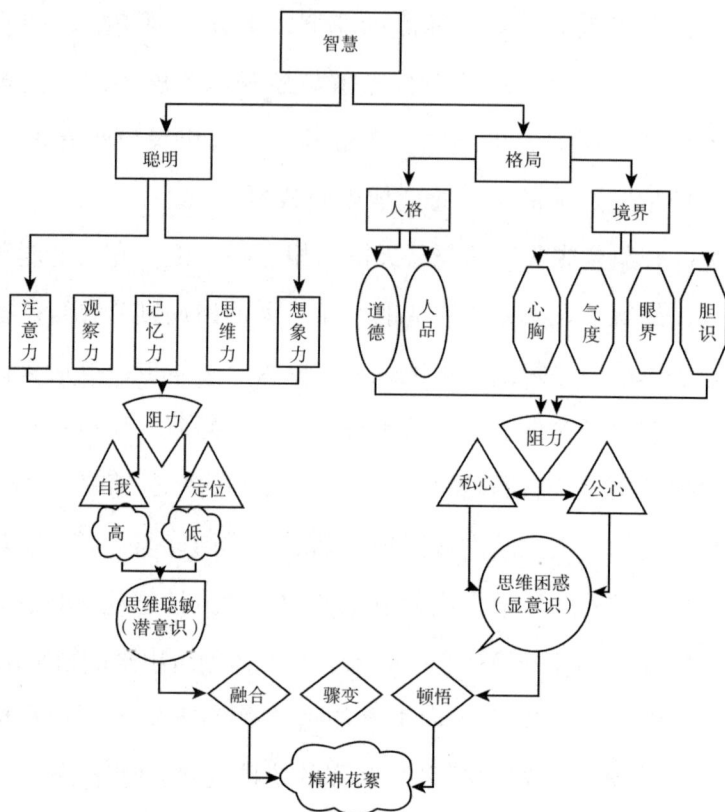

五、从智慧的标准上去衡量智慧

智慧并非一刀切齐，有高有低：高时，使人仰望云天而不可即；低时，普通的聪明人也能随意学到做到。

有人说大智慧是眼中能观天地演化万物本源之妙；耳朵能听见人类疾苦万众呻吟之声；胸中能包容世间一切龌龊奸佞之心；心中常怀着为人类谋福除灾的无漏真智。这是大智慧的高标准，全人类古今中外也数不出几个人来。

这样的人所取得的精神成果会使我们每个人感到震撼，他的境界之大能把人类的事当作他的事去办。他的名字3岁孩童都能知道，在人类历史上，万代千秋被人传颂。老年人会自觉地把他的名字放在供桌上当神一样敬着。他的书总会放在书架的显眼位置被珍藏着，他的话被人引用时，总是用黑体粗字标注着以示重视。他的信念是："公者千秋""文明万岁"。

所以，这样的大智慧者，我们凡人是可望不可即的。但我们不能把世间千千万万个绝顶聪明者都拒之门外。各行各业都有绝顶聪明的人，尽管他们的格局有大有小，有高有低，不一定达到智慧的苛刻要求。但在不同大小的境界范围内，他们依然会创造出人间奇迹来。尽管他们后天修为不够，格局范围不很大，但后天的修为是一项长期的、艰难的工程，必须允许他们在为大伙做贡献的过程中不断磨炼和成长。尽管这些人现在与大智慧要求的条件相去甚远，但他们依然是促进人类社会向前发展的动力源泉。譬如：在政治上能为国家提出走向繁荣的主张，在经济上能为大众开出富艳花朵，在科技上创造出更多尖端的科研成果，在文学上能写出经典名著，等等。这些都属于智慧范畴，不积微土，哪来高山？这都应该得到重视。

还有就是"愚者千虑必有一得"。也就是说，不要把愚者看成一潭死水，一位本来智力平平的人，在不同的时段、不同的环境里也有不同的智慧释放。有时想的要比智者想到的问题更周到、更精细和更惊奇。这就是："三个臭皮匠能顶一个诸葛亮"的道理。

尽管这些称不上是大智慧者，但是，可以被称作小智慧或中智慧也行。大智慧是由小智慧成长而来的，小智慧是大智慧的基础，没有这些小智慧的支持，仅凭几个人的大智慧不可能满足人类的物

质和精神财富需要。

所以，每一个聪明的人，都要去提高自己的道德修养，扩大自己的境界范围，进一步开阔胸襟，扩大格局，不断地提高自我的创造力，在不同的工作岗位上踩踏出从未被他人开垦过的处女地，创造出更多的人间奇迹，一步一步地向智慧的巅峰靠拢才对！

从以上得知，智慧是用于任何（除自我外）领域的脑动力资源。是云露方可滋润的金桂。

六、踢开通往智慧的路障

人世间绝顶聪明者千千万万，但能到达智慧高点的却凤毛麟角。是什么因素使一位智者胎死腹中或者难以到达制高点呢？

1. 知识积淀不够是对智慧者的精神自杀

尽管你很聪明，但你不学无术，积累太少，处于幼稚状态，你的年龄、智商，与你的学识不协调，无知的你，如何能迈进智慧的门槛？尤其是在现代知识飞扬的时代，你不急追猛赶，你连一般人的智商都不及，何谈智慧？

确实社会上有些人不学无术，还要自我拔高。造成自己目光短浅、认知滞后，像"温水煮青蛙"，自己渺小得可怜而不自知，等到知晓时，已和前行者拉开很远的间距，只能越来越落后。当然，还有一部分人，不停地学习，不停地进步，慢慢和他人也拉开距离，越来越向智慧靠近，最后就只能是"一览众山小"了。

2. 自我定位不准确是对智慧的自我残害

自我定位不准确有两个侧面：一个是自我定位过高，一个是自我定位过低，而这两者对一个人来说，都有程度不同的妨碍，成为奔向智慧路上的绊脚石。

自我定位过高是损智的：

自我定位过高常常被人为忽略，认为它对自己的影响有限，不会妨碍自我的吃穿住用行。错，之所以把"自我定位过高"提上议事日程，是因为它会使人的智商不增倒减，使自己的智商严重萎缩、消减，甚至瘫痪。迫使自己成为"白内障"病人：由于目空一切，只看到外边白茫茫一片，看不到山外还有山，天外还有天。

这是一种严重的失智，病重时，思维瘫痪、智力归零，一切由情绪把控：头脑发热、血流上涌，瞬间成为情绪山洪，一旦泛滥，很难自疗自控。有时身子轻得像一枚空气炮，努着力去把它吹圆、吹大、吹爆，"啪"的一声炸响，什么都没有了。唉，人生本有价值尺度，旁观者自有公正评价，何必努劲吹胀自己？

这种病不用诊断，用核酸也很难检查出来，但别人一看症状就会自知。这种病非常普遍，甚至在三人之中就有一位，更甚者每一个人在不同时段、不同境遇下都会有所表现，只是程度不同而已。轻者自信，重者骄傲、浮躁，更严重者就到了狂妄的地步。病因形形色色，有的对他人搞职位歧视、有的搞职业歧视、有的搞技术歧视、有的搞能力歧视、有的搞出身歧视、有的搞物质歧视、有的搞面容歧视、有的搞居住条件歧视，甚至年龄都会成为骄傲的本钱，更严重的是还有的以自己坏的程度和恶的程度来歧视他人。更可笑的是，有些能力平平者也傲横不羁，实在令人愤慨或不齿。他像一只螃蟹，被人踩在脚下，告饶后被放脱了，还要横爬斜行。让他爬吧，人见了可笑又可恨。这些例证随处可见，都在语言或行为上表

散文

现得淋漓尽致。

这种狂傲与轻薄、浮躁、嫉妒、狂妄、失败、消沉、懊丧都是递进式关系，其区分只是程度有别而已。轻薄是傲慢的滋生土壤；浮躁是傲慢的结果；狂妄是傲慢发展到了顶峰；嫉妒是见不得别人超过自己便产生一种心里愤慨。傲慢过后紧接着就是失败，失败感之后随之就是消沉，最后落脚到懊丧难以自拔的地步，再也无法扬起那颗高傲的头。这时的他，病全好了，不过是一种病取代了另一种病而已。

傲慢对他人没有妨碍，别人只是站在一旁耻笑、蔑视而已。可对自己造成的损失大得实在是难以挽回，不光是物质损失，精神的打击使自己再也不敢重新站起来向前走。

危害何止如此，小到个人从此不再前进，甚至个人事业失败。大到一个组织、一个政党，甚至一个国家由失败到灭亡。

自我定位过低是毁智的：

当然自我定位过低的人不是没有，大多表现为自己看不起自己，目中无己。这种人情绪低落消沉，认为自己什么都不行，无法和他人比较。整天低头纳闷、消极自责，不去也不敢为自己奋斗，碌碌无为，天天混时间，最后只得选择"躺平"。这种人缺乏自信，更多的是缺乏勇气，当然是有损智商，再聪明也是浪费，损失自己的聪明才智何止百分之五十。持这种情绪的人，连傲慢都不如，他距智慧的间距更遥远，因为他没有勇气去向智慧靠近。

戒掉自贱和自大，使自己成为自己。自我准确定位是迈向智慧的基础。

3. 自私是放大境界路上的深坑

自私即占有欲，是人的秉性使然。他和求生、性欲一样，有其比较合理的一面。人的最基本的生活来源是依靠自私完成的。所以，人要活下去，私心不可或缺。人慢慢变成了高级动物，对物质的要求逐渐提高了，吃喝穿戴之后必须有所节余，以备不测或急用，这样也不妨大碍。可是，自古至今，人们把私心逐渐变成了欲望，这欲望就可怕了。由于欲望无止尽，人对物质的需求也就无穷无尽。有人积累的财富何止百亿千亿，他自以为自己可能是智慧者。可你要知道，你正和智慧背道而驰。因为你把聪明用到了为自己谋福利上，这样的私欲膨胀，已经距智慧十万八千里，何谈智慧？

因为，自私与欲望、失信、欺骗、贪婪、奸佞、讹诈、刁野、蛮横等是同行者：欲望是自私膨胀到难以满足的程度；失信是自私在守护利己，推翻了曾经的诺言，置自己的人格于不顾，是道德的叛逆者；欺骗是以自私为基础，用真话掩盖假象，从中牟利；贪婪是自私发展到极限，还在无限地膨胀；奸佞比欺骗更可笑，是欺骗中的欺骗；讹诈是为了自私，赤裸裸地把他人的财产归为己有；野蛮是不顾一切地获得他人财产。以上是递进关系，一个比一个更甚，都是自私进一步发展而成的。你细想想，你财产的来源过程，与以上词汇是不可分家的。这样，你正在将你格局的圈围边际无限缩小，已缩小到本我的范围，哪来的格局可言？这样做的结果一点意义都没有：一则，你创造的财富你用不完，又不敢拿出来示众，连保存都成为负担。如果来源不正当更使你天天在揪心，时刻处在惶惶不安中，你能幸福吗？再则，你要这么多财产干什么？留给后代吗？

他和你想的恰恰相反，有能力的后代不稀罕你那财富，因为，财富越多越会成为他变成无用之辈的助推器，很快他们什么都不想去干了，躺在金钱上睡大觉，无限挥霍了其一生；如果后代无用，更不值得你为他卖命，你可能还没有死，你的财产已经死了。如果你被关进了监狱，你的后代没有一个人说你好的，何必如此？这样，你距道德更加遥远，你的格局已成泡影，白白浪费了自己的精神资源。如果说，清白是一道海平线的话，你现在正在向深海中前进，只能越走越深，因为，你的前方是无底深渊。

七、我们怎样走向智慧

1. 剥离自私，从而能透过迷雾看清自我，看清世事本来面目，进一步使自己变得更冷静、沉默、自静、自清和自控，变得完美成熟，向道德的方向迈进，慢慢试着扩大心胸、放大格局，逐渐向智慧的目标靠拢。

2. 先把自己过去的成绩封存起来，把心腾空，使自己毫无挂碍。然后，树立一个远点目标，或者不停地移动目标光点，使自己永远处在希望中，用以抵御因傲慢引起的自我定位失衡。人没有目标就没有希望，没有希望生活就感到乏味。给你定一个通向智慧的目标吧，一点一滴地改掉自己身上的缺点，向智慧的方向不断前进。

3. 学习是迈向智慧的通行证。不断学习，积累更多知识，使自己变成一个知识比较渊博的人，这是迈向智慧的基础。

2022 年 10 月

文学艺术之最——超现实

文学有没有第一？

有人说："文无第一，武无第二""文学没有最好，只有更好"。文学作品到底有没有第一，回答是肯定的。说"文无第一"的人，是个人站在文学的中下层级上，很难看到文学巅峰高塔顶上的宝珠，很难知道天外还有高天。文学层级结构依然是金字塔式的，越向上走，塔越缩小，最后仅剩一部作品，那就是第一。作品第一大多是超现实的，是采用"双向对映美学叙事手法"写作的。没有掌握一定文学理论基础知识的人，就是见了一流作品，也很难分辨出来罢了。现在就来说说吧。

令人叫绝的是元朝马致远的诗《天净沙·秋思》：

枯藤老树昏鸦，

小桥流水人家，

古道西风瘦马。

夕阳西下，

断肠人在天涯。

这首诗写到，天色黄昏，一群乌鸦落在枯藤缠绕的老树上，发出凄厉的哀鸣，小桥下流水哗哗作响，小桥边庄户人家炊烟袅袅。古道上，一匹瘦马，顶着西风艰难前行，夕阳渐渐失去光辉，从西

边落下，在凄冷的夜色里，只有孤独的行人，漂泊在遥远的异乡。一位漂泊的游子，牵着瘦马，迎着秋风，信步漫游，愁肠百结，却不知归宿在何处？

这首诗只写景色，只是一些名词排列，没有一句写现实情境的，但字里行间却流露出诗人怀才不遇的悲凉情怀，不禁使人凄然泪下。这是唐宋以来诗词领域"双向对映"写法的诗歌典范，难道算不上诗歌之最吗？

最让人感到愤愤不平的就是长篇小说《西游记》了。《西游记》在中国的四大名著中并未排在第一，我为它感到不公和愤慨。

《西游记》大家都很熟悉，可以说是家喻户晓了。为什么会是这样，这正是它的经典所在。它是一部神魔长篇小说，在这里且不说它的成书时间，也不说它的历史背景，只是写它的思想内涵和艺术造诣，就可以看出它是古今中外文学史上独一无二的经典中的经典。

开篇写孙悟空是破石而生的美猴，由于破石而生，无父无母。是他在水帘洞桥下发现了"洞天福地"，被群猴封为猴王，于是过着"不伏麒麟辖，不伏凤凰管，又不伏人间王位约束"的自在生活。无亲无眷，"绝对自由"。他远渡重洋访师求学，学得七十二般变化，一个筋斗十万八千里。向龙宫强索宝盔金箍棒，去冥间勾掉了生死簿上名字，终于也超越自然规律的局限，而"绝对自由"了。

全文到此，未提及一句现实生活的话，却体现着苦难深重的人民企图摆脱封建压迫要求征服自然、掌握自己命运的强烈愿望。从这里可以看出，该书的题旨早已奠定好了基础。

孙猴子打乱了"三界"的秩序，龙王、阎王告上天庭，玉帝"遣将捉拿"不成，又来"降旨招安"进行欺骗，被孙悟空识破诡计，一反再反，直"打得那九曜星关门闭户，四大天王无影无踪"定要玉帝让出天宫，"若还不让，定要搅攘，永不清平"！

这里，一方面是想自由的"妖界"的英雄；另一方面是等级森严的神权以镇压来维持秩序。这又是不写现实的写现实，这不正是封建社会的矛盾在艺术中的再现吗？给了人们意味深长的提示和警醒。

但是宗教势力维护着封建统治，如来的掌心保全了玉帝的皇位，孙悟空的大闹天宫最后仍然以失败告终。在这里，又寓言地概括了封建社会人民斗争失败的历史悲剧，表现了"佛法无边"和封建皇权的神圣不可侵犯的思想，同时体现了封建王朝不可动摇的根基。

文章接着交代了取经的起缘。

本书又从十三回到全书结束，写孙悟空被迫皈依佛法，保护唐僧取经，在八戒、沙僧的协助下，一路斩妖除怪，到西天修成了"正果"。在这里主题偏移，由反抗皇权转向了为民除害，一路除妖，这妖，实际是指当时的贪官污吏和社会的黑恶势力。

这些妖怪一个个张牙舞爪，面目狰狞，他们不仅是自然力量的化身，更象征着封建社会的邪恶势力，给下界百姓带来了无限灾难和祸害，他们跟神佛的关系十分微妙：如黄袍怪是"二十八宿"之一；金角、银角大王是李老君的守护二童；黄眉大王是弥勒佛的司磬童子；九头狮是太乙救苦天尊的坐骑……他们的法宝又是从神佛那儿来的，他们得以私自逃入人间，正说明神佛统治的腐朽和天界秩序的紊乱。有时神也驱赶妖魔下界，其目的当然是为了考验取经人虔诚之心，强调"正果"的来之不易，但也常包含着自私目的。

圣佛之所以协助除妖，一来因取经事业符合天利，二来也是为

庇护家妖。值得注意的是：死在棒下的只是些没有后台的野妖。而最有意义的是：孙悟空大战牛魔王，即将得胜，各种神佛却不请自来，以唾手之劳将牛魔王收上天去，扩充了自己的力量。这就可以看出神佛对妖魔的需要。这意味着广大人民群众反抗恶势力的愿望，反映了封建时代的社会现实。此文是划时代的伟作，放到哪个社会都是会焕然一新的。

《西游记》是一部神魔小说，神魔小说是超现实的，之所以说它惊世骇俗、出类拔萃，是因为，无论是从思想意蕴还是从艺术造诣方面，古今中外无人能比、无人能超，可以说是花中牡丹，文学极品。

《西游记》尽管成书在先，当时的文学理论还难以概括，但现在不难发现，它是成功地采用了将文学的虚构生活与现实的社会生活象征性地联系在一起的"双向对映美学叙事手法"——不写现实的写现实，用虚构的文艺生活去反映现实，像两面镜子互相映照。但这块镜子里映照的镜像，与那块镜子里映照的镜像完全相异，但所反映的题旨却是一脉相通的，无二的。

这种物象相通又相异的写法，每位作者都能懂得，但古今中外的文人，真正能写得尽善尽美的仅《西游记》一部作品。这种把现实用虚构去映衬、去比喻、去反照得恰到好处的文学艺术高度，是要考验一个作者的天赋异禀与艺术才华的。在我读过的长篇小说中，包括诺贝尔文学奖作品在内，《西游记》是绝无仅有的。尽管《饥饿游戏》与此作采用同一方法，但在整个故事结构和艺术技法上却与《西游记》大相径庭。可以肯定地说，《西游记》打破了"文无第一"的神话，是绝无仅有的艺术存在。

可以说，《西游记》是中外经典文学史上罕见的瑰丽奇葩，连同前边的那首诗，已是世界文学史上的泰山北斗。

我认为，以前有多少评论家对《西游记》的评论多有错识，可以肯定地说，如果把四大名著放在一起，后人对《红楼梦》《水浒传》《三国演义》都有超越可能，但对绝无仅有的《西游记》，实在是极难超越，原因只有一个，前者是采用"单向模仿叙事手法"直写现实；后者便是采用"双向对映美学叙事手法"映照现实，即超现实。

主题先行说

文友李文君送我一本《李文君散文集》，我读着读着就读不下去了。因为，我在阅读中发现，每篇文章都是采用"主题后行"写成的，是典型的"意在笔后"。

如：把一场晚会或一次活动的盛况记下来，描写得很具体也很生动，文到结尾，草草写两句总结的话，算是立意了，好多文章文尾连总结的话也没有，算是一次记录吧。文章是表意的，但这些文章却无"意"可表，纯粹就是无灵魂的文字。我问过他，他坚持说："文不能'主题先行'"。难道文学作品真不能"主题先行"吗？

于是，我在网上搜了一下：为什么不能"主题先行"？答案是因为："'主题先行'是江青提出来的，曾经引起过很大的批判风波"，认为这是"由于以概念出发，代替了一切从生活出发，直接违背了文学源于生活的创作规律，在当时产生了极坏的影响"云云。

闻言我茫然了。江青犯的是政治错误，在学术问题上难道江青说的对话也错了吗？由于她参加过样板戏创作，从写作实践出发说出些行内的话，难道也就因人而错？可见样板戏都是用"主题先行"的方法创作出来的，也成功了，这又作何解释？说文学源于生活，并没有说文学作品不敢先有主题。

可以肯定地说：我的三部长篇小说和十多篇短篇小说，没有一篇不是用"主题先行"的写作方法写出来的，因为，这是所有人创作文学作品时的惯常做法，难道这也错了吗？在真理面前绝不能因人而异去信口胡说呀。

譬如我在创作《爱殇》时，就是看到社会上相当一部分人，对孩子过分溺爱，造成的不同后果，于是，想写一部作品揭露这方面的错误做法，用以告诫大家，"爱"必须有度。于是，带着这种想法，我才做社会调查，很快获得这方面的大量素材，然后把素材组织起来写成小说。这种题材来源，不是源于生活是什么？

"主题先行"是一种写作技法，它就是在没有素材的前提下，先设想一个主题，然后再根据主题去找材料。当找到一大堆材料以后，再用主题去剪材、组材，最后写出来的文章肯定紧贴主题。

在已知写什么的前提下，再去寻找材料的过程，本身就是贴近生活。凡说这是"概念化""违背了文学源于生活创作规律"的人，肯定大都是没有创作实践经验的人在凭空想象，因为，有了主题以后，用主题去寻找题材的过程，就是"源于生活"的过程。只有傻瓜才漫无目的地寻找素材。所有作家都懂得，盲目寻找素材的结果就是无素材，这样一辈子都别想写出好文章来，就是勉强写点，也是毫无疑义的垃圾。越是专业性很强的大师们，越懂得提炼主题的重要性，文章是表意的，没有"意"的文章，是存活不下来的。

古人提倡"意在笔先"就是"主题先行"，就是先有"意"，才去寻找合"意"的素材，在反复经过"意"的选材、剪裁，反复酝酿之后，觉得完全成熟了，再动笔去写，这样写出来的文章不会脱题，篇篇都是好作品。

要不就是"意在笔后""主题后行"。参加一次旅游、一次集

会，归家后，把这次活动原原本本记下来，再用文字修饰得生动有趣，写完后在文尾加上一句主题，或不加也行，这样写出来的文章，要么油水分家，要么就是没有灵魂的一篇破文，在世间漂流不会太久长。

从以上可知，"意在笔先"就是"主题先行"。"意在笔先"是古代人总结出来的写作规律，"主题先行"是当代人总结出来的写作技法，二者一脉相承，这是规律性的东西，不但不用质疑，而且还值得我们学习。

文学作品无人读吗

现在写书的人都在怪怨无人读他的书，尤其是那些很有名望的文学大家们，责怨得更甚。有些人生气地说：没有一个人读也要写！

这样想就失去了写书的意义了。要知道，没人读书原因有多种：一是社会原因，只要你看看那永远也不会停下来的人流和车流，你就会明白，人们共同关注的只能是时间，快节奏的生活使得人们没有时间停下来和别人交流，也不愿和人交流，何能有时间去读那些闲书呢？这是一大部分人。二是手机占据了大部分人的视野，在饭余茶后，在公交车上，甚至是司机正在开车，都在目不转睛地盯着手机，因为手机里的内容太庞杂、太充实、太逗趣，一句话太吸引人，致使人无暇他顾。三是你的书未必纳入一部分人的阅读视野，他们要读那些既有意义，又有趣味，一读起来就不忍释手的书。

也许，你的书就是那种有点思想，但没有趣味的书。想想看，蔡俊的书为什么有人读，麦家的书为什么有人读，《西游记》依然是人们孜孜不倦的阅读对象？《饥饿游戏》至今在世界上常销不疲，土耳其作家费利特·奥尔罕·帕慕克的《我的名字叫红》，一出版就在全世界销量突破1200万册，这些又说明什么呢？

一次，我去食堂用餐，当时饭还没有端上来，我身旁坐了一位女士，利用这块时间看手机。当然，我不知道她看的是什么内容，

但能看得出她看得非常投入，痴痴地，旁无他顾，连眼睛都不眨。但能看到她的表情变化，一会儿惊奇地睁大眼睛，屏住呼吸；一会儿又咧开嘴巴，开朗地一笑。饭端上来了，我看她慢慢不见吃，我提醒她："饭来了。"只见她目无旁顾地用手将碗顺便拨到面前，把手机移到碗旁，目光也随之移向一边的手机，一只手捏住颠倒的筷子，把一箸面条挑了来，慢慢喂向鼻孔，被烫了一下后，才稍看了一眼筷子，喂在口里了，一边吞咽着面条，目光又移向手机了。可见，她对手机是如此痴迷，我们书的引力敢与手机比美吗？当然，时下边吃饭边看手机，边骑车边看手机，一边和人说话，一边又在看手机……这已不算什么新鲜事了。但这对我们作者来说，是否应该得到一点启发，汲取一点教益呢。我们敢不敢和手机争市场啊？

还有就是玩象棋，一堆人围着两个人下棋，你说车向左，他说炮向右，你喊卧槽马，他说背弓炮，一圈儿站在那里，不知日晒，不知劳累，那样投入，那样认真，一个下午不知疲倦。一个个精神激昂，乐此不疲，这又是为什么？

我去山东旅游了一次，对我有很大的启示。青岛啤酒厂，在建厂之先就想到了将来的产品销售，在它的流水线上空搭建了一条能让旅客参观的行进路线，在这线路上又设置了诱人的景观，为的是让游客参观它的啤酒生产流水线。这样，凡是参观了啤酒厂的人，都对青岛啤酒有一个初步了解，临走前每人再喝一杯啤酒，旅客回家后，谁不喜欢喝青岛啤酒呢？

我们的作家们，是不是也从以上故事中得到一点什么启示？在写作初期是不是就应该优先想到读者，怎样把书写得让读者像玩手机、看象棋那样有吸引力、有趣味性，有一只能拉住读者的手。我想，这就需要：

首先，在酝酿故事之先，除表达思想之外，就应该考虑故事的吸引力，多设置一些冲突和悬念，伏笔和照应，趣味性和惊悚性等。有了能叱咤风云立体化的人物，有了跌宕起伏又惊奇曲折的情节，再有惊人吸引力的细节描写，只要读者拿起书，致使读者时时处处都停留在期盼、紧张和惊悚中度过，使整个故事都充满艺术的张力，哪个读者不像看手机、看象棋那样爱不释手呢？

其次，小说技法与影视剧有机结合，更多重视起承、转折、矛盾、误会、巧合、冲突等基本要素，并把这些基本要素贯穿到人物动作中去，使动机刺激和人物反应成为组合链，贯穿故事始终，不断促成故事张力。

最后，突破传统认知，敢于猎奇获秀。继承但又不复制传统，那就是超越，在不断超越自己的同时超越别人，把创新成为必要思考的命题，在消化、提炼传统的同时做到真正的创新，使时代精神得到延续和发展。

这样，我想就不用发愁书没人读了吧。

暗信息

"暗信息"是一个陌生词语。当今，在学术界提出这种观点的人寥寥。

我之所以提出来，是因为，对现实中真实存在但又难以解释的现象做出我自己的认知和猜想。但这只是我的一家之意，对错由大家评说和分辨。

在社会现实中，很多现象都会使人困惑，好像是迷信，但却不是迷信。迷信是不知而相信叫迷信，在我一生中，不知的事从来都不会轻易相信。尽管如此，到了老年，依然还是疑心重重。于是，我只得去想办法力求弄个明白。

这些怪事有两个方面：一是在梦中，二是在现实中。当然还有第三种——梦境和现实同在的现象。

一是梦中之事与现实中的事，形成对应关系。即在睡梦中的事，到了后来，在现实中得到应验。由于做梦在先，对这些事，在无解的情况下，只能用迷信的方法去理解了。尽管对迷信也是疑信参半，但使人处于疑惑之中难以解脱的无奈，只得以此来暂且解迷。

更重要的是有些梦与醒同时出现，人在梦中被梦惊醒后，心念依然还在梦中，于是，复又睡去，依然沿着前梦做起，如此反复数次。第二天心神恍惚萎靡，难以提振精神。

有一次，我晚上梦见父亲来了，他穿得破破烂烂，见到我不哭反笑，我接住他，他依然在笑，把我笑醒了。醒后回忆父亲，内心一阵忧伤。复又睡去，依然沿着前梦再做下去。我以为这是我想父亲了，谁知第二天就得知父亲病重的信息。

如此的事，一生中何止一件两件，有些事真真切切，与醒时无二，有些亦真亦梦，真使人难辨难分。

二是现实中感应的事，与后来的事象相吻合。

如个人感觉，左手心痒，必然会有好事出现，右手心痒，必然就有坏事出现；有时，毫无因由地心烦意乱、坐立难安，必有坏事出现有时心怀徜徉，气定神闲，必有好事光临。

还有，喜鹊对人叫，必有喜事来临；老鸦对人语，必有坏事降临；猫头鹰晚上叫，必然要死人的；对植物鼓励可使花开二度；等等。

为什么是这样？作何解释？多少人会不自觉地回到迷信的老套路，但究其道理，总说服不了人。

对于这些，我想到了"暗信息"。既有暗物质、暗能量，就必然有"暗信息"，有明信息，为什么就没有暗信息呢？世界的任何物质，都是相对立而存在的，暗信息肯定会有的。

我很肯定地在网上搜寻。不料，却真的有一个人谈到了这个问题。

那是孙彧写的，《假说——从暗物质、暗能量到暗信息》文中谈道："物质—能量—信息三象研究。在此基础上，还可以得到一个不严格的对应关系：物质—粒子属性，能量—场属性，信息—波属性。"

尽管三者相对统一，但信息总是波属性。就此，我们可以推理：明信息是波属性，那么，暗信息自然也就是波属性了。仔细去想想，我们以上所谈到的现象，自然是一种心念感应。这说明，心念感应的波段就是一种暗信息。

我想，暗信息与明信息，会不会息息相关，暗信息是由明信息引导而产生的结果吗？

明信息，是我们在日常生活中，能听到、看到或想到的信息。我们时常听到大自然的风声雨声、山体滑坡泥石流的流动声，战争的枪炮声，闹市的嘈杂声、叫骂声、嬉笑声、哭闹声，野兽的吼叫声、飞鸟的鸣叫声、小虫的呻吟声等；看到的是风云变幻、日出月落、善人恶人、世间各种欲将变化的迹象，向好或向坏的趋向发展等；感觉到的，危机预将来临、喜讯将会到来等。这一切好的坏的、善的恶的、远的近的、可回避的和可欢迎的等，一起进入我们的大脑，这就是明信息。

这些明信息，经过大脑加工整理后，又进入心灵，在心灵里引起碰撞，激起心灵意念，这种意念以波的形式充盈宇宙。因为波的特性是暗信息的波会以很快的速度充满宇宙，意念波是唯一一种超过光速的物质，自然速度极快。

这些意念波浮游在空间里，碰到了与你相关的人：亲友和你眷念的人，有灵性的动物，有感知的静物，它们都会带着加工过的感应信息回流到你的心念中来。这些回流的感应信息有很强的预知性，它能根据各种信息判断出预知信息的结果，又将这些结果以不同的方式传递给你。这时你就有了不同的预感或猜疑，这就是我们上述的暗信息反馈。尽管这些是被去伪存真地加工过的感应信息，但反馈后的信息依然与事物的真实样貌有一定的差距，所以就和预知的结果形成了双向对应关系。尽管样貌有误差，但内核是相通的。还有些暗信息，误差更大，与结果毫不相干，这就是其中有不准确的反流信息。

以上大多出现在梦境中，有些带有预知性的信息，因为它从梦中出现，梦境多为潜意识，潜意识与以后出现的真实事物的对应关系的蕴含非常精准，但其现象却有差异，所以叫双向对应关系。这种对应关系的出现，由于过分逼真，给人以信任，给人以惊讶，有的还给人以震撼。

但有的是真非真、是假非假，给人以难猜难料的印象。这当然是因为：人在采集真信息的时候，本身有相当大的误差，有现象的东西，也有意识的误差，所以，得到的结果自然就不真实了。

当然，如你的亲友远在千里之外有病、有难，甚至死亡，你很快就有感应，如有难或有病，信息波段就会出现狂跳，或者死亡，就会出现信息中断。当你得知信息后，就会出现心烦意乱、惶惶不安、神不守舍等迹象。这自然是你的亲友信息回流后，撞击意念后出现的反应造成的结果。

自然，你这几天在想着什么，你的梦境自然会出现与此思念相关的暗信息反馈，这个现象与以上说法是相同的道理，也是明信息感应又反流造成的。

至于，外界物象的回流反馈现象，这是那些鸟类，或者那些物象，都具有一定的天然灵性。当你的信息波传递到它那里，它得到感应后，无法将这些信息反流到你的意念中去，它便与你直接对接，将信息传递给你。

　　不要小看动物，有些动物的智慧是非同小可的。就是一些静物，也会与人通意：松树顶部会结出一种奇异的叶节，晚上能发光，人叫它灯塔。还有，一株茉莉花开放时，非常秀美、芳香四溢，我禁不住夸赞道："啊，多美啊！"这种夸赞何止一次。结果，那株茉莉花树，当年又开了一次花，而且开得比第一次更鲜艳、更持久。我真后悔不该夸它，使它努力做出了内耗。

　　各种动物静物，回馈信息的现象多有发生，人们感知的也并非一次两次，大家可以在现实中再去感知。

　　明信息未必都有传播能力，有些还是死信息，唯有暗信息传播能力超光速，是世界上唯一能超过光速的物质。

　　任何物体都有灵性。这并非我的发现。可暗信息的互传，是实有其事而又未被人们认可，希望大家去慢慢体察。

　　在人类的未知世界中，不知还有多少未被人们发现和认知的宝藏，需要我们进一步挖掘。

"成材"与"成柴"

老张家前庭院长了两棵树：一棵是梧桐树，另一棵是刺槐树。

这一棵梧桐树，是老张从苗圃里掏贵价钱买来的。后来，它长得挺拔、高耸，垂直的树干直冲云天，绿皮嫩肉，枝繁叶茂、遮天蔽日，到处都能看到它那生机勃勃的长势。确实是高大茂盛，人们要看到它的顶端枝梢，还要站在远处昂头而望。大家异口同声说，"梧桐树上招凤凰"，这是一棵成材的树，贵不可言啊！别毁了它，让它长高了，准会卖上大价钱的。

老张心里乐滋滋的，也把它当宝贝一样对待：修枝整叶、浇水施肥、除草灭虫，有时还给树做皮下滴注养分呢。总之，把一点一滴的爱都倾注在对这棵树的希望中，这是老张的一切啊！

在庭院的东南角，在大屋墙边的拐角处，不经意间也自己长出来了一棵树来，一看就知是那普通得不能再普通的刺槐。没人爱这棵树，满身是刺，生命力太强了，哪里都有它的身影，山坡上、河道里、房根下，甚至在屋内都能长出来。这些且不说，就那树形都能使人生厌，就是长成了也无大用，只能是当柴烧，也没人将它破得开，那坚硬细密的质地，那弯弯扭扭的树形，那疙疙瘩瘩的树干，谁都拿它没办法。要说它有优点，只能说是它的花。刺槐的花确实不赖，开花时节，只见那洁白粉红一片，一莬莬一串串挂了满树满

279

枝，那个香啊，吸引得蜜蜂连觉都不睡，嗡嗡隆隆钻满花丛。人们也抢着把它采撷回来，加面粉蒸疙瘩吃，这时，谁都不说它坏。可在采撷时，那刺真使人生厌，全身都被它刺得火辣辣的痛，人从内心里感到对它的不快。

在庭院东南角墙根石缝中挤出来的这棵刺槐，小时候就不幸运，它刚长出一二尺高，就被主人发现了，立即将嫩苗踩断，将断苗摔在一边，又长上来又踩断，接连几次了。可可怜怜的小刺槐，依然偷偷地冒出了小颖，在人不经意中，它长高了。

后来，人们也不管它了，又不碍事，长就长去吧！于是，它就从墙根下弯弯曲曲、偷偷摸摸地长了起来。这个树也确实不惹人爱，它从那几座房的有限空间里，折了好几道弯，结了好多个包，分了好多个枝，茂盛地向上弯曲生长，一枝直超出住房高度，笼罩在前边的庭院里。

每当夏日，红日当空时，人们倚在刺槐下，愉快地喝着茶聊着天，惬意的人们笑声一片。可谁也没有意识到，也不愿意说，这是刺槐带来的好处。

多年过去后，看着那冲天的梧桐，老张乐呵呵的，叨念着：这棵梧桐伐倒肯定能卖一笔巨款。他看着那冲天的树冠，寻思，不伐也实在是不行了：且不说那树的枝叶笼罩在庭院里，整个院子里像个山洞，每当傍晚来临前，他家就天黑了，黑咕隆咚的，什么都看不见；最主要的还是那冲天高的树冠，是一个引雷针，一旦将雷引下来，那后果难以设想。于是，只得下决心伐掉它。

他对外先写广告，没有人上门来买，一打听，才知道现在的木材用途确实有限。你的树能做大梁，现在的房都是砖混结构，钢筋混凝土的大梁，要比木材结实得多，谁家盖楼房还用木材？就是一些大棚厂场用房也用的是钢梁，木材几乎无用。

主人一下子气馁了，躺在家里生闷气。几天后，有人建议，把它伐倒，送到胶合板厂里去，还能卖点钱。他只得这样做了，结果卖的钱不够运费，一切希望都破灭了。也是啊，他亲眼看到，厂里把他的栋梁之材梧桐树截成小段，推进了机器里，一阵机器转动后，它被剥成了薄木片，然后，倒顺交织，制成了胶合板。可现在这胶合板也不好卖，最后，被一位拆迁公司买去做了围栏墙，他的梧桐树做的胶合板比较好，被用在厕所旁的遮丑墙了。老张心里很不甘，还生了几天闷气哩。

这棵刺槐，主人本来就未对它报什么希望，待伐掉后，连树干带树枝树叶，一起堆放在前院的角落里。

冬天到了，隔壁的王大妈去世了，邻里都来帮忙，这是要生火取暖的，就把那柴拉去了。

那粗壮干硬的刺槐枝干，再用细柴一引，便噼噼啪啪地燃烧起来，那火舌在空中缭绕，伸伸缩缩发出红艳艳的光、暖融融的热。大家都围成月牙形一道人墙，脸上照得通红，全身都感到暖融融的舒坦。大家你一言我一语地齐赞老张心地善良人缘好，给大家提供了这样的柴火，都要感谢老张哩。

老张心里一阵喜悦、一阵自豪，他不由自主地说："谁能料想，这'成柴'的刺槐比那'成材'的梧桐还好得多！"老张不禁对刺槐产生了好感。

这时，大家一阵沉默，好像猛然间想到了什么……

草与树

在那深山的岩石间，在众多小草的丛围中，长着一株小草和一棵小树。

小草长得绿莹莹的，深绿色的七八片叶子，呈带状，直立斜长着，绿得发蓝发黑，在阳光下，叶片上泛着绿色暗光，在微风中自由摇摆着，十分得意的样子。

几根浅绿色的肉状小茎上拖着若干枚小花，浅浅的黄绿色花瓣上点缀着紫红色斑点。整个花蕾在微风中傲然浮游飘逸，散发着幽幽异香。这异香啊，优芍药浓郁，比水仙清高，洒向山间沟壑，四野的草木都颔首钦服，不敢正色以目。

在这蕙兰旁，长着一株小树。这棵小树好像是才出土不久的苗颖，尽管树干已变成褐绿色，但那茎枝依然是淡绿色的，叶子像才绽开叶苞那样轻绿淡黄般幼嫩。但从雏形上看，已能认出这是一棵金桂幼苗，阳光下泛出嫩绿色淡淡的光。它是那样的不起眼，在群草的遮掩下，不留心谁也看不见它。

蕙兰知道它的存在，仅瞟了一眼，毫不在意地说："你那小不点，几时才能长成一棵树？或许，被野兽们不小心踩断枝干，死去都难以预料，就是不死，那你美吗？你香吗？真是的，不自量力。"蕙兰那高傲的神态，嫉妒的心肠，何能将这株小树看在眼里？简直就是不屑一顾。

不久，深山里来了一位园林专家，他一眼就看准了它俩——小草和小树。于是，它俩被幸运地一同挖了回去，栽在他的园林中，尽管在两个园子里栽着，可是，把它俩栽种在相邻的两个园子里，中间仅隔了一条路。

冬去春来，时光荏苒，不觉十年过去了。蕙兰年年开花，年年吐香，可是，体形却比原来高不了多少，也壮不了多少。当开花时，便引来了游人驻足观望。水足肥饱的富足生活，使它更加狂傲：这偌大的园林，那么多植物，哪个有自己香啊！游客全是自己吸引来的，它在园子里跳着、唱着，自矜着、狂傲着，不可自抑！

一天，它向路那边望望，它不禁倒吸一口冷气，那不是原来在山上的那个小不点吗？只见那棵小桂花树现在已经不小了，不但枝繁叶茂，树干粗壮高耸，树冠楚楚，遮天蔽日，而且，满树一片殷红火艳，枝叶间累累的金色桂花向长天吐着异香。看到这，蕙兰羞怯得禁不住低下了头，喃喃地说："它怎么能长到这么高？花怎么也这么香？"

原来，蕙兰在优越的环境里，满足现状。它怎也没料想到，有梦想、有追求，不断改变自己的金桂，在不停前进着、壮大着，慢慢地把它甩在了后头。

在这个故事中我们能得到什么启发呢？自然是，人人都在改变，不要用老眼光看待别人。你停止了，别人还在前进、在坚持，距离是在一点一滴、不知不觉中拉开的。当你发觉的时候，已经被甩在后头了！

散文

独攀八卦峰

听朋友介绍，八卦峰秋天的景色最值得一观，我也久有此意，因此，时值收获的季节，选了一个风轻云净的佳日，就攀登了八卦峰。

八卦峰又叫八卦楼，是秦岭山麓突然翘起的一座巅峰，地处田峪河东岸，虽然海拔仅有两千米左右，上边又有"仰天池""八卦楼"等景点，但路窄坡陡，因此涉足者寥寥。

我一人徒步，从沿山村口向上攀登，开始时坡较平，路尚宽，盘旋而上，当地人骑摩托车即可到达。这里以上，便进入山林中的弯弯曲曲、坑坑洼洼的羊肠小道，时而穿入密林，时而又拐上山脊。尽管当地人为游人割去了路边的蒿草和荆棘，但依然坎坷不平、陡峭难行。

这时，我食可供，饮方足，力有余，心不急。折了根树枝作拐杖，一步一步向上攀登。走累了就坐在路边的草垫上休息会儿，渴了喝口水，快到中午了，才爬上了半山腰。这时感到腿疼腰酸、困乏无力，真像癞蛤蟆被牛踩了一脚——浑身是痛。看看目标尚远、孤独畏惧油然而生，我真有点灰心丧气，徘徊不前了。

于是，我先坐下来休息，这时目光不由自主地移向路边的丛林中。山坡上高大的橡树、茂密的洋槐树、舒展的毛栗树，还有很多不知名的大树小树，它们或粗或细、或高或矮、或曲或直，都经过了春天的盈育，夏天的成长，现在秋天到了，枝头上都挂满了累累果实。看，山葡萄！我几乎喊起来。一架缠绕在灌木丛上的葡萄藤，紫红透亮的葡萄成蔸成串、溢甜飘香。这时我满口生津，不顾全身疼痛，急忙摘了一粒，放在口里，啊！甜得黏嘴。于是，我坐在树下的落叶上，津津有味地吃着这香甜可口的山葡萄。心里想，是呀，这每一颗葡萄，虽然香甜，但都是来之不易，在它们的生长过程中，哪一颗都曾有过苦涩的成长经历啊。想到这里，我打起精神，果敢地向山顶爬去。

快到八卦峰了，路怎么平直地向南边去了，看看旁无岔道，我只有顺路而行。走了约莫一里之遥，前边忽然闪出一洼平地，依山而卧。呵！约有二十多亩地大呢，我想，这可能就是仰天池吧。看看四边古木参天、枝叶繁茂，青松翠柏、苍翠欲滴。靠东依山傍岭下有四五院房舍，我高兴地近前一观，可失望了，门全反锁着，中院三间是神庙，门亦被锁，室内详情不得而知。平地中间是一洼椭园形水池，约有二亩方园，池水清澈见底，小鱼在池中游来游去，自由自在、上下跃动。池中芦苇丛生，近岸处被人把芦苇织成一叶小舟，枝叶尚且鲜活旺盛，船底紧切池水，真是小巧别致。我试着坐上去，摇了几下，小船在水面晃动，真有一番欲仙欲神、如腾似飞的情趣。此时，我环顾周围景物，猜测此地肯定曾有过辉煌的一页。现在虽然一时荒废，但我相信，振兴之期，指日可待。

相传，此地曾是老君云游会仙之所。藏丹之余，坐在浓荫下的芦苇船上，与仙友同欢同乐，经久不疲。听说，这仰天池，天旱三载不竭，雨涝三年不盈，就因它上接天河，下通东海之故。老子在

闲玩之后，袖藏仙丹，身卧小舟，去东海一日遨游。东海龙王为他把盏敬酒、接风洗尘。他掏出仙丹，与龙王食丹叙旧、论道谈经，两人高谈阔论、海阔天空，彻夜不眠，天晓后方归。

这时，我转过庭院，忽然看见一座新坟，依山而卧，坟土尚新，坟顶花环乃艳。我上山时已闻，"山上无人，唯一老者最近已故"。想必就是此人了。我默默地站在坟前，很久很久。心想，老者生前不顾清贫，忍寂守孤，服神侍仙，不离不弃；死后仍固守前职、与山同眠，随仙同居，真乃可佩可敬！

从仰天池向上，不足半里山路，便到了八卦峰顶。这里新修的一座阁楼，按八卦方位而建，八角形，故称八卦楼，蓝砖红门，门亦上锁，门顶端正中雕有"栖真亭"三字。相传这是老君藏丹之所。为防孙猴子偷食仙丹，老子屡藏不密，于是，就在这里修了藏丹楼，上贴八卦符咒，行者不敢擅入，老君方保无忧。

我站在这巅峰上，循楼四顾，此峰西邻炼丹楼，东与观音山遥遥相望；北边将关中平原尽收眼底，向南便是绵延逶迤的秦岭主脉，山山相连，一峰高过一峰，一眼望去，无边无际。

欲下山时，在八卦楼前的树丛中，偶显一棵果树，树上果实红得鲜艳，像樱桃又像胜利果。这时，我正口渴难耐，欲伸手去摘，但又将手缩了回来。最后还是在落叶中拣了几粒树种，小心地装在兜里带回。心想，在这老君居住的圣地仙山，我怎敢与圣哲先贤同食仙果，他赋予我们这些凡人的只是树种，果实必须用艰苦劳作、辛勤汗水去交换，我们是不得随意采撷的。

田河滔滔

田峪河是终南山主河道，地处周至县境内，纵深七十多公里，这里不但山高林密、风景秀丽，气候凉爽宜人，植物种类繁多，而且又以河水甘甜、清澈、秀美著称。

"山有多高，水有多长"，当你在热浪滚滚的季节，来到四十里峡谷以上的田峪河源头，你会发现，一股股清泉从山坡上的石缝中流出来，有的静静地涌动，默默地流淌；有的喷射老高，天女散花般地坠落，无声无息，涌流不断，坠落的水滴又像叶盘里的露珠，清澈透亮，晶莹如玉。当你掬上一捧，喝上一口，你会感到甘甜凉爽、满口生津，沁心透肺般地舒爽。这时，你会悟解，这会不会是天宴上的琼浆玉液呢？

很多泉水汇在一起，从长满山花野草的山沟里流下来，便形成了一条条小溪，小溪在河床里流淌，随着河床的变化，时缓时急，或聚或散：缓时，形成小漩涡，流连回望，真像恋家的孩子，不想离去；急时发出叮咚的声响，活像小钢琴在弹奏，清脆悦耳，连续不断；聚拢时像一条小蛇，随着地势扭动着身姿向下蠕动；散开时像无数小珍珠在地上滚动，惜其抛洒但又无法捡拾。这时，当你安静地站在溪水旁，凉爽、清新、舒畅，很久很久不想离去。

当水流入四十里峡谷时，已汇流成河，随着山势形成的落差，

水从这落差中坠落，变成了一条条小瀑布，虽没有壶口瀑的气势，也没有梅王瀑的高昂，但它股股绺绺，像天河倒挂，狂奔急泻，轰轰隆隆，吼声如鼓似雷，撼山震谷，使人心生惊畏；落下来，击碎成珠，飞花扬絮般地向外四溅，就是你站在老远，小水滴也会打湿你的衣衫。

顺流而下，流到栗子坪时，已由小流汇成大河，哗哗啦啦、叮叮咚咚，翻滚跳跃，奔流不息。有时缩成湍流，蹦蹦跳跳、来去匆匆，分秒不停；有时平流成滩，随河床沙石高低变化而欢蹦跳跃，活像蚁众受扰、人群激昂；有时汇流成潭，如砥似镜，清澈见底。小鱼在潭中游来游去，追逐嬉戏，自由自在。有些岸边大树，爬生倒长，枝叶垂入水中，晃动摇曳，水叶相戏，美不胜收；一阵微风过后，潭面上泛起层层涟漪，圈圈层层，向岸边跃动，实像如花似玉的妙龄少女在暗送秋波，但很快又被向下涌动的隐流暗浪扑灭了。当你站在潭边向水中望去，空中的蓝天白云、小鸟雄鹰，近处的青山绿林、翠峦俊峰，水边的游人、路上的车辆，一齐映入潭中。这时潭底藏翠、倒影抖动，水天合一、天水等高，使人看天望水，如幻如梦。这时，当你坐在潭边的青石上，凉爽的山风扑面而来，你会忘记，这是否还在俗地凡间？

这样的流水景致使人猛悟"龙跃千丈潭中起，水成江海雨中生"的道理。

秦岭植物园游记

　　秦岭植物园，地处秦岭北坡，包纳田、赤二峪，纵深颇远，面积之大堪称亚洲之最。

　　这秦岭植物园，哪里是林园？简直就是风光秀丽、佳景荟萃的神密世界；是天然纯净、不染世尘的原始画廊；是群神居住、众仙聚会的圣境仙山、瑶池蓬莱。峡深谷幽水映翠，峦峭峰俊鸟竞飞。它涵盖三坪四岔九十六沟，包容一峡百峰三百六十弯，且步步有景，处处是画。即使你有千对耳，万双眼，也听不完这鸟语水唱、风鸣谷吟，看不尽这山水路石、风光鸟林。胜华山之险，赛三峡之幽，令人流连忘返，不知归期。

　　恰逢金秋丽日，我单人独骑，入园门，隐没在这仙山圣境之中。

　　一路尽管稳车缓行，但我依然目不暇顾，几欲撞在道边的山石上。那潺潺的细流、坠落的瀑布、俊峭的峦峰、浓绿的丛林以及河中那奇形怪状、大小各异、色彩斑斓的奇石怪样，像看电影一样，一幕幕从眼前移过。我时而驻足昂首呆望，时而切近溪流低头傻观，时而又忙掏手机急拍猛摄，恨不得将这奇观妙趣全装入这小小手机内，带回让乡亲们一饱眼福。

　　很快就到了十老洞，这是进园后的第一站。十老洞，实有其洞。相传是铁拐李因下游水打碾不许他碾米，便用铁拐通山改水，欲将

289

水引入赤峪河。宁使赤峪水浇田，不要田峪水打碾。可因洞口较高，水无法自动流入而作罢。后又有集贤十贤老，在此洞常居，说德扬志，琴奏棋乐，至晚不疲，于是后人便称其十老洞，此称延至当今。

经乡妇指点，我找到洞口，没入洞中，洞内小径通幽，倾斜向前，时窄时敞，时曲时直，凉风飕飕，似有透感。可惜我无暇深顾，只得未尽而返，深感遗憾。

向上，栗子坪、白杨岔、铁炉岔、西河岔……岔岔皆景，沟沟是画，山大林密，红叶似火，山绕水转，路随水曲，水中映翠，倒影抖动，"水因山而秀，山因水而奇"，真是人在画中行，画使人痴迷。此情此景，怎不使人留恋。

来到金牛坪，这是进入秦岭大峡谷的前站。这里有五六院农家乐，场院宽敞，但都已停满了车，尽管我是一辆电动自行车，但也无法停放，于是，只得找了个农家小院寄放。院内是老两口儿，从谈话中得知，他们已是九十五六的人了，孩子们都已搬出山外，可他俩因不舍家乡情景，拒随出山。看着这两位老人，精神矍铄，满面泛红，行走快捷，根本看不出偌大年纪，看来老人活百岁以上不是问题。

我将车寄放在老者院内，轻步独行，进入了秦岭大峡谷。

这时，峡谷路更窄，小汽车无法通行，人只能徒步，边赏山水边走。路曲桥多，贴崖骑流，时左时右，时平时陡，攀山越谷，如腾云驾雾般地向前行进。难怪人云："四十里峡水挨山，七十二道脚不干。"要不是现今人工筑路架桥，否则，人只能涉水而前，这里原来是运木古道，当年人工运木之艰辛，就可想而知了。

向前，这峡谷越走越狭，越上越险，时窄时敞、蜿蜒崎岖。时而谷狭仅有丈许，路断桥续，只得顺水骑流而过；时而绝壁挡道，疑似峡断谷尽，可一转弯便峰回路转、谷开路延、遥远幽深。向上看，两山夹道，相对而立，高高耸起，将蓝天夹成了一道缝儿，使人眩目。尽管山高峡窄，但其窄而幽深，狭而俊美，像一位苗条的少女，不断吸引着游人观赏。

路边桥下，流水时缓时湍：湍时随势坠落，股股绺绺、似流似瀑，冲冲撞撞，叮叮咚咚，声如击鼓，震山撼谷，使人生畏；缓时积流成潭，清澈透亮，小鱼争游，蛙潜蟹伏，与水底斑斓彩石相映成趣。我伸手从水中捞了几粒彩石：有的橙黄如金，有的鲜红似花，有的油黑透亮，有的洁白如玉，我珍惜地装入兜内带回收藏。这潺潺溪流，穿山越谷，随势而流，曲如走蛇，不停不歇，不贪婪不留恋这奇山美景，不惧怕不忧愁这路途遥远，一路欢唱一路歌，永远乐观向前。

这时，我扶岩仰望，嗬！两岸俊峰陡峭挺拔，齐棱齐坎，如同刀削斧砍一般，重峦叠峰，绵延逶迤，使人目不及尽；有些高高耸起，光滑凸圆，红黑相间，乍看像乳头，细观又像鹅卵。突出的下部又形成坑窝状，且坑窝处，高低不平，龇牙咧嘴，奇形怪状，似坑似洞，如图似花，叫人眼花缭乱，但又不舍移目；有些峰身突然侧出，斜生横长，好像一位俊妇抱着个娃娃，欲坠欲跌，使人心伴担忧，急走急奔，生怕不慎坠落。说也奇怪，担心终有发生。行不多远便出现一堰塞湖，是汶川地震时被震塌的山峰，填入峡谷中，十多米高，乱石堵峡塞谷，聚河成湖。这湖也并非常湖，晴泄暴聚，时河时湖，聚时映山潜峰，煞是壮观。这里的路也只得凿崖削壁，越滩绕湖盘旋而上。无论地势突变得多么险要，人们总会想方设法

开出一条新路来，向前的脚步永远向前！

进谷十余里处，对岸山根处突然闪进一个窝穴，有千余平米，可同时容数千人避雨不成问题，下平上敞，左右渐尽，中有神座，但无神像，听说这叫"观音岩"，是观音菩萨住过的地方，这真是大自然的造化。我置身其中，凉爽、酣畅，良久方去。

我扶在树上，仰望山顶，这山峰高大得使人无法比喻，峰峰相连，绵延不断，人站在山谷中，渺小得像只蚂蚁，尽管这么丰满高大，但从不显露其高，不夸耀其大，默默地稳重地蹲在那里，千年万代、永远永远……

悬崖旁，古木丛生，成蔸成簇，密密麻麻，挨挨挤挤。虽时已中秋，但树叶仍然葱浓泛绿，红叶点点，点缀其中，红绿相间，甚是惹眼。山风吹过，摇曳翻滚，似江河奔腾，如海涛激荡，真使人惊心动魄，心荡神摇；悬崖上，绝壁处的岩缝中，尽管看似无土无水，但千年古树，钻贴其中，不竭不枯。它们横生倒长，形态怪异，点点斑斑，点缀崖中，在微风中，似走似停，时隐时显，好像一盘未尽的棋局正在布阵行兵；有些古藤新蔓，尽管生性柔软，但依附力很强，它们抱树缠枝，丝丝缕缕、索索络络，从树上垂下。有的不甘低就，求前向上心切，攀爬腾挪，株连高树，树高藤高，成绳成网，撕扯不断；有的树上，果实累累：核桃、毛栗、橡子等，盈树满枝，欲滴欲坠。紫黑的山葡萄、火红的五味子成蔸成串，香甜可口，这里无人看管，任你尽吃尽拿，无人责咎，这是大自然赠予你的厚礼。

我正在傻想，这时，林间树顶上，莺啼鸟鸣，飞窜跳跃，有的细声细语，有的咕咕粗鸣。这与下边的潺潺溪流声奏成一曲悦耳动听的交响乐，这比曲艺中乐器的弹奏更亲切、更真实、更有节奏和生趣，这真是"幽鸟啼声近，源泉响溜清"。听着这动听的乐曲，我也不由自主地唱起来：

> 峡窄窄，谷幽幽，
> 仰望蓝天一绺绺。
> 山鹰旋在蓝天上，
> 翠鸟误投水中柳。
> ……

呵！水唱吾亦唱，鸟鸣吾亦鸣，这时鸟声、水声、人声响成一片。天空中，一只雄鹰在峡谷顶上盘旋，越盘越远、越盘越高，最后消失在视野中。我望着这雄鹰消失的天幕发呆，良久，良久……

仰望天空，只能望见一绺儿蓝天白云，太阳仅在中午时，方能照到谷底，但又被密林繁枝分隔成千万道丝丝缕缕、似红似绿的光带，从谷顶射下，像雾、像虹，又像霞，明媚灿烂，耀眼羞目，在这幽暗的狭谷中，给人以鼓舞、希望和未来。这些光带，又穿过层林，射入水里、路上和落叶中，像散落的珍珠，摇曳晃动、捉摸不定。

看着这灵峡翠谷，耳闻这水鸣鸟唤，赏着这仙山秀景，。我真不想归家，就住在这天然纯净的处女地，食山果、饮清泉，以藤为服、以叶为被，观山花赏美景，听水吟闻鸟鸣，不闻俗杂，远离尘嚣，逍遥自在，安享天年。

我家有口大钒锅

我家有口大钒锅。

这口大钒锅，现在已经是一口黑锅了，上下内外都是乌洞黑，我们把它叫黑锅。就是这口大黑锅，被珍藏在楼上的顶层中室内，用钢筋焊成的一个圆圈分别从锅带下托起，又用三角钢焊成三条腿，与下边的大圆圈相接相连，制成鼎立之势地挺立在那里，将大钒锅高高地托悬在半空中。我们家人都很疑惑，这口黑锅到底有多值钱？黑不溜秋，这，真使人难以理喻。

听传说：这是爷爷的爷爷的爷爷……时代用钒铁打造的，一直是大伙儿的做饭锅，不知已经被珍藏了有多少年月了，依旧被一代一代人视若珍宝。

我不解，我疑惑，我难以置信。一天，我一个人上到楼顶，默默地观看着这口珍奇的大钒锅。

从上面看，锅盖像是用青冈木做的木锅盖，但做工细致，两道木梁从盖的略偏离中心的地方穿过，两片锅盖对等地扣在大锅上，中间的缝隙合拢得非常严实。是黑色的，看像是年代久远自然成色的那种，内里还夹杂有白褐色小点，根本不像是用调和漆染成的那样漆黑而有光泽。只是，盖的四边的边沿部分因年久而磨损得严重，参差不齐的边际给人以老旧的感觉，但这些缺失部分还没有超出锅沿的边际范围，如果再次做饭的时候，气流依然会被挡在锅内不会溢出的。由于盖是青冈木做的，质地细密、光滑、沉重，轻易不会破损的，加之古代人的工艺致密，真是坚固耐用，现在也不知已经使用了多少代人了，估计，再过上千代万代依然会完好无损的。

我不愿看到的是那锅盖上面压的重物——一块三扁四不圆不规则的大青石块，重重地压在了锅盖的双梁上，上面又覆盖着乱七八糟的杂物，假山似的耸起老高。使人实在想不通，这内里能盖些什么呢？何必那样神秘？如果谁想揭开盖子看看内里的究竟，这样捂着盖着，谁也就别想看了。

可最令人蹊跷的是：锅腹上靠近左下角方位，却有破裂后掉落的一块锅铁，恰巧落在钒锅的左下角。这块被掉落的铁片，内外也都是黑的，叶状似的跌落在钒锅的左下方。我拿起那块黑色锅铁，看了又看，看那锅铁片和锅上的孔洞形状相似，肯定就是从这儿脱落的。我试着向缺口处按去，企图补在那里，但试了几次都掉落了。我重重地出了一口长气，发出惋惜的感叹，可我知道，古代是没有生铁焊条的，放在现时代早被焊上了，可现在不知怎的还另放着，真是的。唉，古代人没法焊，现代人不想去动手焊，只有再等了，或许到哪一代人，不愿看到这种破相时，会主动焊接好的。

这时，我不自觉地向那掉落锅片的孔洞里望去，里边黑咕隆咚，什么也看不见。我只得取来了手电筒，打开来，细细地照着，才看清了内里的境况。

里边和外边一样，也是一片漆黑，锅底和锅帮壁周围，有大小不等的印痕，构成大小不等的块状物，好像是要裂开的样子，但又没有裂开。好像是被一种什么强大的力管束着，一时半会儿也是掉

不下去的。在这黑色的钒锅的内壁上，脱落的污锈斑斑的斑块、粉末，都掉落在锅底上了。黄色中夹杂着黑色，锈迹斑斑地铺落在锅底上，将锅底的印痕都快遮盖住了，上边已经翘起几近脱落的碎片物还有可能向下掉落。被掉落过的内壁上，又开始产生了新的黄色的腐锈物，再脱落再产锈，这却咋办呢？我心里一阵担忧，这明显是造锅的人把钒配得太少了，铁配得太多了。钒能抗腐蚀，但价比铁贵得多，这是他们偷工减料造成的。如果那时候把钒多配一些，哪有这回事？我愤愤不平着，原以为古代人不会作弊，可是，从这件事上看得很分明，这不是在向现代人学的才怪呢？这古代人也太聪明了，社会发展了这么多年，他们很快就偷学会了。真是古怪离奇啊！腐后败落，古今同理啊！现在仅有的一点"钒"，正在和腐蚀做斗争。看来，这口大钒锅要保存下来，必须得想出办法来，能不能给它再增加一些"钒"分子呢？不得而知。

　　我最担心的是这锅底外边。由于长期火烧烟熏，锅底的外壁上粘贴了厚厚的一层粉煤渍，那密密的小粉粒，聚集在一起厚厚的，不敢细数，也数不清，怕足足有十几亿万粒吧。小分子都活跃地粘贴在锅底上，一定是在寻找生活的满足。可它们能找到什么呢？再活跃也在这锅底下，怎么也钻不到锅里边或者锅上边去，哪怕里边再锈迹斑斑，哪怕把内壁腐蚀掉，都与它们无关。不，不是无关！就是这些小粒子，在保护着大钒锅的底层，才使这口钒锅耐到这么久。如果这口大钒锅被毁掉，这些小分子们有何依附？不过，说来也令人不平，不管你出了多少力，锅里边的氧化层根本不认可："你在最下层，你应该保护，你不保护你向哪里粘贴？"看来，内外的争斗很激烈。

如果让下边的煤渍参与进去，或许内里的腐朽就会减退许多，因为，这煤渍虽然黑，但都非常干燥，干燥洁净的本身就有对腐朽的排斥力。但听说，也有不同意的声音，可能是一种力量，早已固化的位置，不可能让随意迁徙。他们的理由也很充分，内里没有光线，那黑咕隆咚的环境肯定很潮湿，这种环境，换谁进去都会变锈的。内外的声音相持着、争吵着，不止不休……

我懒得听它们的争辩。我转身向外走了几步，再回过头细观：这口锅的造型使人吃惊，那样大气，那样壮观，那样气势恢宏！像是天造地设，雄浑得使人咋舌。我真舍不得离开这里，因为，这是祖先留下来的基业，我当然热爱它！保护它是我们的责任！

但我又一阵忧心，害怕这些杂种们，不管不顾地将这样的一口大钒锅腐蚀掉了，下边的煤渍作何依附？

想到这，我心里一阵痛惜！又一阵忧疑！

我得想出办法，绝不允许这口好端端的钒锅毁于一旦！

散文

可怜的无角牛

我仅养了八头牛。

我最疼爱的是那只无角小公牛。它长得身长体壮，全身黄色里镶嵌着银色斑块，特别是前胛两翼呈现的白斑，走起路来轻盈跳动，实像是只金色喜鹊在低回飞跃。两耳尖竖，两只明亮善良的眼睛灵敏地四顾着，头是白色的，可两只眼睛被金黄肤色围圈着，实像是一头白牛戴着一副金色眼镜，既机灵又神奇。我对它爱得发狂。

可是，它没角，越没角越显得亲切善良。可是，没角成了它生存的障碍。每当它靠近其他牛时，都得到了不公平待遇。

一次，当它吃食的时候，先去靠近那头老母牛。

这头老母牛可不是一般的牛。它虽然个头不高，也瘦骨嶙峋的样子，但长有一对向前弯曲的角，尖细而锋利，特别是那一对凶狠的眼睛，盯到那头牛身上，那头牛身上会生火冒烟。

光头刚靠近那头母牛，一口草还没咽下肚，就被母牛凶猛地甩了一头。

这一头可不轻，大头碰在光头的脸上，尖角刺来正好刺入光头的左眼旁，左眼旁的肌肉立即出血。它赶快躲闪，躲在舍外，眼中的泪水混合着血水交流，仅差不到几分，它的眼睛就被戳伤了。从此，它的眼睛时常流泪不止，一直疼痛了十多天。它再也不敢靠近那头母牛。只能在几头牛的空间里偷偷摸摸地吃几口，时饱时饥地混日子。

还有几头小牛哩，小牛相对善良些，可它也不敢轻易靠近。小牛也不理它，根本不把它看在眼里。有一次，它不小心插在几头的中间去吃草，刚吃了几口，几头小牛一起靠过来，把它挤在中间，它完全有力气挤过那些小牛，可它善良啊！怎好意思和那些小子抢食呢？只得快快地离开了。

它有时也在想：万一不行就离开算了，哪里也能找到一口草吃。可是，条件不允许，主人把门关着，咋能出得去呢？它想来想去心里没有主意，只得又慢慢混日子。

一天，主人把草刚倒好，它实在是饿了，肚子咕咕地叫且不说，眼睛和嘴都馋得不行，因为多日来它从没有吃过饱饭，吃，已经成为它的急需。它也和其他牛一样，不顾一切地去挤、去抢，贪婪地将头挤入牛槽里。香啊！它不顾一切，旁若无牛，也不管谁在和自己抢食，天底下唯有吃是最美的、最需要的。它一头扎下去，它的身旁是哪头牛？它不知道。

它正吃得津津有味，这时的贪婪已经是它的常态。正在此时，它的后胯重重地挨了一击，它口里还噙这一口草，它只觉得后胯一阵钻心的疼痛，本能使它蹦起来向外就逃，当它正在逃跑的时候，后胯又受到重重一击，它顿时身子一偏，左腿不听使唤。可在攻击面前，它首选的是逃生。它慌慌张张地逃离了险境，扭头一看，那头公牛还在追它呢，它只得又狠命地逃离险境。

现在，它才发现，自己的后胯已经脱臼了，疼痛难忍，它拖着那疼痛的后腿，一步步走到场地边沿，瘫卧在那里，浑身颤个不停。

　　它思来想去，这里应该是它的家，它来这里最早，后来才有那些母牛、公牛和子牛，现在它们已经反客为主了。唉，善良有什么用？善良有软弱和愚昧的成分。不过，老天是不会饶过它们的。算了，我还是要善良到底，本性是难以改变的。

　　它看着主人把大门开了，出去又回到自己的房里去了，我得慢慢走出去。到处都有吃的，再苦也不在这里了。

　　它走了，跛着后腿钻进了草林里，身子一扭不见了！

后　记

虚构的小说并非虚构的现实。

我亲见，一位四十多岁的父亲因管不住孩子而放声痛哭。一位三十多岁的母亲为保护孩子和丈夫大打出手。

此事对我震撼非常。我决心放弃正在写提纲的其他小说内容，决定改为写因家庭教育失误造成的《爱殇》。为了写好它，我不得不做社会调研。我便在自己力所能及的圈子内，与不同职业、不同年龄、不同性别和不同社会层次的人群，就教育孩子问题和他们展开了广泛而深入的交谈，历时八个多月时间。

在交流的一百多人里，83.5%的人认为，现在的孩子难管，从来不和大人沟通，我行我素，愿干啥干啥，把孩子养大变成了仇敌；12.3%的人认为，孩子哪能有多听话的，需要大人不时地诱导才行；仅有4.2%的人认为，他的孩子很听大人的话，从不犟嘴。在谈到社会责任、品德教育等问题时，大多数人都感到突兀，在他们的意识里很少想到这个问题。相反，家长们把"听话"作为衡量孩子素质高低的标准。况且，众口一词地认为："孩子不能太傻"（善良），假使他经常去为别人着想，他自己怎样生活？仅有5.1%的人认为，社会公德要紧，要求孩子遵守公共秩序。所有人都认为："不爱孩子爱谁？"把对孩子的"爱"当作唯一。可是，却没有把让孩子从小

养成良好习惯，自觉做好自己的事，对父母和他人也要爱，主动担当社会责任，遵守道德，涵盖在这"爱"的范畴之内。

综合看来，家长对孩子的教育懵懂且自以为是，大多是以"我"的心理意愿，作为教育孩子的标尺。

由此我顿悟：家长心目中没有教育标准，用功利的心态对孩子设定心理"意圈"，用不适当的"爱"去管教孩子。我想来想去：家庭教育是培养什么人的问题，学校教育是解决学习知识的问题，社会教育是用来检验二者教育成果的。培养人的问题自然就归结为家庭教育板块，它的缺失，自然就会为社会酿成后患。

再仔细想想，国家家庭教育教材的缺失，造成家长的懵懂和无奈，为了"爱"，只得对孩子不该扶而扶，不该引而引，不该管而管，不该给而给。这样培养出来的孩子素质能高吗？

我殷切期盼国家有关部门能重视这个问题，拿出一整套家庭教育教材来，并把它放入中学教科书中，使下一代未来父母们优先受到教子知识教育，使我国的民族素质有一个飞跃式提升。

我期盼着这样一部教科书的问世，也期盼着国民素质能与我们文明祖国的大国风范相匹配！

2020 年 2 月 20 日写于西安